Monsieur Edgar et les impatients

Éditions Eyrolles
61, bd Saint-Germain
75240 Paris Cedex 05
www.editions-eyrolles.com

Cet ouvrage est paru pour la première fois en 2022,
dans la collection « Pop'Littérature ».

Éditrice externe : Nolwenn Trehondart

Depuis 1925, les éditions Eyrolles s'engagent en proposant des livres pour comprendre le monde, transmettre les savoirs et cultiver ses passions !

Pour continuer à accompagner toutes les générations à venir, nous travaillons de manière responsable, dans le respect de l'environnement. Nos imprimeurs sont ainsi choisis avec la plus grande attention, afin que nos ouvrages soient imprimés sur du papier issu de forêts gérées durablement. Nous veillons également à limiter le transport en privilégiant des imprimeurs locaux. Ainsi, 89 % de nos impressions se font en Europe, dont plus de la moitié en France.

ISBN : 978-2-416-00961-7

Coralie Caujolle

Monsieur Edgar et les impatients

Roman
EYROLLES

« Aucun bruit particulier ne doit,
par sa durée, sa répétition ou son intensité,
porter atteinte à la tranquillité du voisinage
ou à la santé de l'homme [...]. »

Article R. 1336-5 du Code de la santé publique

À ma mère, ma première lectrice

C'ÉTAIT le 4 mars 2008, à dix-sept heures douze exactement, en voyant passer, pour la cinquième fois de l'année, les slips et les chaussettes de mon voisin par la fenêtre et atterrir dans la cour de l'immeuble, que, moi, Edgar Olin, décidai que le temps était venu de déménager.

Ce matin-là, réveillé par les hurlements des trois petits braillards enragés vivant de l'autre côté du mur, j'avais sérieusement envisagé de m'effectuer une auto-trépanation avec un couteau à beurre pour faire cesser ma migraine naissante. Tandis que je prenais mon petit déjeuner, les monstres étaient partis pour l'école après avoir tous les trois collé un coup de pompe dans ma porte d'entrée.

Lorsque j'avais allumé mon ordinateur, vers dix heures, ma voisine du dessous avait quant à elle décidé d'entamer sa journée en écoutant *Les Champs-Élysées* de Joe Dassin, fenêtres ouvertes. Le tour de chant de Joe avait duré une vingtaine de minutes, et moi aussi, je m'étais pris à rêver de l'Amérique.

Au moment où j'allais faire cuire mes œufs au plat, le propriétaire du rez-de-chaussée-côté-cour avait commencé à tondre sa pelouse. Il avait mis exactement quarante-sept minutes pour peler douze mètres carrés rectangulaires. J'avais chronométré.

Quand avaient sonné quinze heures, la maniaque du dessus s'était attelée à déplacer ses meubles pour frotter frénétiquement son carrelage à la brosse, comme elle le faisait tous les jours, et à peine avait-elle terminé son ouvrage que les petits morpions d'à-côté étaient revenus de l'école en beuglant après leur baby-sitter et avaient collé un nouveau coup de pied dans ma porte d'entrée au passage, suite à quoi l'aîné avait entamé une partie de foot en solitaire contre la cloison.

Aussi, lorsque la crise conjugale chez mes voisins de droite avait éclaté, accompagnée de sa pluie d'injures et de sous-vêtements dépareillés, ma décision était prise. J'allais déménager.

Mais où ?

Ce n'était pas la première fois que j'envisageais de déménager. À plusieurs reprises, excédé par le comportement psychotique de mes voisins, j'avais écumé les agences immobilières du quartier à la recherche d'un nouvel appartement, pour m'entendre répéter qu'un deux-pièces à Paris était une denrée rare et qu'ils n'avaient pour l'heure rien à me faire visiter. Un agent immobilier gominé m'avait toutefois proposé un « souplex ». Je l'avais regardé sans comprendre, ignorant s'il me parlait d'un aspirateur ou d'une soupière, sachant que je n'avais besoin ni de l'un ni de l'autre, seulement d'un logement. Le gominé m'avait alors expliqué qu'il s'agissait d'un appartement à moitié enterré, avec de minuscules fenêtres donnant sur les pieds des passants dans la rue. Je lui avais fait remarquer que j'étais un homme adulte et non pas un rat taupier, et j'étais sorti en claquant la porte, me demandant si je n'aurais pas mieux fait de m'adresser au zoo de Vincennes pour trouver un appart.

Certes, mes romans rencontraient un succès d'estime. Je bénéficiais d'un petit vivier de lecteurs fidèles, qui s'étaient attachés à Anna, mon héroïne, mais trop peu nombreux pour m'assurer des revenus réguliers. À côté de cela, j'effectuais des travaux de traduction, une activité professionnelle dont je n'aimais pas beaucoup me vanter. Il faut dire que ce n'étaient pas de grands romans anglais que j'adaptais en français, mais des notices pour des appareils vendus sur les chaînes de téléachat. Le nettoyeur Vapeur Max 2000, capable de décoller de la boue sur une baie vitrée, le fer Curlcurlcurl, permettant de créer des boucles de rêve même sur cheveux courts, la centrifugeuse qui coupe aussi les patates en frites, l'épilateur sans douleur passant au lave-vaisselle – telles étaient mes œuvres. Le niveau moins quatre de la poésie et de la créativité. Je n'en avais pas honte, c'était un travail honnête, mais je ne me reconnaissais pas dans ce boulot. Il me donnait l'impression de brider une part de moi-même.

Parfois, au détour d'une phrase, j'essayais d'insuffler un peu de fantaisie à la banalité des étapes que je décrivais, par exemple en assurant à mes lecteurs que ce sérum pour la repousse des cheveux leur donnerait « une toison digne de la mythologie grecque » (j'avais tenté le coup et personne ne semblait avoir relu ma prose avant impression), ce qui n'était qu'une mince consolation. Ce job manquait douloureusement de féérie.

Malgré tout, je menais une vie simple mais confortable, je ne manquais de rien. Néanmoins j'ai toujours été de nature prudente, et je ne pouvais me résoudre à louer un appartement plus grand pour mettre fin à cette quête chronophage, alors que je vivais seul avec moi-même.

L'immobilier à Paris était une vraie galère, et après chaque tentative, j'étais rentré chez moi, m'estimant déjà heureux que mes murs ne partent pas en lambeaux ou que je n'entende pas l'urine de mes voisins s'écouler dans la cuvette, comme c'était le cas chez certains de mes potes.

Lise, mon ex-petite amie, par exemple, n'était pas mieux lotie. Un soir où nous allions passer la nuit chez elle, alors que je poussais la porte de l'immeuble, nous avions été accueillis au son des psalmodies et des tambourins, provenant de l'ancienne loge du gardien où vivait désormais une dénommée Morena Baruka (Lise n'avait jamais su si elle venait de Madagascar ou de Lituanie. Pour ma part, j'aurais plutôt misé sur une galaxie très très lointaine). Au moins une dizaine de personnes devaient être à l'intérieur, et reprenaient en chœur les paroles prononcées par la propriétaire. Impossible d'identifier en quelle langue les communiants s'exprimaient, mais Lise et moi étions certains que la petite bande était en train d'invoquer quelque chose ou quelqu'un, ou de demander à ce que la pluie tombe, ce qui était quand même un comble vu le temps pourri qui régnait déjà sur Paris. La messe avait duré jusque tard dans la nuit, et nous nous étions endormis au son des tambours et des clochettes, priant pour qu'au matin un déluge biblique ne s'abatte pas sur la capitale.

— Salut, mec ! Tu veux un beignet ?

Je sursautai. Je ne l'avais pas vu, tapi dans l'ombre, derrière la rangée de boîtes aux lettres. Le taré du deuxième était pourtant la personne que je cherchais plus que toute autre à éviter.

Malgré la maigre épaisseur des murs, mon petit appartement m'offrait une forme de protection contre mes cinglés de voisins. S'aventurer dans les parties communes, en revanche, s'apparentait à une mission en terrain hostile, ou à un épisode de Koh-Lanta, dans lequel je serais seul face à la tribu des dégénérés réunifiés. Je ne comptais pas les fois où j'avais hésité à descendre les poubelles, par crainte de croiser madame Mustel, la vieille dame un peu fêlée qui promenait ses deux chats en laisse à paillettes dans les couloirs de l'immeuble et tenait à me dresser la liste de leurs pathologies respectives si d'aventure j'avais l'inconscience de la saluer. Je suis désormais incollable sur la calicivirose.

Au fil des années, j'avais entraîné mon ouïe à guetter le tintement des clochettes de leurs colliers à chaque fois que je m'apprêtais à sortir, l'oreille collée à ma porte. Mais je devais rester sur mes gardes. Mustel était rapide pour une petite vieille, et moi, j'ai toujours eu la condition physique du mec qui se fait éliminer dès le premier conseil des aventuriers. Si je ne me montrais pas assez vigilant, il me fallait me planquer dans le local à vélos ou me ruer dans les étages dare-dare pour éviter d'entrer dans son champ de vision. Je frôlais régulièrement l'infarctus ou la luxation de la rotule (j'ai les genoux d'un octogénaire), mais c'était le prix à payer pour ne pas en apprendre plus sur le vermifuge saisonnier de Moutarde et Mayonnaise.

Mais Achille Crémieux, c'était la catégorie au-dessus en termes de folie. Des cheveux jusqu'à la taille, qu'il attachait en queue-de-cheval négligée, une barbe presque aussi longue que sa toison, et vêtu d'un short à motifs exotiques toute l'année. Il passait son temps à lambiner dans les parties communes. Il lisait dans la cage d'escalier, jouait au ping-pong en solitaire dans la cour, déclamait des vers inventés et improbables dans le hall d'entrée, et se lançait dans des conversations lunaires dès qu'il croisait un habitant n'ayant pas réussi à lui échapper. Pour l'éviter, j'aurais troqué tous les colliers d'immunité contre la cape d'invisibilité d'Harry Potter.

Et voilà qu'il était face à moi, me tendant un beignet à la framboise à moitié bouffé.

— Merci, mais sans façon, j'ai déjà déjeuné, balbutiai-je.

Il mordit dans son beignet en haussant les épaules, et reprit, la bouche pleine.

— La dératisation est venue ce matin.

— Pourquoi, on a des rats ?

— Pas que je sache, répondit-il, sans s'apercevoir que de la confiture de framboise coulait sur sa barbe broussailleuse. Mais j'ai vu un marcassin dans le couloir l'autre jour.

— Un marcassin ? répétai-je, incrédule.

— Je l'ai dit au gars de la dératisation, il m'a répondu que c'était le boulot d'un garde forestier.

À mon avis, c'était surtout le boulot d'un établissement spécialisé de gérer la dinguerie de ce type, qui ne devait pas consommer que des beignets.

— Tu comprends, mec, j'aime bien les animaux de la forêt, mais ça m'embête ce marcassin, car si la mère est dans les parages, j'ai pas envie qu'elle défonce ma porte.

« La seule chose qui est défoncée, c'est ta caboche ! » pensai-je.

— J'ai pas l'air comme ça, mais j'suis pas à l'aise à l'idée de croiser une maman en colère. Déjà que la mienne me répond plus.

Elle devait avoir changé de numéro de téléphone, la pauvre femme.

— Tu sais ce qu'on pourrait faire, mec ? C'est le piéger ensemble !

— Piéger qui ? demandai-je, craignant d'avoir compris où le dresseur de cochons voulait en venir.

— Bah, le marcassin !

— Je ne suis pas certain d'avoir les compétences nécessaires pour cela, tentai-je.

— Nan, mais t'inquiète, pour le plan, je m'en charge. Je suis doué pour inventer des trucs.

— Monsieur Crémieux…

— Mec, je t'ai déjà dit de m'appeler Hercule.

— Vous ne vous appelez pas Achille ?

— Tu sais, moi, les étiquettes, c'est pas mon dada. Aujourd'hui c'est Hercule, demain ça sera Joseph. Aujourd'hui, je suis ici, demain, je serai ailleurs. Je suis le mouvement !

Comme je rêvais de suivre le mouvement vers la Laponie suédoise ! Pourquoi n'avais-je pas de seringue hypodermique dans la poche de mon pantalon pour me débarrasser de cet énergumène et de sa ménagerie imaginaire ?

— Hercule, je dois vraiment y aller, j'ai un rendez-vous très important, annonçai-je, tentant d'être ferme, et amorçant un mouvement vers la porte de l'immeuble. Je vous laisse gérer, je suis sûr que vous saurez trouver une solution… originale, à cette invasion de marcassins ! Vous paraissez très qualifié !

— C'est gentil, mec, mais j'suis qu'un apprenti de la vie, comme nous tous ! Mais t'as raison, j'vais gérer, c'est sans doute une mission cosmique pour que j'apprenne à mieux communiquer avec les autres êtres vivants !

— Je ne vois que cela, répondis-je, soulagé qu'il me lâche enfin la grappe et se débrouille avec son cochon cosmique.

Je sortis de l'immeuble et allai faire mes courses en m'efforçant de chasser de mon esprit cet échange surréaliste. J'aurais pourtant dû être rodé. Deux semaines plus tôt, il m'avait tenu la jambe pendant dix minutes pour m'exposer son projet d'élever des crevettes dans sa baignoire.

Avant de pénétrer de nouveau dans le hall après mes achats, je passai discrètement la tête dans l'embrasure de la porte pour vérifier que Hercule/Achille/Daktari n'était pas en train de faire le poirier (cela lui était déjà arrivé) ou de m'attendre avec un filet à papillons. Soulagé de constater que la voie était libre, je m'engageai dans les escaliers.

Arrivé sur le palier du deuxième étage, celui où résidait le timbré loquace, je découvris au sol des feuilles A4 alignées, sur lesquelles étaient dessinées au feutre rouge de grandes flèches. J'aurais pu continuer à monter les marches et rentrer chez moi, mais la curiosité l'emporta.

Au bout du parcours fléché se trouvait une cage à chat ouverte, qu'il avait peut-être empruntée à madame Mustel, et au fond de la cage, le dernier quart du beignet à la framboise. Je n'étais pas très calé sur le régime alimentaire des marcassins imaginaires, mais quelque chose me disait qu'il allait surtout appâter toutes les fourmis du quartier.

À mon étage, je vis une autre feuille A4 scotchée sur ma porte.

Mec, si tu veux, je te garde le marcassin.

Le mot était signé Balthazar.

La nuit suivante, je rêvai que je les butais. Je pendais la folle aux chats avec sa laisse dans la cage d'escalier. J'étouffais Crémieux en lui fourrant des crevettes dans les narines. Je passais les mômes et leur ballon de foot par le balcon, et j'utilisais les CD de ma voisine du dessous comme des étoiles de ninja pour liquider le reste de l'immeuble.

Au réveil, je songeai même sérieusement pendant quelques minutes à l'éventualité d'engager un tueur à gages pour faire disparaître tous ces abrutis bruyants. Peut-être que pour dix assassinats, le onzième était offert ? C'était une façon comme une autre d'employer son PEL.

Rester dans cet asile dont le loyer me coûtait un bras n'était plus envisageable. Mais trouver un logement clair et calme relevait du miracle, et à moins de demander son aide à Morena Baruka et à sa bande de chanteurs illuminés pour que les dieux du logis se penchent sur mon cas, il me faudrait des mois pour dénicher quelque chose de convenable, et encore, sans la garantie d'avoir cette fois-ci des voisins normaux.

Je ne pouvais attendre plus longtemps. D'autant que mon nouveau roman n'avançait pas. C'était peut-être présomptueux de ma part, mais j'avais envie d'écrire un tome magistral, qui toucherait le cœur de nouveaux lecteurs, et m'apporterait un peu plus qu'un succès critique.

Je me prenais à rêver d'abandonner la traduction de ces notices idiotes à jamais, de vivre de ma plume dans un endroit paisible où je n'aurais envie d'étriper personne. Mais dans ce vacarme perpétuel, coincé au milieu de ces barjots, mon rêve me paraissait si lointain !

Ma patience s'émoussait. Il me fallait une porte de sortie avant d'apparaître dans la rubrique faits divers du journal pour avoir tenté d'immoler mes voisins avec mon réchaud de camping. Et si cette porte de sortie n'existait pas, j'étais bien décidé à la créer moi-même.

Il était vraiment temps que je me barre de cet immeuble.

De edgar.olin@justine.fr
À mylene.olin@justine.fr
Cc verybadsanta@wanayahoo.fr, e.gaskell@milton.com, gwendo1993@sido.fr et 7 autres.
Objet: Un toit pour moi.

Cher tous,

Afin de vous éviter de venir me voir au parloir pendant les vingt prochaines années pour cause d'homicide très volontaire et très prémédité sur les autres habitants de mon immeuble, j'en appelle à votre aide.

Il faut que je quitte cet appartement pour les raisons que vous connaissez et avec lesquelles je vous pollue l'encéphale depuis des mois. Je vous rassure tout de suite, je ne vous demande pas de m'héberger ! Vivre avec moi, comme certains d'entre vous l'ont appris à leurs dépens, est loin d'être une sinécure, et à ce propos, je m'excuse encore, ma chère Mylène, pour ce regrettable incident impliquant ta machine à café et ton chat (même si tu avoueras qu'il n'avait rien à faire dans mes pattes d'aussi bonne heure). Mon rythme et mes tares sont incompatibles avec toute vie en communauté, sans compter que j'ai plus que tout besoin de CALME pour écrire et ne pas devenir cinglé.

C'est pourquoi, si vous entendez parler d'un îlot isolé ou d'un petit cottage anglais – je conçois que ce sont deux choses assez rares dans Paris intra-muros – où je pourrais séjourner quelque temps, contactez-moi avant que j'en arrive à des solutions plus drastiques.

Votre ami au bord de l'implosion,

Edgar

Je passai en réalité bien plus de temps à réfléchir aux destinataires de mon mail qu'à le rédiger.

D'entrée de jeu, je décidai d'exclure la famille éloignée. Je ne doutais pas de l'hospitalité qui me serait offerte, mais cela se transformerait en séjour gastronomique, et je suis incapable d'écrire après avoir mangé une fondue savoyarde ou un bœuf bourguignon. Idem pour les amis néo-parents, enchantés de me laisser leur villa, mouflets et chien compris, le temps de partir en escapade romantique. En plus de ne pas goûter la compagnie des humains miniatures, je me savais capable de sustenter Médor avec la nourriture des mômes, et vice versa. Enfin, j'éliminai tous ceux pour qui la notion de calme était si floue qu'ils ne voyaient pas ce que l'utilisation matinale d'une scie sauteuse pouvait avoir de gênant, ou en quoi l'écoute en boucle du dernier tube de Christophe Maé était intimement liée à des pulsions suicidaires pour celui qui cherche en vain à se concentrer sur son travail, ou simplement, à ne pas perdre l'envie de vivre.

J'appuyai sur « envoyer » après avoir relu plusieurs fois ma courte liste de sauveteurs potentiels, puis, ma voisine du dessous ayant remplacé Joe Dassin par Mike Brant, je me dirigeai vers la salle de bains. J'ouvris le placard et en sortis un Tampax oublié par Lise du temps où l'on se voyait encore, le déballai, puis m'efforçai de le couper en deux avec des ciseaux à ongles. Je me fourrai ensuite un morceau dans chaque oreille, atténuant ainsi la prière de Mike, retournai au salon, et pris un bouquin. Une nouvelle longue soirée commençait.

De zoelie.d@lesimpatients.com
À edgar.olin@justine.fr
Objet: De la part de tante Agatha

Mon très cher Edgar,

C'est ta cousine Mylène qui m'a dit que tu avais besoin d'un logement pour quelque temps. Elle ne m'a pas très bien expliqué pourquoi, seulement que si tu ne trouvais pas vite un lieu où habiter, tu risquais de faire des choses qui pourraient précipiter ta pauvre mère dans la tombe. Elle m'a aussi donné ton adresse d'ordinateur. Comme je n'y connais rien à ces choses-là, c'est Zoélie qui t'écrit (ce qui est un peu bizarre à écrire puisque c'est donc Zoélie qui écrit et que tu ne sais pas qui est Zoélie), moi je dicte. Si je t'écris (grâce à Zoélie), c'est parce que je vais partir quelques mois dans le Sud chez ma sœur. Helga voudrait que je vienne vivre avec elle, mais j'ai peur de ne pas la supporter, je préfère faire un essai avant de déménager. Ma maison sera donc libre en mon absence.

J'habite dans une résidence bien gardée (elle s'appelle « Les Impatients », si ce n'est pas un comble pour des personnes âgées qui attendent que vienne leur tour !), mais avec tous ces hippies qui traînent dans les rues, on ne sait jamais. Cela me rassurerait de savoir qu'il y a quelqu'un chez moi, et en plus, tu pourrais arroser mes plantes et prendre le courrier. Par contre, je tiens à ce que tu ne regardes pas de films pornographiques sur le câble, parce que je ne veux pas que des titres cochons apparaissent sur mon relevé bancaire (Que penserait M. Brebis, mon banquier ?).

En tout cas, la résidence est très calme, puisque je crois que c'est ce qui t'importe, et les voisins sont tous sympathiques (Méfie-toi simplement de Thérèse Dussol, c'est une vieille bique malfaisante. Je la hais.).

Si tu es intéressé, écris à Zoélie, elle me transmettra ton courrier d'ordinateur.

J'espère par contre que tu baves moins que quand tu étais petit. Je ne veux pas retrouver d'auréoles sur mes oreillers.

Affectueusement,

Ta tante Agatha

Post-scriptum : j'ai lu tous tes livres. Pourquoi est-ce qu'il y a autant de morts dedans ? Tu devrais peut-être en parler à un psychanalyste. Je dis ça pour ton bien.

Après avoir lu le mail de tante Agatha, je restai longtemps devant l'écran de mon ordinateur à me gratter le haut du front. Une maison de retraite ? Ce n'était pas ce à quoi je pensais en envoyant ma bouteille électronique à la mer.

Me revenaient en tête les souvenirs de mon arrière-grand-mère, seule dans une pièce grisâtre, harnachée sur un lit pour éviter qu'elle se blesse, absente à elle-même, vision qui effrayait le petit garçon que j'étais alors. J'imaginais que l'on avait fait des progrès depuis les années 1980 dans la manière de prendre en charge les personnes âgées, mais de là à vivre au milieu d'elles…

Malheureusement, pour l'heure, personne ne m'avait proposé d'alternative. Et ma voisine du dessous était maintenant passée à l'intégrale de Dave. Moi aussi, j'aurais bien été faire un tour du côté de chez Swann, ou ailleurs, mais loin.

J'ouvris mon moteur de recherche et tapai « résidence les impatients ». Le premier résultat à s'afficher était le site officiel de la société mère, qui possédait une douzaine de résidences pour personnes âgées dans toute la France. J'y trouvai plusieurs photos des lieux. Cela avait l'air moins glauque que ce que j'avais en tête. Plus ensoleillé, plus vert, mais nul doute que le photographe avait fait en sorte de montrer l'endroit sous son meilleur jour.

À la place du lieu austère et tassé que je m'étais figuré en lisant le mail de ma tante, la résidence se composait de maisonnettes de plain-pied, proches les unes des autres sans être mitoyennes, possédant un jardinet à l'avant, et reliées entre elles par un patio à l'arrière. Intrigué, je cliquai pour ouvrir le descriptif des lieux.

Les habitations faisaient entre trente-cinq et soixante mètres carrés, et comportaient une cuisine équipée, une salle de bains bardée de poignées pour éviter les chutes. Il y avait dans chaque pièce un bouton pour appeler au secours en cas de col du fémur en vrac, ainsi qu'un téléphone directement relié à l'accueil de la résidence, où une personne était présente jour et nuit, prête à bondir pour répondre au moindre désir des habitants, comme appeler un taxi ou une strip-teaseuse (en réalité, le site ne mentionnait rien au sujet des strip-teaseuses, mais il me semblait que c'était une idée à creuser). La résidence disposait même d'une cafétéria, si les pensionnaires avaient la flemme de se préparer à manger malgré leur cuisine équipée sécurisée connectée. Ainsi présenté, cela ressemblait beaucoup au Club Med, l'alcool et les danses autour de la piscine en moins.

En dépit du côté flippant des maisonnettes identiques aux pelouses parfaites façon *Desperate Housewives*, je fus très vite convaincu que la proposition de tante Agatha était la réponse à mes problèmes de logement. Là-bas je pourrais enfin dormir et écrire en paix.

Les personnes âgées ne font pas de bruit. Elles ronflent devant *Les Feux de l'amour* et *Rex*, et ne se réveillent que pour *Des chiffres et des lettres*. Elles lisent le journal en entier, petites annonces et nécrologies comprises. Elles jouent aux cartes. Elles se couchent tôt. Convaincu de ces vérités universelles, je m'empressai de répondre à tante Agatha. Enfin, à Zoélie. Même si je ne savais toujours pas qui était Zoélie.

MAINTENANT, j'allais devoir expliquer tout cela à Max, mon éditeur.

Cela aurait été plus simple si Max Verdad et moi n'étions pas devenus amis au fil des années de collaboration. Sans cela, j'aurais pris mes cliques et mes claques, quitté Paris à bord du premier train entrant en gare, et donné signe de vie six mois plus tard, lorsque mon roman aurait enfin été terminé.

Mais Max et moi avions l'habitude de nous voir toutes les semaines, pour déjeuner ou prendre un verre, ou parfois aller au cinéma lorsque la filmothèque du quartier latin proposait une rétrospective intéressante.

Max adorait Paris. Pour lui, elle était la ville de la création par excellence. Il exécrait la villa Médicis, qu'il qualifiait de « repère de feignasses et bouffeurs d'*antipasti* », et se moquait des écrivains qui s'exilaient en Bretagne pour installer leur ordinateur portable au bord de l'eau et écrire en mangeant du kouign-amann. Non, seule Paris, tumultueuse, puante et bruyante capitale, Paris qui s'éveille, Paris qui n'a pas sommeil, pouvait faire naître de grands romans. Sartre vivait à Paris. Vian vivait à Paris. Même Samuel Beckett y avait cassé sa pipe ! À la vie, à la mort, à Paris, on écrit ! En général, je mettais fin à cette grande tirade en faisant remarquer à Max que :

Sa maison d'édition ne publiait que des romans policiers, et que, sauf erreur de ma part, Agatha Christie n'était pas enterrée à Montmartre.

Si tous les écrivains de France venaient poser leurs culs au café de Flore, il y aurait une sacrée file d'attente pour les toilettes.

Quand, comme Max, on n'avait pas pris le métro depuis les années 1990 et rempli ses poumons de cet air vicié et fétide, on pouvait difficilement prétendre vivre comme un vrai Parisien, coincé dans la ligne 13 à l'heure de pointe. Le fumet des aisselles de centaines d'inconnus entassés attendant que leur rame redémarre a en effet quelque chose d'incomparable que seule Paris possède. Cette ville m'épuisait. Les klaxons, la circulation, la peur de se faire écraser par un chauffeur pressé au passage piétons. Il me semblait que mes sens n'étaient jamais au repos, et quand je rentrais chez moi, la valse des cris et des portes claquées reprenait. Il n'y avait qu'un type comme Max, Parisien depuis douze générations, pour être imperméable à de tels stimuli et s'y sentir à son aise.

Max balayait mes remarques d'un revers de la main, et, s'il était suffisamment éméché, se mettait à entonner « À Paris, quand un amour fleurit », sans que les regards de nos voisins de table l'incitent à refréner ses pulsions lyriques.

Difficile donc d'expliquer à Max que Paris, au lieu de m'inspirer, me donnait envie de tout plaquer pour aller élever des chèvres dans le Larzac. Et j'ai peur des animaux.

À bien y réfléchir, je n'avais pas du tout envie d'avoir cette conversation. Je savais que Max ferait tout pour me dissuader de partir, raison pour laquelle j'avais lancé mon S.O.S. d'un Parisien en détresse par mail, à des personnes choisies, plutôt que sur mon compte Facebook que mon ami éditeur consultait. Max me promettrait monts et merveilles et plus encore. Peut-être même que j'aurais fini par capituler.

J'adorais Max. Mais il ne se rendait pas compte de la pression qu'il me mettait, même sans le vouloir. Entre deux bouchées de crème brûlée, il lui arrivait de lancer, l'air de rien : « Et ton nouveau roman, ça avance ? », ce qui avait le don de me paralyser. Et si j'avais envie de dire à mon ami que je passais plus de temps à planifier le crime parfait qu'à l'écrire, je craignais d'en faire part à mon éditeur et de l'inquiéter.

Fuir. Fuir Paris et Max. Voilà ce que je devais faire. Je lui donnerai des nouvelles dans quelques semaines, lorsque j'aurai trouvé mes marques aux Impatients et que j'y verrai plus clair. Et si j'avais, en prime, quelques chapitres bien ficelés à lui proposer, Max aurait plus de mal à fustiger mon exil.

Satisfait d'être arrivé à cette conclusion, je cherchai les coordonnées d'un loueur de voitures. Tel un vacancier, j'allais quitter Paris par le périphérique, en pestant contre les bouchons, convaincu qu'ainsi je ne regretterais pas ma décision.

À trois heures de Paris, je commençai à me demander si je n'avais pas fait une énorme connerie.

J'avais quitté l'autoroute depuis cinquante kilomètres et n'avais traversé que des villes grisâtres, bordées de zones commerciales déprimantes où revenaient sans cesse les mêmes enseignes de magasins de bricolage ou de fast-foods. Ce trajet me renvoyait aux longues heures en train que j'effectuais parfois pour me rendre à une séance de dédicaces, organisée dans une minuscule librairie de province d'une ville dont j'ignorais l'existence la veille. Un samedi, quelques semaines après la sortie de mon premier roman, j'avais dédicacé seulement quatre exemplaires, dont celui du libraire, et j'étais rentré chez moi avec un panier garni de produits régionaux offert par ce dernier, et un sacré coup à l'ego. Avec les années, j'avais appris à accepter les séances modestes, parfois très agréables malgré tout, et surtout à savourer les douceurs locales qui rattrapaient souvent la mise.

Ce simulacre de civilisation avait ensuite laissé place à des champs boueux encadrés par des départementales. Et des fichus platanes de part et d'autre des routes. Pour finir, mon Tom-Tom décida de se mettre en grève sans préavis, dix kilomètres avant l'arrivée prévue aux Impatients, si bien que je fus contraint de m'arrêter pour demander ma route à des autochtones, et me trompai plusieurs fois avant de voir enfin se dresser devant moi l'enceinte de la résidence, la nuit déjà tombée et sous une petite bruine agaçante.

Après avoir décliné mon identité au gardien – qui regarda tour à tour son registre et mon passeport, façon entrée au Pentagone – je cherchai à travers la vitre entrouverte la maisonnette de tante Agatha, située au numéro 7.

Je garai la voiture devant le portillon, sortis, et attrapai en vitesse mon sac de voyage dans le coffre, m'efforçant d'échapper à la pluie. Comme elle me l'avait expliqué dans son dernier mail (enfin, celui de Zoélie), ma tante avait laissé un trousseau de clés sous une immonde grenouille en terre cuite qui trônait sur son carré de pelouse, à côté d'une flopée de nains hideux.

En insérant la clé dans la serrure, je ne pus m'empêcher de retenir mon souffle. J'avais mis tant d'espoir dans ce séjour chez tante Agatha, tant souhaité me retrouver enfin au calme, que je craignais une mauvaise surprise, tels une fanfare au milieu du salon ou un bataillon de cafards dans la cuisine, qui me contraindraient à repartir sur-le-champ rejoindre mes tonitruants voisins.

J'entrai en fermant les yeux, faisant durer un instant de plus l'anticipation d'un logis paisible avant de peut-être découvrir une réalité chaotique. Je fis quelques pas à tâtons, cherchant un interrupteur du bout des doigts, puis me cognai contre un objet non identifié. Je hurlai une série d'insultes et ouvris les yeux. Tout en me massant le genou, qui avait heurté un guéridon sur lequel je posai mes clés de voiture, je constatai avec soulagement que la pièce principale, en plus de n'être occupée par aucun musicien ou insecte, était plutôt jolie et fonctionnelle. Je remarquai quelques meubles que ma tante avait ramenés de son précédent logement, ainsi qu'un large canapé Ikea faisant face à un téléviseur à écran plat. La cuisine équipée occupait un pan de mur entier. Je vis immédiatement la cafetière et le micro-ondes, alliés privilégiés de l'écrivain mal réveillé et peu porté sur les fourneaux que j'étais. Je ne jetai pas un regard au four, conscient de ma propension à oublier les aliments à l'intérieur lorsque j'étais captivé par une intrigue. C'était un coup à cramer la résidence entière.

La chambre à coucher ne révéla pas de mauvaise surprise, même si l'imposant lit en bois d'acajou que tante Agatha avait conservé réduisait l'espace, et jurait avec les placards coulissants recouverts de miroirs dont disposait la pièce.

Mais j'avais d'entrée de jeu décidé de m'installer à la table de la salle à manger pour écrire, face à la plus grande fenêtre, la chambre ne me servirait donc qu'à dormir. Après les heures passées à conduire et la tension accumulée ces derniers jours, c'était d'ailleurs la seule chose dont j'avais envie pour l'instant. Je fis un brin de toilette dans la salle de bains, me déshabillai et m'écroulai sur le lit, épuisé mais soulagé.

— CASSANDRE, soulève un peu plus le drap, je veux voir s'il a de belles fesses !

— Doucement, Maryse, il va se réveiller !

— Ne fais pas ta chochotte ! Ce n'est pas tous les jours qu'on peut voir un cul de trentenaire par ici !

J'émis un grognement et me retournai sur le dos. Je rêvais que l'on m'observait. Non, je me sentais observé. Et un parfum capiteux flottait dans l'air.

J'ouvris les yeux et sursautai.

Deux visages ronds se tenaient au-dessus de moi.

Deux petites vieilles, replètes et bouclées, me regardaient en souriant, comme si leur présence était ce qu'il y avait de plus naturel au monde. J'eus l'impression d'être Boucle d'Or réveillée par les trois ours, sauf que, contrairement à cette gamine sans gêne, je me trouvais bien dans le lit qui m'était destiné. Je remontai le drap sous mon menton à la manière d'une vierge effarouchée, sans quitter les deux mamies du regard. Elles, au contraire, n'avaient toujours pas l'air d'être gênées.

— Mesdames, bonjour, dis-je pour reprendre le contrôle sur cette situation improbable.

— Bonjour, jeune homme ! Je suis Cassandre Monchat et voici ma sœur Maryse, indiqua la plus petite des deux.

— Nous sommes les amies de votre tante Agatha, continua Maryse, tout en penchant la tête pour essayer d'apercevoir de nouveau mon anatomie. Nous avions hâte de vous rencontrer !

Je jetai un œil au réveil posé sur la table de nuit.

— Il est huit heures du matin. Vous êtes entrées comment ? demandai-je, me souvenant avoir fermé à clé en arrivant.

— Par la porte, répondit Cassandre Monchat.

Là encore, la petite dame fripée s'était exprimée comme si la situation était parfaitement normale.

— Je vais me lever maintenant, tentai-je, espérant que les intruses comprendraient qu'il était temps de prendre congé.

En vain. Cassandre et Maryse Monchat continuaient à me regarder en souriant. Je me grattai la tête. Aussi âgées qu'elles étaient, les deux sœurs ressemblaient à de jeunes chiots, attendant qu'on leur lance un bâton. Mais à part le réveil, je n'avais rien sous la main.

— Mesdames, commençai-je en posant mes pieds hors du lit, essayant de camoufler ma nudité avec le drap, je vais aller prendre une douche. Nous aurons sans doute l'occasion de discuter plus tard dans la journée, et pour ma part, en étant plus habillé, je l'espère.

Je me levai en tenant le drap fermement et avançai vers la porte de la chambre, forçant les sœurs Monchat à faire de même.

— Jeune homme, c'est un rendez-vous ! s'exclama Maryse avec enthousiasme.

— Voilà ! lui concédai-je. Je ne vous montre pas la sortie, vous connaissez la maison mieux que moi !

Alors que j'entrai dans la salle de bains, j'entendis Cassandre lancer à la cantonade :

— On vous allume la machine à café en passant !

Ben voyons.

Puis, plus doucement, à sa sœur :

— Tu avais raison, Maryse, il a un joli petit cul !

Curieux démarrage pour un exil.

Après avoir vérifié que Maryse et Cassandre avaient bien quitté les lieux (je coinçai toutefois la poignée de la porte d'entrée avec une chaise pour être certain qu'elles ne reviendraient pas me reluquer sous la douche), je m'étais préparé et avais pris mon petit déjeuner, qui se résuma à un café et des biscottes puisque je n'avais pas encore fait les courses, dans un calme saisissant. Pas de coups contre la porte, pas de hurlements, pas de tondeuse ni de chanteurs morts. Je ne me souvenais pas de la dernière fois où j'avais pu profiter ainsi des premières heures de la matinée.

Je sirotai la fin de ma tasse derrière la fenêtre. Dehors, la bruine avait cessé, et quelques rayons de soleil filtraient à travers les nuages. Rares étaient les voitures qui passaient dans l'allée. Je regardai, l'air attendri (ou stupide), un couple d'environ quatre-vingts ans, marchant main dans la main d'un pas hésitant. Je me demandai ce que devait être la vie à deux, après tant de saisons passées ensemble, moi dont la plus longue relation amoureuse n'avait pas excédé deux ans, et dont les parents s'étaient séparés alors que j'étais encore à l'école primaire. Mais peut-être me fourvoyai-je. Peut-être que cet homme et cette femme s'étaient rencontrés sur le tard, après une longue et ennuyeuse vie auprès d'une autre moitié. Peut-être même s'étaient-ils connus ici, aux Impatients, et avaient comblé ensemble leurs deux solitudes, décidant d'emménager dans la même maisonnette sécurisée.

Ma tasse terminée, je mis fin à ce *Fenêtre sur cour* gériatrique. Il me fallait sérieusement songer à remplir le frigidaire avec autre chose que de la mayonnaise en tube et des cornichons, et la recherche de la supérette serait l'occasion de découvrir la résidence.

Conformément aux dernières instructions envoyées par ma tante, je n'empruntai pas la porte principale pour sortir, mais celle qui se trouvait au fond de la cuisine, et donnait sur le patio. Ce large couloir couvert, dont le plafond était en verre pour laisser passer la lumière, permettait aux habitants de rejoindre les infrastructures comme la cafétéria sans craindre le mauvais temps. Chaque maisonnette avait une entrée menant à un passage de ce type, faisant ainsi de la résidence une sorte d'araignée gigantesque dont le corps était composé des espaces communs.

Je pris soin de bien verrouiller la porte en sortant. Je n'avais absolument pas envie de retrouver deux ou trois grands-mères lubriques sur le canapé en rentrant.

Le patio était plus animé que la rue. Plusieurs petits vieux trottinaient, certains rentraient chez eux après avoir pris leur petit déjeuner à la cafétéria, tandis que d'autres se rendaient aux diverses activités proposées aux Impatients. Tel un jeune mouton hirsute (mes cheveux prenaient des directions improbables par temps humide), j'emboîtai le pas du troupeau vieillissant, décidé à visiter les infrastructures.

Alors que j'arrivais à quelques mètres du bâtiment principal, je me fis frôler par une trottinette roulant à pleine vitesse. Je reculai d'un pas, étonné d'être encore debout.

— Bouge de là, gamin ! me lança la conductrice, une mamie aux cheveux lavande surmontés d'un casque de vélo orange fluo.

Je ne savais pas comment réagir. C'était bien la première fois de ma vie que je manquais me faire fracturer le poignet et arracher le pif par une octogénaire. Une voix s'éleva derrière moi.

— Madame Dussol ! Un jour, vous tuerez quelqu'un avec votre engin de malheur !

— Je t'emmerde, vieux con ! cria la pilote en tournant la tête pour tirer la langue à son interlocuteur, sans réduire sa vitesse pour autant.

— Mais quelle peste ! répondit l'autre, offusqué.

L'homme arriva à ma hauteur.

— Notre résidence a vraiment perdu de son standing depuis l'arrivée de cette horrible femme !

Il se tourna vers moi.

— Vous devez être le neveu de madame Olin.

Le vieil homme enleva son gant et me tendit la main tout en ôtant son chapeau. Il était élégamment habillé, vêtu d'un costume en tweed sous son long manteau anthracite. Ses attitudes semblaient venues d'un autre temps. Il n'aurait pas détonné dans *Downton Abbey*. Je l'imaginais aisément prendre ma veste et me servir un brandy.

— Edgar Olin, enchanté.

— Je suis Émile Plomb. Mais si je vous entends m'appeler seulement Émile, je vous préviens tout de suite que cette conversation sera la dernière que nous aurons ! Si vous me permettez l'expression « Nous n'avons pas gardé les cochons ensemble », contrairement à ce que semblent penser la plupart des habitants de cette résidence, déclara-t-il en remettant son gant.

— Bien, monsieur, me contentai-je de répondre, étonné par tant d'autorité.

Monsieur Plomb ne se formalisa pas de mon manque de loquacité et continua :

— J'habite au numéro 12, à côté des sœurs Monchat. Vous avez, je crois, déjà fait leur connaissance.

Les informations circulaient plus vite aux Impatients que sur internet. J'imaginai le récit que les deux chipies avaient dû faire de leur visite matinale.

— J'ai eu ce plaisir, encore que ce mot ne soit pas tout à fait le plus adapté aux circonstances de notre rencontre.

— Ces femmes n'ont aucun sens de la propriété privée, et encore moins du respect de l'intimité. Effroyables voisines.

Il secoua la tête, comme pour chasser leur image de son esprit. Nous avançâmes ensemble jusqu'à la porte du bâtiment principal.

L'accueil était vaste et bien éclairé. Il y avait quelques fauteuils jaune poussin, installés près des baies vitrées, entourés de plantes vertes. Aux murs, des reproductions encadrées de tableaux de Van Gogh. On sentait les efforts mis en œuvre pour donner l'impression d'une pièce chaleureuse, même si l'ensemble de la décoration aurait pu être transporté dans n'importe quel hall d'accueil d'un établissement quelconque.

Monsieur Plomb m'indiqua le grand bureau blanc qui trônait face à l'entrée. Assise derrière, une jeune femme blonde téléphonait.

— Voici Ingrid, qui gère l'accueil le matin.

En nous apercevant, elle leva la tête et nous fit un signe de la main tout en continuant à parler au téléphone.

— L'après-midi, elle est remplacée par Sacha, mais vous ne verrez pas la différence, elles sont jumelles, nota le retraité. D'ailleurs, je ne suis pas certain qu'il s'agisse bien d'Ingrid ce matin, mais qu'importe, les deux sont efficaces !

Encore des sœurs. J'espérai que ces deux-là ne viendraient pas faire le pied de grue au bord de mon lit.

Monsieur Plomb me montra l'emplacement des divers services de l'accueil. La boîte aux lettres, la salle de télévision, la bibliothèque, le foyer, qui faisait office de restaurant aux heures de repas, et de cafétéria le reste du temps. Il m'indiqua le chemin pour accéder à la supérette, environ deux cents mètres plus loin. Puis, il s'excusa, m'expliquant qu'il devait retrouver un certain Octave Javert pour échanger sur les nouvelles du jour, comme ils avaient coutume de le faire tous les matins.

Je le vis s'éloigner, chapeau à la main, vers la cafétéria, et hésitai quelques secondes avant de lui emboîter le pas. Je me sentais comme le petit nouveau de l'école, et craignais, c'était idiot, que le vieil homme me prenne pour le pot de colle de service et m'envoie balader. Je chassai cette idée de ma tête et entrai dans la salle. Monsieur Plomb tourna vers la droite, se dirigea vers le fond de la pièce à la rencontre d'un homme déjà attablé devant un café et un croissant. Là où Émile Plomb était l'image même de l'élégance et du raffinement, l'autre vieillard était vêtu d'un jogging bleu marine passablement démodé, et portait sur sa tête un béret gris, que monsieur Plomb lui enleva et posa sur le côté de la table avant de s'asseoir. Le vieux ne réagit pas à cette soustraction de son couvre-chef, et accueillit son camarade avec un grand sourire. Puis le dénommé Javert me montra du doigt en parlant à son ami, sans doute pour s'enquérir de mon identité. Je détournai le regard, songeant que ces deux-là formaient une curieuse paire, et commandai un expresso au responsable de la cafétéria, qui ne sembla pas remarquer que je ne cotisais pour ma retraite que depuis une vingtaine de trimestres.

Je restai quelques minutes à siroter mon café, bien meilleur que je l'aurais imaginé dans ce type d'endroit. J'étais toujours impressionné par le calme qui régnait dans cette résidence. Pas de hurlements, pas de ballons. Je réalisai qu'au-delà des élucubrations sonores dont étaient capables mes tarés de voisins, les bruits de la ville en eux-mêmes m'épuisaient vraiment. La circulation, les klaxons, le métro et tous ces pseudos-chanteurs qui se trimbalaient avec une enceinte harnachée sur un diable et un micro à la main pour massacrer *La Vie en rose* entre Bastille et Ledru-Rollin.

Ici, l'absence de sons irritants était saisissante. Seules résonnaient les voix de monsieur Plomb et de son acolyte en survêt', et le cliquetis de la vaisselle que nettoyait l'homme derrière le comptoir. Je ne me souvenais pas de la dernière fois où je m'étais retrouvé dans une atmosphère aussi paisible. Limite, j'aurais pu être angoissé par cette faible sollicitation de mon ouïe, si ce n'était pas exactement ce que j'avais cherché en venant m'installer aux Impatients.

Mon café terminé, je sortis d'un pas décidé, prenant le chemin que m'avait indiqué monsieur Plomb, afin d'acheter le nécessaire pour survivre. La supérette vendait aussi la presse, j'en profitai donc pour prendre le journal, un vrai journal qui sentait l'encre, chose que je n'avais pas faite depuis des années. Je quittai les lieux avec deux sacs chargés de pain de mie, surgelés, PQ, café, beurre et Coca. Caféine et graisses saturées seraient mes nouveaux amis.

Rêvassant à la longue et productive journée d'écriture qui s'annonçait, je me perdis plusieurs fois en chemin (ces allées se ressemblaient toutes), pour me retrouver de nouveau devant l'accueil après dix minutes à tourner en rond. Les sacs commençaient à me peser (j'avais un peu abusé sur le nombre de canettes de Coca, à croire que je craignais que la multinationale cesse de produire), aussi je pressai le pas. Tout à mes projets (dont celui de me refaire un café), je fonçai tête baissée et entrai en collision avec un autre être humain, laissant tomber mes sacs de courses, dont le contenu se répandit sur le sol. Persuadé d'avoir heurté la mémé lavande sur sa patinette, je m'apprêtais à lui passer un savon lorsqu'en relevant la tête je vis une jeune femme à terre, déjà en train de se remettre sur ses jambes. Je lui tendis son sac à main qui s'était écrasé à mes pieds en m'excusant.

— Vous n'êtes pas blessée au moins ?

— Disons que je suis contente d'avoir fait du rugby adolescente, répondit-elle en frottant son pantalon. Vous êtes moins lourd que ma camarade de classe, Sophie Malbèque. Elle, quand elle vous plaquait, vous le sentiez passer !

— Je suis vraiment confus, bredouillai-je.

Elle releva la tête vers moi en souriant. Une mèche de cheveux châtains s'échappait de son chignon. Elle la fit glisser derrière son oreille, puis tendit sa main dans ma direction :

— Vous devez être Edgar. Enchantée, je suis Zoélie.

— La fameuse et mystérieuse Zoélie ! m'exclamai-je en lui serrant la main.

Elle était grande. Jolie aussi, avec un petit nez en trompette qui lui donnait un air mutin. En lisant les mails de tante Agatha (ou plutôt ceux que Zoélie avait rédigés sous sa dictée), je me l'étais imaginée bien plus âgée. Et plus austère. Genre gardienne de prison ou pirate. Alors que pour une nana que je venais de projeter au sol, elle était drôlement souriante et sympa, en plus de ne pas posséder de carte vermeil.

— Je ne vous voyais pas du tout ainsi ! lança Zoélie, qui semblait, elle aussi, s'être fait un autre portrait de ma personne.

— Plutôt du genre flic à la retraite ? répondis-je du tac au tac. Visage buriné, cicatrice sur le front et doigts couverts de nicotine ?

C'est souvent l'image que les gens se font d'un auteur de romans policiers.

— Quelque chose comme ça, dit-elle en laissant fuser un éclat de rire.

— Le côté asperge fringuée comme un ado attardé étonne toujours un peu, lui concédai-je.

Elle m'aida à ramasser mes achats et à les remettre dans mes sacs tout en continuant à discuter. J'appris ainsi qu'avant de jouer les dactylos pour les grands-mères larguées en informatique, elle était infirmière.

— Je croyais que les Impatients n'étaient pas une maison médicalisée, dis-je, me demandant une nouvelle fois si je ne m'étais pas planté en m'installant ici.

— Vous avez raison, mais il n'empêche que certains habitants ont besoin de soins basiques. Injection hebdomadaire, contrôle de la tension, pilulier à remplir. Rien de grave, mais de quoi m'occuper quelques heures tous les jours, en plus de mes patients en ville, répondit-elle alors que nous avancions dans le patio. Quant à ceux qui n'ont pas besoin de mes services, savoir que je passe tous les jours dans la résidence les rassure. Ils viennent parfois toquer à la porte de leur voisin lorsque je suis en visite, pour demander mon avis avant de faire appel au médecin. C'est plus souvent de la bobologie que la grippe ou le scorbut, contrairement à ce qu'ils imaginent.

— C'est comme ça que vous avez connu ma tante ? demandai-je, même si tante Agatha avait toujours eu une santé de fer.

— En effet ! Je passe régulièrement pour faire un point sur son diabète.

Tante Agatha diabétique ? Première nouvelle ! J'avais toujours vu ma tante comme un roc qui nous enterrerait tous. Je ne l'avais jamais entendue se plaindre de quoi que ce soit.

— Et vous tapez ses mails par la même occasion !

— C'est plus rare, répondit Zoélie. Généralement, elle profite de ma présence pour me raconter ses prises de bec avec madame Dussol pendant que je bois un petit café.

Je repensai immédiatement à la furie sur roulettes.

— Rien de bien grave, j'espère ? Je veux dire, elles n'en sont jamais venues aux mains ?

Connaissant le tempérament volcanique de ma tante, et ce que j'avais perçu chez la mamie à la trottinette, la situation aurait pu très vite dégénérer.

Je me voyais déjà sonner à la porte de la vieille toupie pour la défier en duel et laver l'honneur de ma tante. J'ai toujours eu la fâcheuse tendance de me mêler des conflits dans lesquels je ne suis pas impliqué. Et l'ancienneté de la rixe ne modifie en rien mon besoin d'intervenir. Enfant, alors que nous marchions dans la rue, ma mère s'était arrêtée et m'avait indiqué une maison grise. Elle m'avait raconté que c'était ici que vivait une camarade de lycée avec qui elle avait eu une violente dispute en classe, événement qui l'avait laissée mortifiée, car les autres élèves avaient pris le parti de sa rivale, et s'étaient mis à la huer. Il avait fallu l'intervention du professeur et d'un pion pour faire cesser les cris des adolescents. Ma mère m'avait paru si affectée en me racontant cette histoire que j'en avais été très perturbé. De retour à la maison, je n'avais cessé de penser à son humiliation passée. J'imaginais ma mère en larmes, courir se réfugier aux toilettes pour s'éloigner de l'opprobre juvénile. Cette image m'était insupportable. Je n'en avais presque pas fermé l'œil de la nuit, me tournant et retournant dans mon lit.

Le lendemain matin, j'étais parti à l'école plus tôt que d'ordinaire, expliquant à mes parents que j'avais promis à un copain d'arriver en avance pour échanger des autocollants Panini. En chemin, j'avais fait un détour, et étais revenu jusqu'à la maison que maman m'avait montrée la veille. J'avais pris tout mon courage et avais sonné, bien décidé à laver l'honneur bafoué de ma mère, même quinze ans après. L'idée que la coupable avait sans doute quitté le domicile parental depuis belle lurette ne m'avait pas effleuré. Lorsque la porte s'était ouverte, laissant apparaître une femme dont je ne cherchais même pas à vérifier l'identité, je m'étais mis à débiter mon laïus vengeur sans lui laisser le temps d'en placer une :

— Vous avez fait de la peine à une femme formidable, gentille, et qui prépare la meilleure mousse au chocolat du monde ! Vous devriez avoir honte ! J'espère que les remords vous hanteront jusqu'à la fin de votre vie de vieille sorcière !

Là-dessus, je m'étais retourné en prenant l'air le plus dédaigneux qu'il me semblait possible d'afficher, et étais parti sur-le-champ. J'avais mis le silence de mon interlocutrice sur le compte d'une contrition extrême. Ce n'était que des années plus tard que j'avais envisagé que cette femme, qu'elle ait été ou non la Némésis de ma mère, n'avait dû rien comprendre à ce flux de reproches de la bouche d'un gamin de dix ans. Mais je me souviens d'un sentiment puissant, celui d'avoir accompli un devoir nécessaire, d'avoir rétabli un équilibre des forces. Batman, à côté de moi, était un crétin portant un déguisement trop ajusté.

Peut-être était-ce pour cela que j'avais choisi d'écrire des romans policiers. Pour m'assurer qu'il existait un monde où le bien et le mal étaient clairement étiquetés, dans lequel les coupables étaient mis hors d'état de nuire, où les victimes trouvaient justice, même si ce n'était qu'un monde de papier, et que mes crimes de fiction dépassaient le cadre de l'ego blessé.

Si Dussol tyrannisait ma tante, j'étais prêt à remettre ma cape imaginaire de vengeur sans masque, et à aller affronter la terreur violette.

— Je vous rassure, elles se contentent de se hurler des noms d'oiseaux. Votre tante a d'ailleurs un vocabulaire très fleuri ! fit remarquer Zoélie. Elle a menacé de « faire bouffer sa trottinette à cette sale garce décérébrée » lorsque madame Dussol a critiqué ses nains de jardin et proposé d'appeler Emmaüs pour l'en débarrasser.

Je reconnaissais bien là ma tante. Elle avait un jour tronçonné intégralement la haie d'un voisin qui l'avait contrariée. Imaginez la tête du pauvre type qui s'était levé un matin pour trouver un tas de fagots sur sa terrasse !

Tout en parlant, nous étions arrivés devant ma nouvelle demeure.

— Je vais devoir vous laisser, j'ai encore plusieurs visites à faire dans la résidence, mais j'ai été ravie de vous rencontrer !

— Le placage au sol mis à part, j'imagine !

— Vous m'offrirez un café à l'occasion pour vous faire pardonner ! suggéra Zoélie en s'éloignant.

Une fois les courses rangées, je passai le reste de la journée enfermé à écrire.

On sonna à plusieurs reprises à la porte au fil des heures, mais je me refusai à ouvrir. Je ne doutais pas qu'il s'agissait d'autres résidents, désireux de faire ma connaissance. Il me sembla même entendre les sœurs Monchat, après un nouveau coup de sonnette, débattant derrière la porte de l'éventualité de pénétrer une nouvelle fois dans la maison sans y être invitées.

Ma tante avait vraisemblablement annoncé mon arrivée à tous ses camarades, mais je n'étais pas venu m'installer ici pour copiner avec le voisinage. J'étais venu pour écrire. J'avais un roman à terminer, et je comptais m'y consacrer.

Au bout d'une semaine aux Impatients, j'avais élaboré un emploi du temps bien rodé. Calme et bien rodé.

Je me réveillais un peu avant huit heures. Corrigeais les pages écrites la veille au soir, conscient que mon sens de la conjugaison prenait des atours fantaisistes après vingt et une heures. Puis, je m'habillais et sortais de la maison par le patio pour aller boire un café. J'aurais pu me contenter de me servir de la machine à expresso de tante Agatha, mais j'appréciais de le boire dans cette grande salle à la décoration désuète, en observant les quelques habitants matinaux.

Le contenu de ma tasse avalé, je reprenais le chemin de la maison, saluant les visages que je commençais à reconnaître à force de les croiser. J'écrivais ensuite jusqu'à treize heures. Je me levais alors de ma chaise pour réchauffer un des plats surgelés achetés à la supérette le premier jour (j'avais rempli le congélateur de lasagnes aux légumes, poisson blanc sauce citron, pennes aux champignons et poulet curry. Peu diversifié certes, mais reposant en termes d'organisation) que je mangeais assis sur le canapé devant le journal de Jean-Pierre Pernaut. Je buvais ensuite un nouveau café, puis je remettais ma veste et sortais faire une promenade dans le parc, presque vide à cette heure de la journée, connue pour être celle de la sieste. Peu porté sur l'exercice physique, mais conscient que mon alimentation déplorable finirait tôt ou tard par me faire gonfler une bouée ergonomique en guise de ventre, je me forçais à faire le tour du parc dans le sens des aiguilles d'une montre, puis dans le sens inverse. Au terme de ces deux tours, je m'asseyais sur un banc, toujours le même, sortais un stylo à bille et un carnet de ma poche, et griffonnais quelques notes en observant les oiseaux, des bergeronnettes, la plupart du temps. Puis je reprenais le chemin de la maison aux alentours de quinze heures trente, saluant de nouvelles têtes connues qui émergeaient de leur sieste. Une fois rentré, je me remettais au travail jusqu'à dix-huit heures, heure à laquelle je téléphonais à ma sœur Clara, essayant d'avoir avec elle une conversation de plus de trois minutes vingt sans interruption, Clara étant l'heureuse génitrice de jumeaux de quatre ans portés sur le combat à mains nues. Après cet interlude téléphonique, dont je mettais environ seize minutes à me remettre, je rallumais mon ordinateur et écrivais jusqu'à vingt heures trente. Un nouveau plat surgelé trouvait alors le chemin du micro-ondes, plat que je mangeais cette fois en surfant sur internet. J'écrivais encore une heure ou deux selon mon inspiration et ma fatigue, puis je gagnais la chambre, et m'endormais en général en lisant, et me réveillais au matin contrarié d'avoir de nouveau corné mon bouquin en ayant roulé dessus pendant la nuit.

Les habitants paraissaient avoir intégré mon besoin de paix et de solitude, car aucun d'eux ne tenta d'entrer en contact avec moi. Pas de coups de sonnette, pas d'invitations à boire un thé, pas d'intrusion dans ma chambre à coucher. Rien qui ne cherchait à me détourner de mon travail.

J'avais élaboré un emploi du temps bien rodé, donc. Calme et bien rodé.

Et plus chiant qu'une journée de pluie au mois d'août.

De plus, si j'étais parfaitement honnête, je devais avouer que mon roman n'avançait pas comme je l'espérais.

Certes, j'avais passé ces premiers jours la tête dans le guidon, le nez collé à mon écran d'ordinateur. Après des semaines à essayer vainement de me concentrer en dépit de l'univers sonore de mon appart, j'étais enfin libre de travailler comme je l'entendais, quand je l'entendais.

Si vous voulez mon avis, la liberté, c'est surfait.

Tout ce temps, tout ce calme, cela avait quelque chose de stressant.

Parce que j'étais censé l'utiliser à bon escient, ce temps. Parce que j'étais censé être efficace, pondre un roman génial que Max adorerait, un roman qui comblerait mes lecteurs et ma mère, un roman que je serais fier de présenter au monde. J'espérais secrètement que ce nouvel opus me projetterait sur le devant de la scène. Je n'avais pas à me plaindre: j'étais un auteur publié, chose dont beaucoup rêvent sans jamais y parvenir malgré leurs efforts ou même leur talent. Mais cela serait mentir de ne pas admettre que j'aurais aimé une carrière plus flamboyante, que mon nom, comme celui de mon héroïne, soient connus du plus grand nombre, que l'on vante mes intrigues et mes rebondissements dans la presse à grand tirage et vendre assez d'exemplaires pour arrêter de traduire ces notices absurdes. C'était pour toutes ces raisons que je devais mettre ce temps à profit pour écrire le meilleur roman de ma carrière.

Au lieu de cela, j'avançais à la manière d'un opossum dans le sable.

Les deux premiers jours, grisé par cette nouvelle sérénité, pris par une frénésie créative, j'avais rédigé de nombreuses pages. Mais la source s'était tarie. Je m'étais mis à écrire moins, moins vite, et moins bien. Je regardais souvent mon téléphone, jouais à *Tap Zoo*, me levais refaire du café, lisais mes mails, vérifiais le statut Facebook de Lise (elle était passé de « célibataire » à « c'est compliqué », ce qui m'avait rendu un peu jaloux). J'écrivais de nouveau quelques lignes. Les effaçais. Buvais un Coca. Écrivais encore une page ou deux, les relisais, les trouvais nulles, continuais malgré tout, m'autoflagellais, écrivais de nouveau, songeais que Max détesterait ce chapitre, me disais que Max pouvait bien aller se faire foutre parce que l'auteur, c'était moi, réalisais que ce chapitre était effectivement inutile et ne faisait pas avancer l'intrigue, l'archivais dans un dossier, ouvrais un nouveau document, écrivais jusqu'au soir et allais me coucher dépité, me consolais en me disant que j'aurais toute la latitude pour faire mieux le lendemain, puisque je n'étais désormais plus parasité par la folie humaine.

Et le lendemain, la valse des doutes et de l'insatisfaction reprenait.

J'en étais arrivé à me demander si je ne me révélais pas plus efficace dans le bordel et le bruit. Poussé dans mes retranchements, contraint à profiter de maigres fenêtres de tranquillité, j'étais parvenu à écrire mes deux précédents romans sans grande difficulté. Or, dans ce cadre idéal, propice à la concentration, mon esprit ne cessait de divaguer, et les mots peinaient à former des phrases, à trouver leur place dans mon histoire.

J'enrageais devant des pages Word et l'usage peu productif que je faisais de ma nouvelle habitation.

Sans compter que je me faisais chier comme un rat mort.

Mais ça, je ne l'aurais admis devant personne.

Au matin du huitième jour, je ne créai pas une nouvelle manière de m'emmerder.

Le destin, ou plutôt les habitants et le personnel des Impatients, se chargèrent de balancer aux orties mon soporifique planning.

Un peu avant huit heures, j'eus l'impression qu'un séisme de magnitude seize frappait la résidence. Un bruit assourdissant fit vibrer les vitres et les cloisons, m'arrachant au sommeil comme on arrache une bande de cire Veet collée au niveau du maillot début juillet. Dans la douleur et les cris. Mon cœur se mit à battre à tout rompre, m'obligeant à me lever d'un bond pour reprendre mon souffle. Éléphants en goguette ? Horde d'hélicoptères ? Cyclone tropical n'ayant pas le sens de l'orientation ? Je ne parvenais à comprendre ce qui pouvait produire un tel tapage.

Mes capacités matinales ont toujours été limitées, en particulier lorsque je me levais du mauvais pied, et ce matin-là, je fus incapable de trouver un pantalon et un T-shirt dans la chambre, mes yeux me laissant l'impression d'être ceux d'un chaton tout juste né. J'attrapai le premier bout d'étoffe qui me passa sous la main dans le placard, et l'enfilai. Il s'avéra que c'était un peignoir en soie que tante Agatha avait ramené d'un séjour en Indochine. Sachant que je ne portais rien d'autre qu'un boxer décoré de castors sur fond bleu nuit, la tenue complète était du plus bel effet.

Une fois dans l'entrée de la maison, je sautai dans mes Converse sans chaussettes, manquant de me rompre le cou en me prenant les pieds dans le paillasson, et sortis dans la rue pour chercher la source de ce bruit infâme.

Je ne prêtai pas attention aux regards effarés que me lancèrent les rares résidents qui étaient dehors à cette heure. Les oreilles dressées comme celles d'un chien de chasse à l'affût, je me dirigeai de l'autre côté de la rue, vers la maison d'où provenait ce que j'identifiais désormais comme de la musique, ou du moins, quelque chose qui essayait de s'en rapprocher sans grand succès, un méli-mélo de cris et de basses, de cymbales et de guitare saturée. Qui, dans une résidence pour papis et mamies, pouvait bien écouter un truc pareil ? Un des habitants devait héberger un ado boutonneux et crétin, ou alors un sociopathe.

Je tambourinai à la porte.

Lorsque celle-ci s'ouvrit, intensifiant le volume de ce son barbare, elle laissa apparaître une grand-mère souriante, avec de beaux yeux d'un vert profond. Le genre à distribuer des bonbons aux mômes dans un film pour enfants. Mais j'étais résolu à ne pas me laisser intimider par ce masque de bonhomie. La vieille devait forcément planquer un criminel notoire.

— Bonjour, madame, je suis Edgar Olin.

— Oh ! Le neveu d'Athéna ! s'exclama la mamie en affichant un grand sourire.

— Vous voulez dire d'Agatha ?

— C'est ce que j'ai dit, répondit-elle sans ciller. Bonjour, jeune homme ! Je suis Marthe Mélodie, une amie de votre tante !

— Madame Mélodie, commençai-je.

— Je vous en prie, appelez-moi Marthe !

Elle souriait toujours, de ses dents parfaitement alignées que je soupçonnais d'être factices. Surtout, ne pas me laisser déstabiliser.

— Marthe, vous ne vous en rendez sans doute pas compte, mais votre musique est vraiment très forte.

— Vous croyez ?

— Je suis presque certain que du sang sort de mes oreilles en ce moment !

Elle pencha la tête pour regarder mon profil gauche.

— Je ne vois pas le moindre flan, dit-elle, l'air interloquée.

— Du flan ?

— Oh oui, j'aime bien ça ! Avec du caramel ! Mais si vous voulez mon avis, c'est meilleur quand on le prépare avec du lait entier !

Comment en étions-nous arrivés à disserter sur la meilleure manière de réaliser un flan ?

— Madame Mélodie, repris-je.

— Marthe, monsieur Edgar.

— Marthe, la musique.

— Vous voulez danser ?

— Non, Marthe, je ne veux pas danser !

— Parce qu'il y a un cours de danse de salon le samedi matin ! On y apprend de nouveaux pas pour la grande soirée des Impatients ! dit-elle avec une fierté que je ne saisissais pas.

Je commençais à vraiment désespérer. La vieille était folle ou idiote. Ou alors, bien décidée à me faire tourner en bourrique et à ne jamais baisser sa foutue chaîne hi-fi. Être âgée n'empêche pas d'être diabolique.

— Pouvez-vous, s'il vous plaît, baisser votre musique ? repris-je, en essayant de ne pas m'énerver.

— Pourquoi, c'est trop fort ?

— Oui ! m'exclamai-je, au bord de l'agonie.

Marthe Mélodie n'eut pas le temps de répondre. De ma droite surgit une femme. Il me fallut quelques secondes pour reconnaître madame Dussol, la timbrée en trottinette. Sans même saluer Marthe, Dussol l'écarta de son chemin et pénétra dans la maisonnette comme si elle était chez elle. En un instant, la musique cessa, et madame Dussol ressortit aussi rapidement qu'elle était entrée. Une fois sur le pas de la porte, elle se tourna vers moi et lança :

— Gamin, c'est comme ça qu'on obtient le calme ! La vie, c'est le Far West !

Et sans me laisser la possibilité de répliquer (je n'aurais pas trouvé quoi dire, mais par principe j'aurais aimé en avoir le choix), elle repartit aussi sec. Je restai comme un imbécile, en peignoir et calbut', devant la porte de mémé Marthe, qui n'avait toujours pas réagi et continuait à me sourire de ses quarante-huit dents parfaites.

— Dites, la soirée dansante, vous m'accompagnerez ?

Après quelques minutes d'un nouveau dialogue sans queue ni tête avec Marthe Mélodie (j'avais fini par capituler et elle avait réussi à m'inscrire sur son carnet de bal pour la fameuse soirée qui aurait lieu dans un futur qui semblait appartenir à une autre réalité), je traversai la rue pour enfin rentrer chez moi. Je commençais à ressentir les effets du froid sur mes jambes nues. J'allais entrer dans le jardinet lorsqu'une femme m'interpella.

— Monsieur Olin, nous n'avons pas encore eu l'occasion d'être présentés, je suis Adèle Marconi, la directrice de l'établissement, dit-elle en me tendant la main, tout en me détaillant des pieds à la tête.

Adèle Marconi semblait sortie d'un catalogue de vente par correspondance des années 1990, même si, à en juger par ses traits, elle ne devait pas avoir plus de quarante-cinq ans. Cheveux blond cendré, coiffés en un carré parfait, petites perles de culture aux oreilles, maquillage discret, tailleur gris pâle impeccable, chaussures lustrées.

— Bonjour, madame. Pardonnez ma tenue, j'ai eu un incident musical, répondis-je, en essayant de me draper dans le peu de soie et de dignité qu'il me restait.

La directrice fronça les sourcils (sourcils parfaitement épilés) mais ne demanda pas de précisions.

— Je ne savais pas à quel moment venir vous aborder. Vous autres, les artistes, dormez-vous le jour ? La nuit ? C'est difficile de s'y retrouver !

Elle laissa échapper un petit rire nerveux et continua :

— Mais vous êtes là depuis plus d'une semaine maintenant, alors il me semblait important de venir vous rencontrer, pour vous souhaiter la bienvenue, évidemment, mais aussi pour que nous convenions de la date à laquelle vous débuterez votre atelier d'écriture !

— Mon atelier d'écriture ? répétai-je.

— C'est ce que je viens de dire. Votre atelier d'écriture.

— Je suis censé avoir un atelier d'écriture ?

— En proposer un en tout cas ! C'est ce que votre tante et moi étions convenu avant qu'elle parte en vacances, expliqua Adèle Marconi, visiblement ennuyée.

— Ma tante ne m'avait pas parlé d'un tel arrangement.

— C'est fâcheux. C'est fâcheux. Oui, vraiment fâcheux.

Adèle Marconi paraissait décidée à répéter le mot fâcheux comme un disque rayé.

— Car, vous comprenez, les habitants ne sont pas autorisés à louer, ou même simplement à héberger quelqu'un dans leur maison pour un long séjour. Mais votre tante a tellement insisté, et elle a ainsi proposé que vous animiez un atelier d'écriture pour nos pensionnaires, auquel cas vous pourriez être considéré comme un membre du personnel, en quelque sorte. Cela justifierait votre présence ici.

Je me passai la main dans les cheveux, ébouriffant ma tignasse plus qu'elle ne l'était déjà au naturel. Puis je me mis à gratter ma barbe naissante. Enfin, les vingt-cinq pauvres poils ras qui la composaient. Lorsque je ne trouvai plus rien à gratter que la décence autorisait en public, je fus bien forcé de répondre à madame Marconi :

— Et vous êtes certaine que cela intéresse vos pensionnaires ? tentai-je.

Après tout, les habitants n'en avaient peut-être strictement rien à fiche qu'un écrivain de seconde zone vienne leur distiller des conseils pour écrire leur journal intime ou une lettre de mécontentement à la production de *Motus* pour excès de boules noires.

— Tout ce qui peut égayer leur quotidien et les stimuler les intéresse ! Et nous ne serions pas un établissement de qualité, noté quatre maisonnettes et demie sur cinq selon le classement des résidences pour seniors établi par le magazine *70 +*, si nous ne proposions pas des activités variées !

Argument imparable. Marconi continua, bien décidée à me convaincre :

— Évidemment, il ne s'agit pas de leur faire écrire le prochain best-seller. Il faut leur proposer quelque chose de joyeux ! Les divertir, les sortir de leur train-train !

Les divertir ? Elle me prenait pour qui, un clown échappé de chez Pinder ?

— Je ne suis pas sûr d'être en mesure de faire ça, avouai-je, embêté.

— C'est très fâcheux, répéta-t-elle en pinçant ses lèvres.

Décidément, elle aimait ce mot.

— Comme je vous le disais, sans cela, il vous sera impossible de continuer à séjourner aux Impatients. Elle se tut un instant et reprit : Vous êtes certain de ne pas pouvoir proposer quelque chose aux résidents ?

Je pesai le pour et le contre. Refuser signifiait repartir à Paris, revenir dans mon satané appartement, et recommencer à m'énerver quotidiennement. Même si mon travail n'avançait pas comme je le voulais, ici j'étais en paix. Je n'avais aucune envie de rentrer. Et la Marconi ne semblait pas disposée à faire une entorse au règlement. J'étais coincé.

— Je suppose que je pourrais organiser un cours par semaine, balbutiai-je.

— Formidable ! Formidable ! s'exclama la directrice, toujours aussi portée sur les répétitions. Je suis certaine que cela sera une activité très enrichissante pour nos résidents !

— Si vous le dites, répondis-je, peu convaincu.

— Ah ! Je reconnais bien là l'artiste en vous, monsieur Olin ! Sombre et torturé !

Apparemment, pour madame Marconi, écrivain rimait avec poète chagrin.

— C'est tout moi ! concédai-je en riant faussement, songeant à la dernière fois où j'avais trop bu avec Max, et où nous avions échoué dans un bar karaoké parce qu'interpréter *Gigi l'amoroso* de Dalida nous semblait indispensable. Pas certain que Baudelaire aurait participé à notre tour de chant.

La directrice prit congé, à mon soulagement, car il me tardait d'enfiler de vrais vêtements. Mes tétons auraient pu servir de disqueuse.

Je m'apprêtais à entrer lorsque je vis Zoélie devant la maison voisine. Ses yeux se posèrent sur ma tenue.

— Joli peignoir, Edgar !

Gêné, je lui fis un petit signe de la tête, et m'engouffrai à l'intérieur.

DANS quelle galère tante Agatha m'avait-elle fourré ?

Un atelier d'écriture ? Sans blague, comme si j'avais une tête de prof !

Parce que, franchement, moi, l'école, j'y étais allé parce que c'était obligatoire. Et après mes seize ans, j'avais continué uniquement parce que ma mère serait entrée en mode « furie de l'enfer » si j'avais ne serait-ce qu'émis l'hypothèse d'arrêter, et, qu'à choisir, je préférais me farcir des heures de cours à regarder voler les mouches qu'il n'y avait pas dans la classe plutôt qu'affronter le courroux maternel. Mais moi, enseigner quelque chose ? Tante Agatha devait commencer à manifester des signes de sénilité pour avoir eu une idée pareille !

En plus, je détestais parler en public.

Je suis toujours content de rencontrer mes lecteurs, mais je préfère le faire quand il n'y en a qu'un à la fois devant moi. Il y a au moins un avantage au fait qu'ils ne se déplacent pas en masse comme des touristes au Louvre. Les dédicaces, je gère. Je suis charmant, je fais de l'humour, je prends une photo, j'écris quelques lignes que j'essaie de rendre personnelles même si je viens de rencontrer la personne. Ce sont des moments que j'apprécie. Mais lors des présentations en librairie, quand il me faut prendre la parole devant une petite assemblée qui attend que je dise un truc intelligent, je me sens en infériorité numérique. Je parle, ils écoutent, c'est abominable. Je me sens nu et nul. Cela me rappelle les exposés au lycée. Ces moments où il fallait faire montre d'éloquence et de savoir, alors qu'on avait simplement engrangé trois bribes de connaissance sur un sujet imposé.

J'écris des livres. Je ne suis expert en rien. Pourtant, tous les douze à dix-huit mois, je me retrouve devant des lecteurs souriants, que personne n'a forcés à venir m'écouter (du moins je l'espère !), et malgré la bienveillance que je peux percevoir dans leurs yeux, j'ai toujours l'impression que je vais me mettre à ricaner bêtement avant de quitter la scène en laissant une chaussure derrière moi, comme Cendrillon. Je prends sur moi pour masquer cette anxiété, je m'efforce de faire des phrases qui dépassent la structure « sujet-verbe-complément » car c'est ce que l'on attend d'une personne qui écrit, et je ressors toujours d'un tel exercice aussi épuisé que si j'avais passé deux jours entiers à faire le tour d'Ikea.

Comment pourrais-je enseigner quoi que ce soit ?

Je n'avais rencontré que quelques habitants des Impatients, mais l'échantillon que j'avais eu laissait à penser qu'ils étaient drôlement gratinés ces vieux ! Entre la tarée à roulettes qui se la jouait Clint Eastwood, les mamies qui rêvaient d'inspecter mon cul comme Darwin observait les espèces aux Galápagos, celle qui avait vraisemblablement de la confiture ou du flan lui obstruant les oreilles, sans parler du vieux majordome, il y avait là une belle brochette de toqués. Si mes élèves grabataires étaient du même acabit, ce n'était pas un atelier d'écriture que j'allais proposer, mais un spectacle comique dans lequel les participants se frapperaient mutuellement sur la tête avec de vrais marteaux. Et j'espérais qu'ils me frapperaient moi aussi pour mettre fin à ce calvaire.

— Vous étiez au courant pour cette histoire d'atelier d'écriture ?

— Bien sûr, répondit Zoélie en posant sa tasse, Adèle Marconi en parle depuis plusieurs jours ! Mais je pensais que c'était votre idée !

Une fois habillé avec des vêtements m'appartenant (même si je devais avouer que la sensation de la soie sur ma peau nue ne m'avait pas déplu), j'étais sorti à la recherche de Zoélie pour lui proposer le café promis après mon placage au sol. J'éprouvais surtout le besoin de parler à un autre être humain, un qui n'aurait pas l'âge d'être ma grand-mère et qui saurait mener une conversation cohérente.

— Je n'en reviens pas que ma tante m'ait envoyé dans un tel traquenard !

— Ne le voyez pas comme ça, Edgar, tempéra Zoélie. Je pense plutôt que face à cette subtilité du règlement, Agatha, connaissant vos problèmes de logement, a cherché le meilleur moyen de contourner un obstacle.

Zoélie n'avait pas tort. Tante Agatha était une sorte de MacGyver de la vie. Jamais un problème sans une solution. Si la mort de son mari ne l'avait pas contrainte à prendre un deuxième boulot pour nourrir ses trois enfants, je suis persuadé qu'elle aurait trouvé le temps de négocier la fin de conflits entre pays ou de démonter le mur de Berlin, car le mot « non » n'était pas à ses yeux un point final, seulement le signe qu'il fallait envisager un moyen d'atteindre son objectif différemment.

Sans lui dévoiler les scénarios alambiqués qui me traversaient l'esprit lorsque je devais m'exprimer en public, je fis part à Zoélie de mes doutes quant à ma capacité à enseigner.

— Vous n'avez jamais exercé un autre métier qu'écrivain ?

Si je ne comptais pas lui parler de ma barbante activité de traducteur, j'appréciai le fait que sa question implique qu'écrivain soit une profession. Combien de fois avais-je entendu certains de mes proches demander « Quand vas-tu te mettre à travailler ? » ou encore s'exclamer « Moi aussi, si j'avais du temps, je pourrais écrire un livre ! ». Comme si la seule chose qui différenciait une personne qui écrit d'une personne qui n'écrit pas était le temps.

— J'ai été Dingo, lui répondis-je.

— Pardon ?

— Et Pluto aussi. Baloo, une fois, et Porcinet à plusieurs reprises. Mais c'est vraiment Dingo que j'ai préféré.

Je racontai à Zoélie comment le parc Disneyland était devenu mon ticket pour la capitale. Enfin, pour Marne-la-Vallée, mais c'était déjà énorme pour un gamin de dix-neuf ans qui rêvait d'indépendance. Le château de la Belle au bois dormant était alors ma tour Eiffel, même, ma tour de Babel.

Juste après le bac, j'avais échappé à la question de l'orientation en fuyant une année en Angleterre pour « apprendre la langue » (et boire des bières). Cela avait calmé mes parents un temps.

Néanmoins, je n'avais aucune idée de la voie à choisir à mon retour. Et j'étais tellement soulagé d'en avoir enfin terminé avec les salles de classe que je n'avais pas réussi à me résoudre à prendre le chemin de la fac.

Quant à mes aptitudes manuelles, elles étaient tout bonnement inexistantes. Cette voie-là était inenvisageable. Je suis convaincu que j'aurais été un plombier déplorable, le genre à recréer un déluge biblique dans un appartement haussmannien. Boulanger, soudeur, chauffeur, déménageur, ébéniste ou garagiste, je me serais montré catastrophique dans tous les domaines. L'artisanat est un des fleurons de notre pays, et il aurait été égoïste de ma part de dévaluer ce beau corps de métier.

Je voulais vivre de magie et d'histoires, d'inventions et de divagations, et même si j'écrivais déjà des petits récits sur un cahier à spirale Oxford, j'étais encore trop immature ou trop timide pour m'avouer que je désirais être auteur. Alors à cette époque, me faire embaucher au pays de la souris souriante m'était apparu comme le meilleur choix de vie. On ne reproche pas d'être un rêveur à quelqu'un qui se balade sans pantalon mais chaussé de guêtres (j'avais fait l'oncle Picsou pendant une semaine).

C'était là-bas, dans mon petit studio meublé loué par le parc, et dont le loyer était directement prélevé sur ma paie, que j'avais vraiment commencé à écrire. Des meurtres sanglants, des mystères et des enquêtes, pleins d'empreintes digitales et de preuves falsifiées. Car après une journée passée à entendre *It's a small, small world* et *Prince Ali,* c'était tout ce que j'avais en tête. Du noir, des larmes et du sang séché. Cela ne m'avait pas trop mal réussi en fin de compte.

— Edgar, vous avez survécu à des hordes d'enfants hystériques, dopés aux sucres rapides et à *Hakuna Matata*.

— Vous oubliez les groupes de copines en plein enterrement de vie de jeune fille, qui me pinçaient les fesses et me faisaient des propositions lubriques malgré mon déguisement en moumoute !

Zoélie éclata de rire. Elle avait un rire charmant, qui lui faisait plisser les yeux comme si elle avait le soleil en plein visage.

— Ce que je veux dire, c'est qu'à mon avis vous êtes capable d'affronter une dizaine de personnes âgées qui vont boire vos paroles quelques heures par semaine.

— J'ai le droit de leur donner des bonbons ? Parce que ça marchait bien avec les mômes quand la file d'attente pour prendre une photo avec moi devenait trop longue.

— Je suis infirmière, et votre tante n'est pas la seule habitante à souffrir de diabète, je ne peux pas vous conseiller cela, dit-elle, en faisant mine d'être sérieuse. Mais je suis certaine que vous trouverez le moyen de les canaliser.

Je n'étais pas vraiment convaincu d'y parvenir sans sirop de glucose.

— Gardez en tête qu'ils sont vraiment heureux de votre venue. Ils ont beau s'être installés ici de leur plein gré et vivre les uns sur les autres, certains se sentent plus seuls que vous ne pouvez l'imaginer. Ces activités de groupe rythment leurs journées. Votre futur atelier, cela compte vraiment pour eux, m'éclaira l'infirmière tout en se levant pour partir.

Je savais que Zoélie cherchait à valoriser le travail que je m'apprêtais à faire, à me rassurer quant à ma petite utilité aux Impatients. Mais au lieu de cela, ses propos ancrèrent en moi une pression indescriptible, celle de faillir à cette curieuse mission pour laquelle j'avais été désigné volontaire.

Pourtant, le mardi suivant, je fus bien forcé de me résoudre à gagner ma salle de cours de peinture/macramé/scoubidous/pièce où rencontrer la diététicienne, pour animer mon premier atelier.

Deux jours plus tôt, Adèle Marconi était venue m'annoncer, un sourire parfait collé sur sa bobine poudrée, que je devrais faire face à dix inscrits, mais qu'il faudrait sans doute m'attendre à ce que ce nombre varie. Elle m'avoua, désolée, que les habitants n'étaient pas toujours très disciplinés en ce qui concernait leur présence aux activités. Ainsi, l'été précédent, elle s'était retrouvée avec dix-sept petits vieux pour l'activité « promenade en tandem ».

— Un cauchemar, monsieur Olin, un cauchemar ! Madame Herval, abandonnée par madame Dussol, était décidée à monter sur le porte-bagages du tandem des sœurs Monchat. Elles l'ont traitée d'hippopotame ridé et cela a failli tourner au pugilat !

Je m'attendais ainsi à trouver trois participants, au lieu des dix inscrits, à dix heures trente le mardi.

Je fus donc surpris de voir onze têtes blanches ou dégarnies assises dans la salle à mon arrivée. Les sœurs Monchat étaient bien sûr de la partie, tout comme Marthe Mélodie, vêtue d'un kilt et d'un blouson en fausse fourrure orange, ainsi que monsieur Plomb et son comparse Javert, que j'avais entrevu à la cafétéria lors de ma première journée aux Impatients. D'aussi près, le contraste entre les deux hommes avait quelque chose de comique. Monsieur Plomb était tiré à quatre épingles. Il portait un élégant gilet, et un mouchoir en soie dépassait de sa poche-poitrine. Assis à côté de lui, Octave Javert n'en paraissait que plus négligé, avec son bas de jogging trop grand et son pull informe duquel dépassait un T-shirt blanc. Il lui manquait une incisive, ce qui lui donnait le sourire d'un enfant qui vient de perdre ses premières dents de lait. Peut-être était-ce pour cela que je le trouvais d'instinct très attachant, là où monsieur Plomb et ses manières aristocratiques m'intimidaient un peu. Ces deux-là formaient un bien curieux duo et je me demandais quel lien pouvait unir des personnes si différentes en apparence.

Un vieil homme aux cheveux ras et court sur pattes se leva d'un bond alors que j'avançais vers la place la plus au centre, et se mit au garde-à-vous.

— Colonel Auguste Serdagne, chef !

— Edgar suffira, répondis-je, confus.

Et, comme il ne réagissait pas, et semblait prêt à exécuter vingt pompes si je le lui demandais, j'ajoutai :

— Repos, colonel !

Auguste Serdagne se rassit.

Un retraité de l'armée. Il ne manquait plus que ça.

Je devais cependant admettre que la présence en nombre des pensionnaires me toucha.

Elle m'inquiéta également.

J'avais raison de me méfier. À peine mon sac à dos posé sur la table, Marthe Mélodie déclencha les hostilités :

— Vous connaissez Jean Dujardin ?

— Euh, non.

— Parce que moi j'ai adoré *Le Zèbre* !

— Ah, vous voulez parler d'Alexandre Jardin !

— C'est ce que j'ai dit ! répliqua-t-elle.

— Pas vraiment, non.

— Et Jean d'Ormesson ? Vous le connaissez, lui ? demanda une autre grand-mère que j'avais croisée à la supérette.

— Je n'ai pas ce plaisir.

— Jean d'Ormesson, il est sexy ! s'exclama Maryse Monchat.

— Et Marc Levy, vous le connaissez Marc Levy ?

— C'est celui qui est marié avec l'actrice blonde ? s'enquit Cassandre.

— Non, pas lui, ça, c'est BHV !

Entre Alexandre Jardin jouant au cinéma, Jean d'O en éphèbe à qui les mamies voulaient jeter leurs culottes Tena, et Bernard-Henri Lévy responsable d'un stand de chaussettes au Printemps, il me semblait important de recentrer le débat. Surtout que monsieur Plomb commençait à souffler, et je n'avais pas du tout envie que mon premier cours se transforme en combat de cannes.

— Messieurs-dames, s'il vous plaît. Je serais vraiment ravi de parler avec vous des écrivains que je connais ou non.

Les pauvres, ils allaient être déçus. Pas sûr que la mention de mon copain Lucien qui écrivait de la bande dessinée SF sadomaso suffise à rassasier leur curiosité. Je repris :

— Mais l'heure tourne, et nous devrons ensuite libérer la salle pour l'atelier de *scrapbooking*.

— Qu'est-ce qui couine ? demanda Marthe.

— Pas « ça couine », scrap-boo-king ! la reprit Octave Javert en détachant chaque syllabe, visiblement fier de sa maîtrise de l'anglais.

— L'atelier des neuneus, celui où ils font du collage ! ajouta Cassandre Monchat.

— J'y suis allée une fois, j'avais des paillettes partout !

— Moi je n'aime pas les paupiettes ! s'écria Marthe Mélodie avec un air dégoûté.

C'était reparti pour les digressions sans queues ni têtes. Ils n'écriraient jamais rien, et moi, j'allais retourner à Paname plus vite qu'un habitant de l'île Saint-Louis allergique à l'air pur en vacances à la montagne.

À la manière d'un chiot qui se met à courir parce qu'il vient d'apercevoir un papillon ou un raton laveur, Marthe changea de sujet :

— Monsieur Edgar, est-ce qu'il y a des cow-boys dans vos romans ? s'enquit la mamie d'une voix forte qui coupa le sifflet à ses camarades.

— Euh... non, balbutiai-je, décontenancé par la question. J'écris des romans policiers.

— Il est sexy votre policier ? s'empressa de demander Cassandre Monchat.

— En fait, mon héroïne est une femme, Anna, et elle n'est pas policière, elle est...

— Vous écrivez des romans policiers sans policier ? me coupa Octave Javert. C'est bizarre votre histoire !

— Alors vous pourriez bien y mettre des cow-boys, s'il n'y a pas de policier. Et des castors aussi ! se hâta d'ajouter Marthe Mélodie. Et un chameau ! Et un cachalot !

— Les cachalots, c'est dans Pinocchio ! nota Maryse. S'il veut vendre des bouquins, je suggère des carlins et des hommes nus. En tout cas, moi, c'est un livre que j'achèterais !

Les participants semblaient bien partis pour me lister tout ce qui rendrait mes romans plus attractifs selon eux. Heureusement pour moi, monsieur Plomb laissa éclater son agacement :

— Vous n'allez pas recommencer comme à la soirée cinéma en plein air de l'été dernier ! C'est à peine si on pouvait entendre Judy Garland chanter ! Ce jeune homme a la gentillesse de nous offrir de son temps, et vous jacassez comme des adolescents ! C'est insupportable !

— Désolé, Émile, dit Octave Javert en baissant les yeux.

Je remerciai monsieur Plomb du regard. Il y avait au moins un élève qui ne causerait pas de difficultés. L'autorité du vieux dandy avait du bon.

Je leur proposai de commencer ce premier atelier par un portrait.

— Mais je ne sais pas dessiner, moi ! s'écria Maryse.

Décidément, ce n'était pas gagné. Il me fallut rappeler à mes chers participants que j'étais écrivain, certes de romans policiers sans policier, et non pas peintre.

Je pris une grande inspiration avant de distiller quelques conseils, espérant qu'ils parviendraient à tenir au moins cinq minutes d'affilée sans moufter. J'essayai de trouver un ton à la fois sympathique et empreint d'une autorité naturelle. Un peu comme Mary Poppins. Les chansons en moins.

— Vous pouvez décrire aussi bien quelqu'un que vous connaissez qu'une personne imaginaire. C'est à vous de choisir. Mais ce que j'aimerais, c'est que vous ne vous contentiez pas d'aborder l'aspect physique de cette personne, mais aussi que vous vous attachiez à donner des informations sur sa personnalité, son comportement, ses goûts même !

Assis autour de la grande table mes élèves sur le retour paraissaient enfin m'écouter religieusement. Madame Marconi avait laissé à notre disposition stylos et feuilles blanches, mais certains habitants avaient apporté leur propre matériel. Les sœurs Monchat prenaient des notes dans des cahiers fleuris identiques, tandis que le colonel écrivait un mot çà et là dans un minuscule carnet noir, à la manière d'un espion en filature.

— Quant au ton, là encore, je vous laisse libre. Cela peut être un portrait humoristique, ou au contraire, très factuel, façon journaliste d'investigation.

— Comme Bernard de La Villardière sur la 6 ?

— Ce n'est pas tout à fait ce que j'avais en tête, Octave.

Avant qu'ils aient le temps de se lancer dans de nouvelles digressions, j'invitai les participants à commencer à rédiger les premières lignes de leurs portraits pendant les minutes qu'il nous restait.

Tandis qu'ils se mettaient au travail, je fis le tour de la salle, les mains derrière le dos pour me donner un air sérieux.

Sans surprise, Maryse Monchat avait écrit en haut de sa feuille « Ma sœur Cassandre » en guise de titre, tandis que Cassandre avait quant à elle noté « Maryse, ma sœur ». Octave Javert cachait ce qu'il écrivait avec sa main libre, comme le faisait Joël Raquet, mon voisin de table et premier de la classe durant mes années d'école primaire, et Marthe rongeait le bout de son crayon à papier avec une grande application, s'arrêtant parfois pour tracer des volutes imaginaires dans l'air, comme si elle tenait une baguette magique. Cela aurait pu être pire.

Juste avant midi, je libérai ce petit monde, en proposant à ceux qui n'avaient pas terminé de laisser leurs textes dans la boîte aux lettres de tante Agatha avant le prochain atelier.

— Vous venez manger avec nous, monsieur Edgar ? demanda Cassandre alors qu'elle allait sortir de la salle.

— Oh oui ! Quelle bonne idée ! ajouta sa sœur, en tapant dans ses mains comme une fillette.

J'avais très envie de refuser. Je rêvais de rentrer chez moi et de me vautrer sur le canapé jusqu'au dîner, ou mieux, jusqu'au lendemain. Mais les deux sœurs affichaient une mine tellement réjouie que je ne parvins pas à leur dire « non ». Après tout, je leur avais promis un café lors de leur invasion de ma chambre à coucher, et quelque chose me disait qu'il valait mieux tenir cette promesse si je ne voulais pas courir le risque de les voir débarquer un matin sous ma douche.

Je leur emboîtai donc le pas en direction de la cafétéria.

Comme j'aurais dû m'y attendre, les sœurs Monchat se servirent à l'identique. Verrine avocat-crevettes en entrée (à mon avis, ces crevettes-là n'avaient jamais vu la mer), cuisse de poulet (gallinacé, qui, je pense, n'avait pas eu plus de chance que les crevettes) et polenta à la tomate, baba au rhum (sans rhum) pour le dessert. Je troquai, quant à moi, le volatile pour un risotto aux champignons, et le baba pour une salade de fruits.

Alors que j'allais m'asseoir au bout d'une table de huit places, proche de la fenêtre, occupée par seulement trois personnes, Cassandre intervint :

— Pas là. C'est la table des snobinards.

Maryse m'indiqua une table plus au centre. Cassandre attendit que je sois assis, puis m'expliqua :

— Ce sont des gens qui pensaient pouvoir se payer une retraite sous les tropiques, mais qui ont échoué aux Impatients parce que leurs rêves n'étaient pas dans leurs moyens. Malgré ça, ils regardent tous les pensionnaires de haut, comme s'ils étaient mieux que les autres !

— Pourtant ils mangent la même chose que nous ! ajouta Maryse en piquant rageusement dans sa verrine verdasse.

— Ils ne parlent que des vacances qu'ils passaient au Cap Ferret ! Et de golf ! Comme s'ils avaient encore les moyens de se payer une partie ! continua Cassandre, moqueuse.

— Alors, on ne leur cause pas ! renchérit sa sœur.

Je hochai la tête en signe d'adhésion.

Le temps que nous avalions notre repas (qui se révéla plutôt bon en définitive), j'eus droit à un inventaire complet des personnes présentes dans la salle. La table des pipelettes (imaginer que certaines résidentes pouvaient parler plus encore que ces deux-là me donna des sueurs froides), la table des boulistes, la table des accros au Scrabble (dictionnaire et addiction à l'utilisation de la lettre W indispensables), la table des fumeurs de cigares (ils se retrouvaient après le déjeuner dans le jardin de leur chef de bande pour savourer un barreau de chaise cubain en évoquant leur jeunesse perdue), la table des fans d'aérobic (je n'osai les visualiser en justaucorps), la table des vipères (à celle-ci siégeait la Dussol, entourée d'une clique de mamies vachardes qui semblaient boire ses paroles). C'était encore plus cloisonné que la cantine de mon collège.

Si je ne voulais pas m'attirer les foudres des deux sœurs semi-siamoises, je savais désormais avec quelles tables j'étais autorisé à frayer.

J'eus également droit à un florilège d'anecdotes à propos d'Adèle Marconi, et je compris vite que les sœurs Monchat n'étaient pas des admiratrices de la directrice tirée à quatre épingles. En effet, pour des raisons de sécurité évidentes, Adèle Marconi avait refusé que Cassandre et Maryse installent des lits superposés dans leur chambre. Si, en théorie, les résidents étaient autorisés à meubler leur logement comme bon leur semblait, une inspection de sécurité était ensuite réalisée pour vérifier que rien ne pouvait les mettre en danger. Les lits superposés, dans lesquels les sœurs Monchat dormaient depuis toujours (Cassandre en haut et Maryse en bas), avaient donc été envoyés dans une brocante. Les deux sœurs n'avaient jamais pardonné à « la Marconi ». Et, si elles ne s'attaquaient pas directement à elle, Cassandre et Maryse se délectaient avec jubilation de tout ce qui était susceptible de mettre en difficulté la directrice. À ce titre, Auguste Serdagne, ma toute dernière recrue, était un grand favori des sœurs Monchat. De ses années de service, il avait gardé un goût prononcé pour l'ordre et la discipline. Ainsi, il considérait de son devoir de faire remarquer à Adèle Marconi tout manquement au règlement des Impatients, qui était devenu son livre de chevet. Protocole d'évacuation des lieux, hauteur des haies, propreté des allées, taux de remplissage de la cafétéria, horaires, rien n'échappait à l'œil aiguisé du colonel Serdagne. Il était la bête noire de madame Marconi.

C'était un peu mesquin de ma part, mais, ayant moi-même un léger ressentiment pour Adèle Marconi depuis qu'elle m'avait cueilli en calbut pour me renvoyer en salle de classe, il me tardait d'assister à quelques passes d'armes entre elle et le vieux militaire.

Après le repas, je laissai les sœurs Monchat à la réception en compagnie d'un groupe qui attendait un minibus affrété pour les conduire dans un centre commercial voisin, et allai faire ma promenade habituelle dans le parc. Je rentrai ensuite chez moi en empruntant la rue principale, et alors que j'approchais de la maison, une voix m'interpella :

— Monsieur Edgar, monsieur Edgar !

Marthe Mélodie arriva vers moi, le souffle court.

— Monsieur Edgar, je voulais vous dire, même s'il n'y a pas de cow-boys dans vos bouquins, je vais les lire quand même ! Je vais les emprunter à la bibliothèque de la résidence, il y en a plein d'exemplaires !

J'étais étonné que l'on trouve mes romans si facilement aux Impatients. Déjà qu'en librairie il fallait la plupart du temps les commander. Peut-être que tante Agatha avait fait pression sur la bibliothécaire.

— C'est très gentil à vous, Marthe, répondis-je, sincèrement touché, car je sentais bien que la présence d'hommes à cheval était un élément capital pour elle. Mais vous n'y êtes pas obligée, je suis avant tout là pour que l'on s'amuse à créer ensemble.

— On a bien rigolé aujourd'hui, surtout quand monsieur Plomb s'est fâché ! dit-elle en pouffant.

— Je ne suis pas certain qu'il partage votre point de vue, mais c'était une bonne séance, oui.

Malgré le babillage intempestif de mes chers participants, le premier atelier s'était bien déroulé. Personne ne s'était plaint de l'exercice donné, et ils avaient même réussi à se concentrer plusieurs minutes pour écrire. J'avais hâte de lire les quelques textes que certains m'avaient rendus, et de découvrir ceux qui viendraient égayer ma sortie jusqu'à la boîte aux lettres, par avance heureux d'y trouver autre chose que *Notre Temps*.

— J'espère qu'un jour, on pourra faire de la musique ensemble, monsieur Edgar. Ou alors un ball-trap ! lança Marthe avec entrain.

— Pourquoi pas, Marthe ! répondis-je, même si j'avais autant de talent pour la musique que pour la cuisine, et que l'idée de me retrouver avec une mamie armée ne me rassurait pas.

Lorsque j'ouvris la porte de la maison, j'eus une impression étrange.

Écrire des romans policiers ne fait pas de moi Maigret. Cependant, je m'attache parfois à des points de détail insignifiants, tels que l'espace laissé entre un rideau et le montant d'une fenêtre, ou la manière dont un coussin, soi-disant négligemment posé sur le canapé, repose en réalité contre l'accoudoir en formant un angle droit parfait avec le dossier. À côté de cela, je tape régulièrement mon code de carte bleue au lieu du digicode de mon immeuble, et vice versa, ce qui a parfois des conséquences ennuyeuses, comme chacun le sait.

Alors que j'approchais de la table de salle à manger pour y poser la pochette contenant les écrits de ma joyeuse équipe, je remarquai que le carnet que j'utilisais le soir pour prendre des notes dans mon lit, et dont je recopiais le contenu le lendemain matin dans mon traitement de textes, avait été déplacé. J'avais coutume de le laisser à gauche de mon ordinateur portable. Bien aligné. Je le trouvai légèrement de travers. D'accord, ce n'était rien. Je n'avais pas non plus utilisé un niveau avant de le poser. Non, ce qui m'interpella vraiment, c'était mon marque-page, celui qui allait de pair avec le carnet, que je trouvai sous la chaise. C'était un petit morceau de métal doré, fin comme du papier à cigarettes, ajouré de fioritures, auquel était noué un court cordon rouge. Un cadeau de ma sœur Clara, ramené d'un voyage au Cambodge. Je prenais garde, à chaque fois que j'ouvrais ou que je fermais mon carnet, de bien le tenir, car le métal rendait le marque-page glissant, et j'avais cru l'avoir perdu à plusieurs reprises dans ses premiers jours d'utilisation. En l'occurrence, j'étais certain de l'avoir bien inséré entre les pages avant de refermer mon carnet, qui était lui-même maintenu par un élastique. S'il était au sol, c'était que quelqu'un avait ouvert mon carnet pour le lire ou seulement le feuilleter. Quelqu'un était entré. Le marque-page était un indice manifeste.

Et surtout, il me semblait que régnait dans l'atmosphère un léger parfum de figue. Non, de prune ! C'était l'odeur des pruniers chargés de fruits. Une odeur de campagne et de verdure, à la fois terreuse et subtilement fruitée. Je me revoyais, petit garçon, jouant dans le jardin de mon grand-père, entre les pruniers et les pommiers.

Si tante Agatha avait possédé un de ces petits diffuseurs de parfum en céramique, ou un dispositif quelconque, branché sur une prise électrique, j'aurais eu le temps de m'en apercevoir depuis le début de mon séjour. Mais je n'avais rien trouvé de ce genre. Définitivement, j'étais formel, quelqu'un était entré.

Impossible d'accuser les sœurs Monchat. J'avais passé la fin de matinée en leur compagnie, et, lorsque je les avais quittées dans le hall, le bus arrivait déjà devant la réception.

Alors, qui était entré ?

En dehors de mon carnet, rien ne semblait avoir été déplacé.

Dans la chambre, mon sac de voyage, dans la poche duquel j'avais laissé deux billets de cinquante euros et mon passeport, était intact. Je m'assis sur le bord du lit, troublé. Si ce n'était ce léger effluve, j'aurais pu croire que j'avais imaginé cette intrusion. Mais peut-être qu'après avoir passé deux heures entouré de mamies pomponnées, et empestant le patchouli ou la violette, mes sens, saturés, me jouaient des tours ?

Lorgnant mon carnet d'un œil inquiet, comme s'il s'agissait là d'un fourbe compagnon, je n'écrivis rien ce jour-là.

Maryse, ma sœur
Par Cassandre Monchat

Ma sœur Maryse est belle. Tout le monde le dit. Ceux qui ne le disent pas sont des jaloux, comme madame Dussol que je déteste. Madame Dussol, elle, ressemble à un calamar, et je suis sûre qu'elle en aurait l'odeur, si elle ne s'aspergeait pas d'eau de Cologne bon marché.

Ma sœur Maryse ne met que du parfum Chanel. C'est moi qui le lui offre chaque année pour Noël. Souvent je lui prends le N° 5, comme Marilyn Monroe, mais parfois je change de numéro pour lui faire la surprise. Maryse aime bien les surprises, sauf si elles font peur. Elle a aussi peur de Fort Boyard, *à cause des serpents et du père Fouras. Quand on regarde l'émission le samedi soir, elle s'agrippe à mon bras, et je lui dis : « C'est rien, c'est rien. » Alors elle se calme, et on regarde la télé tranquillement toutes les deux. Souvent, je m'endors avant Maryse, alors elle me couvre avec sa robe de chambre pour pas que je prenne froid. Elle est gentille.*

Ma sœur Maryse, si elle meurt avant moi, j'irai prendre tous les cachets de l'armoire à pharmacie, pour mourir juste après elle. Je ne voudrais pas qu'elle se perde sur le chemin du paradis, elle n'a jamais eu le sens de l'orientation.

Même si je m'efforçais de la chasser de ma tête, cette supposée intrusion brida mon écriture.

C'était idiot, mais je me sentais observé, comme si un petit lutin n'arrêtait pas de regarder par-dessus mon épaule lorsque j'étais devant mon ordinateur.

D'accord, si j'étais parfaitement honnête (mais je suis le narrateur, j'ai donc le droit de dire ce que je veux, et aucun contrat ne me force à être honnête. Cependant ma mère m'ayant bien éduqué, je m'y efforce, la plupart du temps), outre ce doute et mon poste d'animateur forcé, mon roman me donnait du fil à retordre. C'était un sentiment d'impuissance fort perturbant, puisque je n'avais, jusqu'alors, jamais rencontré de difficulté majeure pour écrire, même si les maigres plages horaires de calme que m'octroyaient mes voisins parisiens m'avaient mis en difficulté avant que j'arrive aux Impatients.

Sans être aussi réglé qu'Amélie Nothomb, je parvenais à écrire un nouveau roman presque tous les ans, tous les dix-huit mois, au plus tard. En règle générale, j'avais déjà en tête les grandes lignes de mon prochain livre lorsque j'en concluais un. Je m'octroyais deux ou trois mois de pause, pause pendant laquelle j'acceptais plus de contrats de traduction que le reste de l'année. Entre le gaufrier MiamMiam et le parapluie modulable qui faisait aussi parasol en été (tout en pesant le poids d'un chaton) se tissait dans mon esprit le canevas de ce nouveau roman. Les grandes lignes de mon intrigue tracées, je me remettais devant l'ordinateur. Et là, sauf voisins bruyants ou petite amie fuyante, j'étais un Terminator. Le modèle qui ne lâche pas Sarah Connor d'une semelle. Une fois, j'étais même resté cinq jours sans sortir de chez moi, et je n'avais dû mon excursion dans le monde extérieur qu'à un manque de papier hygiénique. Mon texte remis à Max, je recommençais à traduire ces satanées notices comme un stakhanoviste pendant qu'il relisait et annotait. Je jonglais ainsi entre crimes et ponceuse tout terrain en allouant plus de temps à l'une ou l'autre des activités en fonction des périodes. Mais les moments où je devais plancher sur les instructions nécessaires pour utiliser en toute sécurité une machine à pain qui pouvait cuire une baguette en quatorze minutes ne m'enchantaient guère.

Max me surnommait son « petit coucou suisse ». Jamais je ne lui avais rendu un texte plus tard que la date prévue. Je m'attachais d'ailleurs à appliquer la même règle pour mes traductions, et même, à les rendre plus tôt pour en être débarrassé.

En revanche, j'étais incapable de faire lire mon roman avant qu'il soit achevé. Dans ma tête, cela s'apparentait à regarder la vidéo d'une échographie, à observer un fœtus informe en se demandant bien où sont ses pieds et s'il possède, ou non, un début de pénis.

Lise me tarabustait souvent pour que je la laisse lire au moins le premier chapitre. Le pire morceau, si vous voulez mon avis. Un premier chapitre, c'est comme une première impression. Si ce rendez-vous est raté, il auréole toute la relation, si tant est qu'il puisse y en avoir une après cela, d'un jugement faussé dont on peinerait à se défaire. Je ne l'avais donc jamais laissée jeter un œil à un roman en cours d'écriture. Elle me l'avait souvent reproché, interprétant mon refus comme un manque de confiance en elle. Pourquoi était-il si difficile pour Lise de comprendre que c'était en moi que la confiance faisait défaut, je l'ignore encore à l'heure actuelle.

L'écriture me rendait libre. La lecture de mes textes par d'autres me plaçait dans une position d'attente, d'insécurité. Avant de remettre un roman achevé à Max, je passais les deux jours précédents à lire et relire, à m'interroger sur la place de la moindre marque de ponctuation, à peser chaque mot. Et j'appréciais de pouvoir garder cette maîtrise sur mon texte jusqu'à la dernière minute. Une fois ce cap fatidique franchi, je patientais, anxieux, jusqu'à ce que mon cher éditeur me donne son avis. Heureusement pour moi, Max lisait vite, réduisant ce supplice à quelques jours pénibles durant lesquels je passais le plus clair de mon temps au cinéma, enchaînant les films pour m'enivrer d'histoires qui n'étaient pas les miennes. Peu importait, en réalité, le verdict de Max (cet enfoiré m'avait pourtant fait récrire entièrement le dernier tiers de mon deuxième roman – je fus cependant forcé d'admettre qu'il devait avoir raison, puisque ce livre me valut plusieurs prix. Rien de grandiose ou de très médiatique, certes, mais ma mère ne s'en était pas remise). C'était l'imaginer, penché au-dessus de mon roman, stylo à la main, pestant contre une coquille oubliée, une faute de grammaire, ou pire, une incohérence dans l'intrigue, qui me plongeait dans un abysse de doutes. Alors laisser ma petite amie lire des chapitres non corrigés était impensable.

Voilà pourquoi l'idée que quelqu'un ait pu jeter un œil à ces balbutiements me paralysait. Je n'avais aucun contrôle sur cette situation, je ne savais pas ce qui avait été lu, ce qui avait été déchiffré de mes hiéroglyphes et autres pattes de mouches qui peuplaient mon carnet. Est-ce que cette personne avait simplement tourné les pages d'un œil distrait, ou, au contraire, avait-elle cherché à trouver un sens à ces lignes jetées à la hâte, à relier entre eux les mots-clés qui suffisaient à faire jaillir dans ma tête une scène entière ? Au lieu de m'abandonner au plaisir de la création, je ne cessais de penser à ce lecteur intrusif, me demandant ce que les phrases « corps dans le coffre trouvé par pharmacien » ou « corde de guitare ? OK mais si flash-back, revoir chap 2 » avaient pu évoquer chez lui. Et l'affreuse faute d'accord dans le résumé du chapitre 4, l'avait-il remarquée ? Les gens imaginent que les écrivains sont des dieux de l'orthographe. Ils n'ont jamais vu mes bulletins scolaires. La conjugaison a toujours été ma bête noire. J'exécrais l'accord entre le verbe et le participe passé, et ne parlons même pas du plus-que-parfait, rien que son nom prouve bien sa tendance à faire l'intéressant. Si mon visiteur indiscret avait noté mes fautes, il avait vraiment dû me prendre pour un imbécile.

J'étais venu aux Impatients pour écrire en paix, et au lieu de cela, j'étais assailli de questions et d'hypothèses abracadabrantes.

Je détestais cette sensation.

Je détestais cette situation.

Résultat, je passai l'après-midi à relire mon carnet et le Larousse de la conjugaison au lieu d'avancer sur mon intrigue.

Bonjour la retraite d'écriture.

Et pour le calme, franchement, on était loin de ce que j'avais imaginé.

J'avais passé la journée à maugréer, toujours contrarié par cette affaire d'intrusion. Lorsque les sœurs Monchat étaient venues sonner, je n'avais même pas daigné ouvrir.

Sur les coups de vingt et une heures, alors que j'étais devant mon ordinateur à faire semblant d'écrire, une musique assourdissante brimbala les vitres du salon. Nul doute que le concert improvisé avait lieu chez Marthe.

Je me levai de ma chaise sans m'énerver, enfilai mes baskets et sortis dans la rue.

Je sonnai à sa porte, sans succès. Avec le vacarme qui émanait de ses enceintes, pas étonnant que la vieille dame n'entende pas la sonnette. Je décidai donc d'entrer.

La mamie était au milieu du salon, dos à moi, et dodelinait de la tête au rythme de *Rock'n'roll All Nite* de Kiss.

— Marthe ?

Elle se retourna. Je sursautai.

Son visage était maquillé comme les membres du groupe. Intégralement peinturluré. Le sourire du chat d'*Alice au pays des merveilles* dessiné en noir et blanc sur sa bouille flétrie. Elle portait un pantalon en cuir ainsi qu'une veste noire dotée de larges épaulettes couleur argent, et une paire de bottes montantes constellées de petites étoiles qui lui faisaient gagner dix centimètres.

— Oh ! Monsieur Edgar ! Je vous avais oublié !

— C'est-à-dire, je n'étais pas là avant.

— Ah bon ? J'aurais juré !

— Marthe, c'est très fort, dis-je, tentant de canaliser la conversation avant qu'elle me reparle de flan aux œufs.

— Quoi donc ?

— La musique, Marthe, la musique est très forte.

— C'est parce qu'ils sont nombreux dans le groupe !

— Logique, en effet.

Je m'approchai de la chaîne hi-fi.

— Je baisse, Marthe, il est tard. Vous allez empêcher tout le monde de dormir.

— Vous voulez faire une soirée pyjama ? me proposa-t-elle du tac au tac, son sourire maquillé plus grand que jamais.

J'éclatai de rire.

— C'est gentil, mais je n'ai pas pris mon pyjama.

— Un petit verre de rhum, alors ?

Là, en revanche, je me laissai tenter. Une lichette de rhum avec une gentille grand-mère un peu barrée, cela ne pouvait pas me faire de mal, surtout compte tenu de la journée misérable que je venais de passer.

Marthe se dirigea vers les placards de la cuisine dont elle revint avec deux verres et une bouteille de Diplomatico. Elle m'invita à m'asseoir sur son canapé en cuir et nous servit une bonne rasade de rhum à tous les deux. J'aurais dû me méfier lorsqu'elle avala son verre quasiment d'un trait et s'en servit un deuxième illico.

J'aimerais pouvoir faire un résumé de cette soirée. Vraiment. Mais il ne m'en restait que des images floues. Je me souvenais d'avoir déblatéré sur le divorce de mes parents et sur mes difficultés à avancer dans mon roman. Je me souvenais d'un album photo qui avait atterri sur mes genoux. Il me semblait que Marthe avait joué de la guitare, mais comme je me souvenais aussi d'avoir trinqué à plusieurs reprises avec mon éthylique amie, ce n'étaient peut-être que les délires d'un homme ayant beaucoup, beaucoup trop bu.

Lorsque je me réveillai, tiré du sommeil par la lumière du soleil et un mal de crâne plus assourdissant que les tubes de Kiss, j'étais toujours sur le canapé de Marthe, et cette dernière ronflait joyeusement, la tête sur l'accoudoir.

Sur la table basse, la bouteille de rhum vide paraissait me narguer.

Je me levai en titubant, le sol tanguant sous mes pieds comme celui d'une péniche. J'attrapai un plaid qui traînait sur un fauteuil, et couvrit Marthe avant de sortir.

Je regagnai la maison de tante Agatha, heureux de n'avoir croisé personne dans la rue.

J'hésitai entre me faire un café bien fort ou retourner me coucher directement, mais mes besoins naturels se rappelèrent à mon souvenir.

Je poussai un hurlement en entrant dans la salle de bains.

Dans le miroir, mon reflet échevelé arborait désormais le même maquillage que le visage de Marthe. Jusqu'à mes oreilles. Une blanche, une noire. Elle avait même peint l'intérieur de mes lobes.

Voilà qui m'apprendrait à picoler avec une mamie zinzin.

Pour couronner le tout, mon second atelier ne se déroula pas comme je l'avais escompté.

Dès le commencement, je réalisai vite que mes gériatriques élèves n'étaient pas très intéressés par la correction de leurs écrits de la semaine passée.

Maryse souffla. Marthe demanda si l'exercice était noté, auquel cas elle souhaitait me soudoyer avec une bouteille de rhum pour avoir un A. J'avais dû montrer un intérêt trop marqué pour cet alcool lors de notre soirée improvisée. Monsieur Plomb refusa catégoriquement que je lise son texte, pourtant fort réussi, à haute voix, clamant qu'il allait me coller un procès pour « non-respect de la vie privée », argument auquel son comparse Javert adhéra sans réserve. Ils étaient aussi enthousiastes que des candidats à une vasectomie.

Je capitulai.

Je gardai en tête que je n'étais pas là pour faire d'eux les futurs lauréats du Goncourt ou du Renaudot. L'essentiel était qu'ils produisent quelque chose, qu'ils s'expriment, même de manière maladroite et alambiquée. J'alignai quelques phrases générales sur leur travail de la semaine précédente, et passai à l'exercice que j'avais prévu.

L'attrait de la nouveauté était retombé. Lorsque je leur annonçai que la séance du jour serait consacrée à la description, d'un paysage ou d'un lieu, je n'eus droit qu'à des soupirs et des yeux au ciel.

— C'est très important, le cadre, lorsqu'on écrit ! tentai-je. Tenez, c'est la même chose que le premier plan au début d'un film, continuai-je, tout en songeant que l'allusion au cinéma pourrait me causer une nouvelle digression sur les acteurs oscarisés. Mais même pas.

Ils m'écoutaient, les visages fermés. Je repris, en essayant d'y mettre de l'entrain :

— Au début d'un film, donc, la première image, souvent, est un plan large. Le spectateur situe tout de suite s'il est en ville ou à la campagne, si l'endroit est désert ou s'il est animé, s'il fait beau. Lorsque l'on écrit, la description a un rôle aussi important. C'est grâce à elle que vous pouvez emporter votre lecteur dans un autre monde.

Je pensais qu'en m'entendant parler d'un « autre monde », ils rebondiraient sur les fantômes ou les extraterrestres, mais cette fois encore, aucune réaction de leur part. Même Marthe ne se fendit pas d'une remarque à côté de la plaque, que j'aurais alors reçue comme une intervention divine. Je ne ramais pas, c'était le naufrage du Titanic, sans même le bout de porte qui sauva Kate Winslet.

J'enchaînai sur les consignes pour mettre fin à ce calvaire :

— Il n'est pas seulement question de savoir si l'endroit que vous décrivez est joli ou à votre goût. Il s'agit de créer une atmosphère. La lumière, les odeurs, la température : tous ces éléments jouent un rôle, influent sur notre perception. Je compte sur vous pour me planter un vrai décor ! dis-je, avec une exaltation surjouée. Je veux être ébloui, ou même avoir des frissons ! Transportez-moi !

Je me sentais pathétique. J'avais l'impression d'être un vieux monsieur Loyal sur le déclin, incapable d'entraîner la foule. Aussi, lorsque Cassandre leva le doigt pour parler, j'eus envie de sautiller sur place, mais me retins et m'efforçai de rester calme :

— Oui, Cassandre ?

— Vous transporter où ? demanda la vieille dame, avec l'air blasé d'un enfant qui ne croit plus au père Noël.

— Mais où vous voulez ! En Afrique ou en Australie, dans un sous-sol ou un château, un jardin imaginaire ou une ruelle italienne ! C'est là toute la magie de la fiction et de l'écriture !

Mêmes regards indifférents.

— Je vous laisse commencer, et vous m'appelez si vous avez besoin d'un conseil.

Ils baissèrent la tête vers leurs feuilles. Mais aucun d'eux ne m'appela à la rescousse.

Je sortis de cet atelier vidé, rincé. Déçu aussi. Même si je n'avais aucune vocation pour l'enseignement, j'avais été heureux, la semaine précédente, de lire dans les yeux de mes onze participants une joie manifeste. Je ne pouvais nier que c'était grisant. Aujourd'hui, je n'avais vu qu'une certaine lassitude, qui me rappelait mon propre passage à l'école. Toujours le nez en l'air ou à regarder dehors, à rêvasser que je m'évadais, bien loin de la salle de classe. Ce n'étaient pas les sensations que j'avais envie de communiquer aux Impatients.

Et histoire de rendre la journée plus pénible encore, je croisai Adèle Marconi dans le couloir. Impossible de l'éviter.

— Ah ! Monsieur Olin, bonjour, bonjour ! s'exclama la directrice avec un enthousiasme qui me donna mal au crâne sur-le-champ.

— Bonjour, madame Marconi, répondis-je, en essayant de sourire.

— Alors, cet atelier ? Un nouveau succès ?

— Pas vraiment, avouai-je. Je crois que je ne suis plus le jouet à la mode.

— Allons, ça ne devait pas être si terrible, monsieur Olin !

— Je vous assure, à ce rythme-là, vous allez payer l'électricité et le chauffage de cette salle pour rien ! Mes digressions sur l'importance des descriptions dans la fiction ne les ont pas passionnés.

— C'est fâcheux en effet. Fâcheux, très fâcheux.

La série des fâcheux était de retour. Ce n'était vraiment pas bon signe.

Marconi reprit :

— Loin de moi l'idée d'infantiliser nos chers pensionnaires, monsieur Olin, mais si vous voulez les captiver, il faut que vous leur proposiez quelque chose de ludique.

Ludique ? Comme des gommettes ou de la pâte à sel ? Je restai interdit.

La directrice continua :

— S'ils se sont installés aux Impatients, c'est en partie pour ne plus avoir de contraintes prosaïques telles que les factures ou les étrennes des éboueurs. L'art de la description, aussi passionnant soit-il, est peut-être un thème plus adapté à des étudiants qu'à des personnes âgées qui cherchent à occuper leur temps libre.

Elle n'avait sans doute pas tort sur ce dernier point.

— Nos résidents sont dans cette phase de leur vie où tout doit leur être agréable, plaisant, fantasque même ! s'exclama Adèle Marconi avec une fougue excessive.

— Je ne suis pas certain que fantasque soit l'adjectif qui me caractérise le mieux, hésitai-je.

— Ah, les artistes ! Pétris de doutes et d'interrogations !

Elle semblait toujours convaincue d'avoir embauché un poète du XIXe siècle, et pensait sans doute que je buvais de l'absinthe et fumais de l'opium en écrivant des vers torturés.

— Vous devriez peut-être assister à un des autres ateliers que nous proposons, suggéra Adèle Marconi. Je suis certaine que vous comprendriez ce que j'entends par « ludique ».

— Je ne sais pas trop, balbutiai-je.

— Allons, allons, monsieur Olin ! Bridge, chorale, Qi Gong, atelier cuisine, je suis certaine que vous allez trouver quelque chose d'intéressant qui vous inspirera ! Vous avez le planning de la semaine sur le tableau dans le hall. N'hésitez pas à vous adresser aux jumelles à l'accueil – Ingrid ou Sacha, je ne sais jamais faire la différence entre les deux ! – si vous avez des questions ! Je me sauve, je dois aller m'assurer que tous les inscrits montent bien dans l'autocar pour la sortie au musée des Arts potiers ! Mais vraiment, dit-elle en se tournant vers moi une dernière fois, penchez-vous sur les autres ateliers, monsieur Olin !

Marconi s'éclipsa vers l'accueil, me laissant seul dans le couloir.

En temps normal, je n'aurais jamais envisagé d'assister à un des ateliers des Impatients. Je n'étais pas venu pour cela. Mais je n'étais pas non plus venu pour donner des cours ennuyeux ou tomber dans un coma éthylique sur le canapé d'une grand-mère. Puisque rien ne se passait comme je l'avais planifié, je pouvais bien observer un cours de valse ou faire une partie de crapette. Je n'étais plus à ça près.

Colonel Auguste Serdagne
Atelier numéro 2 – Sous la direction de M. Edgar Olin, écrivain de son état
Sujet : Description

Cela aurait pu être une belle journée. Enfin, une belle journée pour une guerre, mais une belle journée quand même. Si on s'était pas retrouvés, mes compagnons de régiment et moi, dans cette foutue jungle.

Les gens pensent qu'errer dans le désert, c'est ce qu'il y a de pire. Mais ils n'ont jamais mis les pieds dans la jungle, ces morveux-là.

Dense, humide, hostile. C'est ça la jungle. Du vert, du vert, et encore du vert à perte de vue. Des feuilles, plus grandes que des mômes de huit ans, qui cachent toujours une saloperie d'araignée ou de serpent, et des lianes, des lianes partout, qui pendent et vous titillent le haut de la tête ou le bout des oreilles en vous faisant sursauter.

On pourrait croire que c'est calme, la jungle, mais non. Y a toujours des bruits étranges, en plus du craquement de nos bottes sur les branches. Les cris des singes qui s'interpellent, des feulements discrets mais qui vous filent les chocottes. Même le pépiement des oiseaux paraît hostile. Faut dire qu'il fait sombre, aussi. Difficile pour le soleil de percer entre ces arbres immenses. Pourtant, la chaleur est étouffante. Jamais un filet d'air. Rien ne passe. On crève sous nos uniformes, on se liquéfie. Je sens les gouttes de sueur ruisseler dans mon dos, et je voudrais presque pouvoir les recueillir et les boire. Mais pas le temps. Il faut avancer avant la nuit.

Car la nuit, c'est pire. Tous les sens sont en alerte. On essaie de dormir, à tour de rôle, mais aucun de nous ne dort en réalité. On attend. On guette. On écoute encore et toujours ces bruits inconnus, songeant à ce qu'ils cachent. Que dissimule l'obscurité ?

Au matin, nous repartons pour une nouvelle journée. Les arbres, les feuilles, les troncs qui jonchent le sol semblent être les mêmes que la veille, si bien que je me demande si nous avons seulement avancé, ou si nous tournons en rond, perdus dans un labyrinthe émeraude. Et l'odeur, cette odeur de terre et de moisissure, je ne la supporte plus.

Je préférerais encore me trouver face à un groupe de Viêt Cong plutôt que continuer un jour de plus à avancer dans cette putain de jungle. Je ne le sais pas encore, mais nous allons y passer trois jours supplémentaires.

QU'EST-CE qui m'avait pris de choisir l'aquagym ?

Parmi toute la liste des activités des Impatients, j'avais choisi l'aquagym.

L'aquagym.

Pauvre inconscient.

Déjà, me retrouver en slip de bain (forcément, le caleçon était interdit), vert olive, parce qu'acheté fissa à la boutique de la piscine municipale avant le cours, j'appréciais moyennement. Mais me retrouver en slip de bain au milieu d'une armée de vieux, eux aussi en slips de bain et maillots une pièce à grosses fleurs, façon tapisserie des années 1960, c'était à la limite du supportable. Sans compter que nous étions tous coiffés de bonnets ridicules, et que le mien me comprimait les oreilles, surtout la droite, qui était légèrement décollée.

Pour ajouter à mon humiliation, les sœurs Monchat étaient parmi les inscrits. Forcément.

J'eus droit à des bises et des regards appuyés sur mon postérieur.

De toute façon, à part Auguste Serdagne, et un autre petit vieux qui n'arrêtait pas de se gratter les poils du ventre, il n'y avait que des mamies dans la piscine. L'ancien militaire s'était approché de moi dès qu'il m'avait vu sortir des vestiaires, visiblement ravi de ne plus être seul avec l'autre type en slip :

— J'dis ça, j'dis rien, Olin, mais la piscine, c'est l'endroit idéal pour séduire ces dames ! chuchota le vieux colonel en me faisant un clin d'œil entendu.

Il envoya un baiser à une grand-mère coiffée d'un bonnet de bain violet améthyste, qui le lui rendit, puis se tourna vers ses copines en ricanant comme une ado.

La voix du professeur mit fin à mon calvaire.

— Allez ! Tout le monde à l'eau mes petits hippocampes !

C'était du moins ce que je croyais.

Si Auguste venait pour flirter avec les nageuses, je compris très vite pourquoi les femmes des Impatients étaient présentes en nombre.

Ugo le prof.

Un mètre quatre-vingt-dix de muscles saillants, coiffé d'un visage taillé à la hache, yeux indigo, cheveux blond angélique. Le genre de type à filer des complexes par le simple fait de respirer le même air chloré que nous autres, pauvres bougres lambda que la grâce n'avait pas touchés.

Docile, je suivis les mamies dans l'eau. Elles étaient plus guillerettes que des fillettes devant *La Reine des neiges*, et jouaient des coudes pour prendre place au premier rang, face à l'éphèbe. Toujours flanqué d'Auguste, j'atterris (ou plutôt, j'amerris, puisque nous étions dans l'eau) dans la troisième rangée, juste derrière Cassandre, qui pestait de ne pas être bien placée. Monsieur Bidon Velu ne semblait pas vouloir frayer avec nous. Peut-être que lui aussi avait des vues sur miss Bonnet Violet.

— Alors, les hippocampes, comment ça va depuis la semaine dernière ? demanda Ugo le bellâtre à la cantonade.

Méli-mélo de « Bien », « Ça va, merci », « J'ai mal au dos », et blablabla dans la piscine.

— Alors on va commencer par bouger nos popotins ! Allez, on se dandine, on marche sur place comme des oies !

Et le voilà qui se met à dodeliner des fesses, immédiatement imité par le groupe. Je me sentais un peu ridicule, mais fis de même. Le mouvement des corps créait de petites vagues dans la piscine.

— Mais attention ! Un chien se met à poursuivre les oies ! Elles doivent prendre la fuite ! On monte les genoux !

Plus de vagues, plus d'éclaboussures. Devant moi, Cassandre commença à rire.

— On accélère la cadence, le chien se rapproche !

J'avais maintenant de la flotte dans les yeux.

— Non, ce n'est pas un chien ! C'est un loup ! Haoooooouuuuu ! se mit à hurler Ugo le beau gosse.

— Haoooouuu ! répondit le groupe en hurlant de concert.

— Plus fort !

— Haoooooouuuuuu ! reprirent les petits vieux, plus déchaînés que jamais.

— Hé ! L'écrivain, je ne vous entends pas !

Les deux rangées de devant se tournèrent vers moi.

— Haou ! tentai-je, ma voix se cassant dans ma gorge.

— Ce n'est pas un loup ça, c'est un petit caniche ! répliqua Ugo.

La gêne devait se lire sur mon visage, car Cassandre et Maryse m'encouragèrent du regard.

— Haoooooooou !

— Encore !

— Haoooooooooooouuuuuuuuu ! hurlai-je.

— Voilà ! Ça, c'est un beau cri de loup !

Mes nouveaux camarades m'applaudirent, faisant virer mes joues au pourpre.

— Maintenant, vous allez tous prendre les planches, c'est le moment de faire les têtards ! lança l'Adonis du bassin.

Exclamations d'engouement dans l'eau. Les papis et mamies semblaient ravis de continuer le cours en se prenant pour des batraciens en devenir. Je suivis le mouvement et attrapai une planche sur le bord de la piscine.

Mais après les têtards, ce fut le tour des grenouilles (phase évolutive somme toute logique), puis des kangourous, des paresseux, des loutres, et pour finir des pumas. Une vraie ménagerie. J'étais heureux que le cours se termine avant qu'Ugo nous demande de faire le rhinocéros ou de sauver Willy. D'autant plus qu'à peine sorti de la piscine, je pris douloureusement conscience de l'existence de muscles dans mes cuisses dont je ne soupçonnais pas la présence. Je pressentais que sortir de mon lit le lendemain matin serait épique. Je notai mentalement d'aller acheter du Doliprane avant de rentrer, ou d'aller en chiper une boîte aux sœurs Monchat, qui, comme toutes les mamies de France, devaient en avoir un stock pour les huit prochains hivers.

En toute honnêteté, passé mon malaise initial, je devais admettre que je m'étais bien amusé pendant cette séance. Il y avait pire sur terre que faire le koala accroché à une frite de bain, bien que, dans ce cas précis, je n'avais pas tout à fait compris l'exercice et avais bu la tasse, sous les rires du groupe. Même s'il était horripilant de perfection et d'abdominaux, Ugo le prof était un mec sympa, et soucieux de rendre son cours attractif. Face à lui, j'avais compris ce qu'Adèle Marconi entendait par « ludique ». Sans rendre l'exercice bêtifiant, Ugo avait su intégrer chaque posture dans une histoire, à laquelle les participants avaient adhéré. En tant qu'écrivain, le procédé ne pouvait que me séduire.

Cette heure d'aquagym m'avait rappelé nos jeux d'enfants dans la pataugeoire, lorsque ma mère nous emmenait, Clara et moi à la piscine de la ville l'été. Elle s'asseyait sur une serviette, tout près du bassin, et nous surveillait tandis que nous tapions des pieds pour créer de grandes gerbes d'eau qui nous éclaboussaient. Nous riions si fort qu'elle nous demandait parfois de faire moins de bruit, craignant que nous dérangions les autres personnes présentes. Les rires des habitants de la résidence, si francs et instinctifs, évoquaient les intonations lointaines de ceux de ma sœur et du petit garçon que j'étais.

Les rares fois où j'avais été à la piscine à Paris, je m'étais contenté de faire des longueurs, comme tous les autres nageurs présents tôt le matin. Ce n'était, en fin de compte, pas si différent qu'avancer comme des fourmis entre deux quais de métro dans les couloirs de la station Bastille.

Alors, était-ce cela, vieillir? Redevenir un enfant, s'amuser et oser crier, rire, sauter, sans se soucier des regards? Serait-ce comme retrouver un ami, perdu de vue depuis longtemps, et s'apercevoir en discutant que la complicité d'antan est toujours la même? Considérée sous cet angle, la vieillesse paraissait séduisante.

Toutefois, je me demandais comment mes camarades décatis pouvaient encore trouver l'énergie de jacasser dans l'autocar. J'étais éreinté. Je m'endormis à peine assis sur mon siège, pour être réveillé par le colonel me secouant l'épaule.

— Alors, Olin ? On manque d'entraînement ? Va pas falloir mollir, demain, y a marche nordique à huit heures !

CELA ne me frappa pas tout de suite.

Il fallait dire que, comme je l'avais anticipé, le réveil fut rude après la session en piscine zoologique. J'avais mal partout, même entre les orteils, et crevais d'envie de boire un litre de café, avec de l'Advil en guise de sucrette.

Je mis environ deux heures pour prendre mon petit-déj', me doucher et m'habiller, si bien que je renonçai à ma traditionnelle virée matinale à la cafétéria pour me mettre au travail directement.

Entre l'atelier en lui-même, la lecture des textes des participants, et mes activités ludiques annexes, je n'avais que peu avancé sur mon roman. C'étaient du moins les raisons que j'invoquais en mon for intérieur, et que je comptais servir à quiconque m'interrogerait quant à la progression de mon travail.

La vérité était que j'avais de gros doutes sur certains ressorts de mon intrigue, et, pire, que mon héroïne me gonflait un peu ces temps-ci.

Anna March et moi, c'était une histoire qui durait depuis plus de dix ans. Elle avait débuté à Val d'Europe, dans mon studio de *cast member* de l'industrie Disney, un soir où mes oreilles vibraient encore de la musique de la parade. Anna était arrivée dans ma vie.

Anna courait. Elle était poursuivie. Elle aurait pu être une victime, en réalité. Mais ce n'était pas ce destin que j'avais choisi pour elle. Anna avait fait volte-face, s'était engagée dans une ruelle, et, cachée derrière le conteneur poubelle d'un restaurant italien, elle avait attendu son assaillant. Lorsqu'il s'était trouvé dos à elle, ne sachant dans quelle direction la jeune femme s'était enfuie, Anna était sortie de sa cachette, et l'avait frappé de toutes ses forces à l'arrière du crâne avec une caisse de vin vide. Bon sang, ce que j'avais été fier d'elle ! Voir l'autre, au sol, décalqué par une petite bonne femme armée d'une caisse de chianti et d'un courage de la taille du Brésil, ce que cela pouvait être jouissif ! C'était à cet instant-là que j'avais décidé d'écrire sur elle, de lui consacrer un roman. Je ne savais rien d'elle, alors, à part son prénom, Anna, que son poursuivant (qui se révéla être son beau-frère) avait crié en tentant de la rattraper. Je ne connaissais ni son âge ni sa profession. Je n'avais rien d'autre que ces images qui s'étaient imposées à moi dans un moment de solitude et d'ennui. Non, pas d'ennui. Je ne m'ennuyais jamais lorsque j'étais avec mes personnages. Il s'agissait plutôt d'une forme de désœuvrement. Je n'avais alors pas de but dans la vie. Je me contentais de me lever le matin pour enfiler un costume coloré et faire sourire les gamins. Ce n'était pas si mal, mais je n'avais pas trouvé ma voie. Avant l'arrivée d'Anna dans ma tête. Anna avait tout changé.

« Pourquoi ton personnage principal est une femme ? » m'avait un jour demandé Max, au tout début de notre collaboration. Je n'avais pas su répondre à la question. Je ne me l'étais jamais posée. Anna était une femme. Point. Anna était une femme, parce qu'elle m'était apparue ainsi. Parce qu'elle était le personnage dont j'avais besoin.

Je ne m'étais jamais reconnu dans les héros masculins des romans policiers. Même pas en Hercule Poirot. Trop intimidant d'intelligence, et un peu tête à claques, il fallait bien l'avouer.

En règle générale, les hommes dans les romans policiers contemporains sont cabossés, virils. Ils tombent les femmes (ou au moins une), au cours du roman. Ils boivent, seuls, et pas avec des grands-mères givrées. Ils fument des clopes, donnent des coups, ils ont des ex-femmes et des mômes qui ne leur parlent plus. Ils ont perdu un ami et rencontrent des problèmes avec leur père ou leur frère, ou les deux. Ils vivent dans des appartements en bordel, au sol jonché de papiers et de bouteilles vides, ou alors au contraire, dans des intérieurs minimalistes, sans déco aux murs mais avec un frigo à la lumière vacillante sur l'absence de nourriture, jamais dans des apparts normaux, où l'on peut trouver des coussins sur le canapé, et un reste de spaghettis carbonara dans le réfrigérateur.

Aucun lecteur n'attend d'une héroïne de roman policier qu'elle vive dans un taudis ou dans un appart aseptisé, pas plus qu'on l'imagine torturer des gros durs ou coller son flingue dans la bouche d'une petite frappe qui refuse de parler. On lui demande simplement d'être futée et d'avoir de l'instinct. Avec Anna, j'avais donc le champ libre. Et même si rien ne m'obligeait à faire d'elle une dure à cuire, je m'étais amusé à lui octroyer tout un tas de caractéristiques que je ne possédais pas. Anna était championne de tir à l'arc. Un jour, elle avait sorti un mec d'un bar par le col de sa chemise, parce qu'il avait mal parlé à sa meilleure amie (Ariane, une vraie emmerdeuse si vous voulez mon avis. Mais Anna et elle s'adorent, alors je fais avec). Anna parlait quatre langues, jouait au poker, et aimait les vieux films de samouraïs. Elle savait préparer un fraisier maison digne d'un pâtissier, et effectuer la vidange de sa voiture. Et lorsque ses voisins avaient décidé de monter un groupe de rock et de répéter dans leur salon tous les mardis et les jeudis de 20 heures à 23 heures, elle avait réglé le problème en les enfermant à l'intérieur de l'appart en condamnant la porte avec du scellement chimique.

Chaque fois que je me retrouvais en difficulté dans une situation ou une autre, Anna, elle, s'en tirait avec brio.

Anna n'avait peur de rien. Anna savait toujours où elle allait. Anna n'était pas mon ersatz de papier. Anna, c'était moi, en mieux.

Alors pourquoi Anna et moi étions en froid ces derniers temps ?

Telle était la question que j'avais en tête en m'installant devant l'ordinateur, décidé à m'activer tout en craignant de ne pas parvenir à écrire une page qui me satisfasse. Et ce fut à ce moment précis que cela me sauta aux yeux. On avait encore touché à mon carnet. Et même pas discrètement cette fois ! Il était posé sur la table, ouvert, couverture vers moi, comme si mon intrus avait abandonné sa lecture en cours de route pour répondre au téléphone. Je n'y avais pas prêté attention la veille, parce qu'en rentrant, j'étais parti directement prendre ma douche, puis j'avais téléphoné à Clara assis sur mon lit, sur lequel je m'étais endormi sans même dîner.

J'étais sidéré. La moindre des choses, quand on pénétrait chez quelqu'un pour fureter dans ses affaires personnelles, c'était de le faire subtilement ! Je ne demandais pas à l'importun de mettre des gants ou d'effacer ses empreintes digitales, mais j'attendais au moins un minimum de respect des convenances.

Je pris mon carnet pour voir où s'était arrêté cet espion de pacotille.

Nouveau choc. Ce taré s'était permis d'écrire dans mon carnet ! À côté de la phrase, *Anna retrouve le portefeuille de Romane sous le siège de la voiture*, que j'avais inscrite quelques jours plus tôt, était noté, en lettres capitales – l'indiscret cherchait de toute évidence à dissimuler son écriture – MAUVAISE IDÉE. C'EST DÉJÀ SOUS UN SIÈGE QU'ELLE A TROUVÉ LE PORTABLE DE VICTOIRE DANS LE TOME 2.

Mon intrus avait donc lu mes romans. Au moins le deuxième tome. Et il avait raison. Alors qu'elle pense que sa cousine Victoire est partie assister à un congrès de dentistes, celle-ci est en réalité détenue prisonnière par un sociopathe (même si le lecteur l'ignore à ce moment de l'histoire), avec qui Anna flirte un peu (elle ignore elle aussi que c'est un sociopathe, et le prend toujours pour un respectable marchand d'art contemporain), jusqu'à ce qu'elle retrouve le téléphone portable de sa cousine sous le siège passager de la berline du gars en question.

Bon sang, j'avais totalement oublié ce passage ! En huit tomes, j'en avais écrit des rebondissements et des révélations. Pas étonnant que certains ressorts de mes propres intrigues m'échappent parfois.

D'accord, mon intrus était un lecteur assidu. Mais cela ne lui donnait pas le droit de pénétrer chez moi, de lire mes notes, et d'ajouter ses petits commentaires, aussi judicieux qu'ils pouvaient être ! J'étais furieux. Et vexé. Mais surtout furieux. Ou vexé, je n'en savais rien.

Je feuilletai les pages attenantes pour vérifier si le lecteur indiscret avait laissé d'autres annotations. Mais je ne trouvai que mes propres mots.

Je me sentais incapable d'écrire après cette découverte.

J'aurais pu prévenir Adèle Marconi, mais je n'avais aucune envie de la voir fourrer son nez parfait dans mes affaires. Et j'imaginais sans mal le niveau de stress qu'une intrusion dans une des maisons de sa chère résidence allait générer chez elle. Plus de parlotte, plus de problèmes. Je n'aurais jamais la paix.

Et puis, Marconi pouvait très bien me prendre pour un cinglé. Rien n'avait été volé après tout. Qui irait croire qu'une personne se donnerait la peine de pénétrer chez un écrivain pour lire ses notes de travail ? C'était le genre de mystère qu'Anna ne se donnerait pas la peine de résoudre. Anna avait cette capacité à balayer d'un revers de main les petits problèmes insignifiants, qualité que je lui enviais. Elle ne s'encombrait pas de pensées parasites, et parvenait à concentrer son attention sur les choses importantes, telles qu'élucider un crime ou sauver un scientifique d'une électrocution certaine.

Je pris le parti de suivre son exemple. Rien ne manquait à mes affaires, et il n'y avait pas une once de menace dans les quelques mots griffonnés par mon intrus. On était loin de *Misery*.

Je décidai de sortir prendre l'air. Au détour d'un chemin, je saurais peut-être où planquer ce fichu portefeuille qu'Anna devait retrouver.

Je laissai de côté cette histoire de lecteur fouineur et, face à ma panne d'écriture, me résolus à profiter des plaisirs simples de la vie, tels un paquet de chewing-gums à l'ananas et un roman de Ruth Rendell que je n'avais pas encore lu (la seule chose potentiellement intéressante que j'avais dénichée à la supérette, entre des titres évocateurs comme *Le Pirate et la Danseuse* ou *La Pionnière de la toundra*). J'étais rasséréné. J'envisageais de faire un crochet par la cafétéria, lorsque je fus tiré de ma béatitude par des cris provenant du parc.

Des cris de femme.

Sentant de nouveau se déplier ma cape de super-héros, je m'élançai à grandes enjambées en direction des hurlements.

Je m'attendais à découvrir une des résidentes en train de se faire arracher son sac par un gorille, ou se faire étrangler par Hannibal Lecter et le tueur de *Scream* officiant en tandem. Je me serais alors emparé d'un rondin de bois négligemment laissé au sol pour assommer l'assaillant, ou, plus spectaculaire encore, j'aurais usé de ma puissante carrure de gambas pour lui enfoncer le nez dans la terre et lui emmêler les bras dans le dos comme les pattes d'une pieuvre.

Bref, j'étais prêt.

Je n'irais pas jusqu'à dire que j'étais déçu en découvrant, non pas une des résidentes aux prises avec un tueur de vieilles, mais seulement Thérèse Dussol, tentant de convaincre un chat blanc de descendre d'un arbre, mais avouons qu'en termes de quête héroïque, cela manquait de panache.

La petite bête ne semblait pas en danger, et encore moins décidée à descendre, malgré les cris de Miss Trottinette en folie.

J'aurais pu tourner les talons et laisser la Dussol se débrouiller avec son fauve.

— Allez, sois gentil ! Descends !

Je craquai.

Je n'allais tout de même pas contraindre une personne âgée, même aussi teigneuse que Dussol, à grimper dans un arbre et risquer de se casser le coccyx en sauvant un chat.

— Ne vous inquiétez pas, madame Dussol, je vais aller le chercher !

Et sans attendre les remerciements de la terreur du quartier, je commençai mon ascension.

J'aimerais écrire que je fus à la fois athlétique, viril et aussi valeureux qu'un chevalier de la Table ronde. Mais mon allure en progressant vers le sommet de l'arbre – car évidemment ce con de chat était allé se percher sur l'une des plus hautes branches – tenait plus de la danse du panda (je suis intimement persuadé que les animaux, et les pandas en particulier, dansent lorsque nous avons le dos tourné. Cet avis n'engage que moi) que du capucin virevoltant d'arbre en arbre avec aisance.

J'entourai le tronc de mes bras maigrelets pour tenter de me hisser à plus d'un mètre de hauteur, mais mon cul, dont la taille était pourtant parfaitement proportionnée par rapport à mes bras et ma carrure d'arbalète, refusait de suivre le mouvement. Je parvins péniblement à m'agripper à une branche plus basse que les autres, qui me permit, après des efforts titanesques, de me jucher au cœur de ce satané marronnier. Le ridicule de la situation m'aurait probablement fait rire si je n'étais pas sur le point de cracher mes poumons. Et je n'avais même pas mon téléphone pour appeler Zoélie en cas de crise cardiaque, même s'il me semblait que la mort serait plus supportable qu'une nouvelle humiliation en sa présence.

Le chat me regardait, perché sur sa branche.

— Allez, viens !

Il ne bougea pas d'un centimètre.

— Minou ? tentai-je.

Sans succès.

— Félix ?

Toujours aucune réaction.

Je passai les minutes suivantes à essayer des petits noms plus ridicules les uns que les autres (j'avais même tenté « Foufoune », c'était dire mon désespoir), ponctués de « S'il te plaît » et « Descends ! », avec la même absence de résultat. J'étais à court d'idées.

Le félin dut avoir pitié, pitié de ma tronche rougeâtre et suante, pitié du pauvre humain inapte à l'escalade que j'étais. Il descendit de deux branches, arrivant presque à ma portée. Je me levai, me tenant d'une main au tronc, et attrapai le chat de l'autre. La boule de poils émit un miaulement mou.

Je parvins à descendre de l'arbre avec ma cargaison, malgré mon bras encombré, mais sans faire tomber le chat, ce qui n'était déjà pas mal. Une fois les deux pieds posés sur l'herbe, j'époussetai le chat blanc avant de le tendre à sa propriétaire.

— Voilà le gros bébé, madame Dussol, dis-je, affichant un sourire ravi.

— Qu'est-ce que vous voulez que j'en foute ? C'est pas mon chat !

Et sur ces mots, elle s'en alla.

Je restai comme un con, le chat dans les bras.

Anna comprit très vite qu'elle avait mal appréhendé la situation. Et cela la mettait en rage. Mais elle n'avait pas le temps de s'apitoyer sur son erreur. La vie de deux femmes dépendait désormais d'elle et des choix qu'elle ferait dans l'heure à venir.

Elle ne les connaissait pas personnellement, mais Anna se sentait liée à elles. Ce n'était pas seulement parce qu'elles avaient fréquenté le même lycée, non. Anna n'avait jamais été attachée à ce lieu, et ne regardait pas ses années d'adolescence avec la nostalgie qui frappe certaines personnes à l'âge adulte. Mais elle ne pouvait en revanche s'empêcher de penser que leurs sorts auraient pu être similaires, si Anna avait été moins entourée, moins sûre d'elle, et suffisamment influençable pour que le professeur Heradès réussisse à exercer son emprise sur elle, même des années après la fin de sa scolarité.

Qu'est-ce qui différencie les victimes de ceux qui cherchent à les sauver ? Une passion ? Un ami à qui se confier ? Ou est-ce que l'influence des tyrans, des pervers, des psychopathes de tout poil peut faire son lit chez n'importe quel être, pour peu qu'une brèche, même infime, soit entrouverte ? Anna ne parvenait à trouver les réponses à ces questions qui la tenaillaient. Mais elle était résolue à tout faire pour que Blanche et Aurore ne figurent jamais sur la liste des victimes du professeur.

Edgar Olin, Retour à l'internat
(Anna March, tome 3), 2001.

DEPUIS mon installation aux Impatients, j'étais persuadé que plus rien ne pouvait m'étonner quant aux mœurs et lubies des habitants.

Pourtant, quand un matin au réveil je trouvai une gamine de huit ans installée sur le canapé du salon, les yeux rivés sur Gulli, je restai circonspect. Les vieux, d'accord, mais les mômes aux Impatients, c'était une nouveauté.

— Euh... Je peux savoir qui tu es ?

— Marnie, répondit la mioche sans quitter l'écran des yeux.

Je n'avais vraisemblablement pas commencé par la bonne question.

— Et tu es dans mon salon parce que ?

— Chez toi, ça sent pas le vieux.

Si sa réponse était d'une logique imparable, je ne savais plus comment l'aborder. La fillette parut lire dans mes pensées, car elle ajouta :

— Maryse et Cassandre, elles ont dit que t'étais rigolo.

Elle tourna enfin son visage vers moi, et me détailla de la tête aux pieds.

— Mais je vois pas trop pourquoi.

J'avais accepté beaucoup de choses dégradantes dans ma vie, comme porter un déguisement de loutre et distribuer des prospectus pour la protection des animaux, mais sous-entendre que je n'étais pas drôle sous mon propre toit (ou plutôt celui de tante Agatha, mais cela revenait au même dans le cas présent), par une gamine pas plus haute qu'une boîte aux lettres, me sembla fort de café. D'autant plus que je ne l'avais pas encore bu, mon sacro-saint café du matin. Irrité, je pris la télécommande sur la table basse et éteignis la télévision. La môme émit un cri de frustration.

— Je regardais !

— Ma télé. Tu regardais ma télé, corrigeai-je.

— Elle est même pas à toi en vrai, souffla Marnie.

Je reposai la télécommande d'un geste autoritaire.

— Écoute, aussi amusante que soit cette petite partie de ping-pong verbal, je n'aime pas spécialement me disputer avec des enfants, surtout quand je ne les connais pas ! Alors tu vas me dire exactement qui tu es, et ce que tu fiches dans mon salon, sans quoi j'appelle la sécurité !

— Tu vas appeler la sécurité parce qu'il y a une fille de huit ans sur ton canapé ? Tu vas vraiment passer pour un bébé, répondit-elle en haussant les sourcils.

— T'as pas de parents ? demandai-je sans relever la pique.

— Bien sûr que j'ai des parents, c'est pas la cigogne qui porte les enfants ! Tu sais vraiment rien du tout en fait !

Là, c'en était trop. Je m'avançai vers le canapé, attrapai la morveuse et la lançai sur mon épaule comme un sac de pommes de terre. D'accord, la gamine était gaulée comme une allumette et ne devait pas peser plus de vingt-cinq kilos, mais j'étais tout de même assez fier de moi.

— Hé ! Repose-moi tout de suite ! brailla la petite peste.

— Pas question ! Je t'emmène à l'accueil, on verra bien ce qu'ils voudront faire de toi ! Mais à mon avis, vu ton caractère, tu vas finir à l'orphelinat ! assénai-je tout en sortant de la maison.

Une fois dans le patio, je saluai deux ou trois visages connus d'un signe de la tête, sans que personne semble s'étonner de la charge que je portais sur les épaules. Aucune d'elles ne se jeta sur son téléphone pour déclencher l'alerte enlèvement.

Je pris la direction de l'accueil d'un pas décidé. Marnie criait et frappait mon dos de ses poings minuscules, vexée d'être ainsi transportée la tête en bas. Mais je ne cillai pas.

— Fais-moi descendre, face d'ampoule !

— Dans tes rêves !

J'étais surpris qu'elle parvienne encore à crier malgré le sang qui devait commencer à lui monter à la tête.

Au loin se dessina la silhouette élégante de monsieur Plomb qui avançait vers nous.

— M'sieur Plomb, à l'aide! J'ai été kidnappée par un pervers! Je suis sûre qu'il va me vendre à un cirque!

— Et ça serait là la meilleure décision de sa jeune vie, Marnie! dit-il sans sourciller.

Je m'arrêtai pour interroger le vieil homme:

— Bonjour, monsieur Plomb! Vous connaissez cette gamine? Vous pouvez m'aider?

— Monsieur Edgar, bonjour, répondit-il en ôtant son chapeau. J'ai en effet ce déplaisir. Et je suis désolé, mais débrouillez-vous avec elle! Depuis que cette petite effrontée a recouvert ma pelouse de papier hygiénique, je me suis promis de ne plus jamais l'approcher!

Il reprit son chemin, puis s'arrêta un instant et ajouta:

— Si j'étais vous, mon cher, j'appellerais la maréchaussée!

— Maréchaussée toi-même, vieux débris pourri!

— Quel amour d'enfant! répliqua monsieur Plomb.

— T'es vraiment une punaise! lançai-je en direction du visage de Marnie, tout en avançant à grandes enjambées vers l'accueil.

— Et toi y a que les vieilles gagas de cette résidence qui peuvent t'aimer, t'es nul!

— Chante, chante, au moins ma tête est dans le bon sens!

— Je te déteste ! hurla Marnie.

— Et moi donc ! criai-je.

Alors que je m'apprêtais à entrer dans le hall, la voix de Zoélie m'interpella :

— Edgar ? Vous pouvez me dire ce que vous faites avec ma fille sur le dos ?

— Tu étais censée rester chez Cassandre et Maryse !

Marnie était de nouveau installée sur mon canapé, mais elle faisait moins la maline. Zoélie était furieuse, et même si je n'étais pas son fils, je la trouvais, à ce moment-là, assez flippante. Et sexy. Bon sang, qu'est-ce qui n'allait pas chez moi ?

— Mais elles ont recommencé à se disputer pour savoir laquelle des deux devait se marier avec William Leymergie, je m'ennuyais ! Et elles ont dit que le nouveau était rigolo, alors j'ai voulu aller voir ! Mais quand je suis arrivée, il dormait, même qu'il bavait comme un gros chien, trop dégueu !

— Une minute, jeune fille, la coupai-je, comment tu es entrée ?

Désormais habitué à ce que l'on pénètre chez moi, je réalisai tout juste que je ne m'étais même pas interrogé sur la manière dont Marnie s'était introduite dans mon salon. Et j'étais certain d'avoir verrouillé cette fichue porte la veille.

— Tout le monde sait qu'il y a une autre clé sous le nain de jardin qui tond la pelouse, Sherlock ! répondit Marnie en grimaçant.

— Marnie, pas d'insolence ! la houspilla Zoélie.

Si tante Agatha semait des clés façon Petit Poucet, pas étonnant que n'importe qui pénètre chez elle pour mater mes fesses ou lire mes notes.

Zoélie expliqua :

— Votre tante a tendance à égarer ses clés très souvent, elle a donc laissé un double sous chaque nain de jardin.

— Et tout le monde est au courant ! s'empressa d'ajouter Marnie.

— Ce n'était pas une raison pour fausser compagnie à Cassandre et Maryse et pour t'installer sur son canapé !

— Je ne peux jamais rien faire de toute façon ! râla la môme en croisant les bras sur son torse.

Zoélie prit une profonde inspiration. Je voyais bien qu'elle faisait de son mieux pour ne pas sortir de ses gonds. À sa place, la veine qui traversait mon front aurait déjà explosé. Cette gamine était une vraie plaie. Zoélie sortit un trousseau de clés de son sac à main.

— Va m'attendre dans la voiture, j'en ai pour cinq minutes !

Marnie attrapa les clés de sa mère en soufflant.

— À plus, tête de steak ! me lança-t-elle sans un sourire.

— Salut, face de flétan ! ripostai-je, fier de ma vivacité d'esprit.

Zoélie leva les yeux au ciel.

— Et ne mets pas la musique à fond comme la dernière fois ! cria-t-elle à sa fille qui ne prit pas la peine de répondre mais claqua ma porte d'entrée de manière plus que suggestive.

— Charmante enfant !

— Vous la voulez ? répliqua Zoélie du tac au tac.

— Sans façon, j'ai toujours eu peur des fauves. Un café ?

— Je préférerais un Xanax, mais c'est moi l'infirmière, et je dois encore déposer le fauve, comme vous dites, à son cours de dessin.

J'aurais plutôt imaginé Marnie faire de la déforestation bénévole ou du lancer des missiles, mais je me gardai de tout commentaire. D'autant que la pétillante Zoélie me parut bien lasse tout d'un coup. Je lui tendis une tasse fumante.

— Elle a un père cette petite ? demandai-je.

Zoélie releva la tête en souriant.

— Tout le monde a un père, Edgar.

— Je me rends compte de la stupidité de ma question, avouai-je en me grattant le front pour me donner une contenance.

— Elle a un père. Pas un papa, expliqua Zoélie.

— Elle le voit ?

— Rarement.

— Cela doit être dur pour elle.

— Quand il se souvient de son existence et passe la voir, elle est excitée comme un matin de Noël. Le reste du temps, elle ne parle pas de lui. Elle semble s'en accommoder, mais je pense que cela va me coûter cher en psy dans quelques années.

Zoélie s'arrêta un instant et but une gorgée de café avant de reprendre.

— On était très jeunes. Enfin, lui en tout cas. Même si techniquement on avait le même âge. Il n'était simplement pas prêt à être père, et je ne sais pas s'il le sera un jour. Alors j'élève ma petite tornade toute seule, pour répondre à votre question, dit-elle.

— J'imagine que ce n'est pas simple tous les jours.

— C'est un peu comme si Tarantino tournait un film dans un centre aéré. Des cris, des portes qui claquent, et des trucs collés sur les murs. Mais c'est une gamine géniale – la plupart du temps, ajouta Zoélie avec un sourire de connivence.

— Ça vous arrive de dîner ?

Parfois, je me demandais comment j'arrivais à poser des questions aussi connes. Pour un écrivain, ça la foutait mal de ne pas être capable de formuler des phrases intelligentes et de les placer au bon moment dans la conversation.

Au moins, ma question eut le mérite de faire rire Zoélie.

— De temps à autre, mais seulement pour survivre.

— Du coup, on pourrait peut-être essayer de survivre ensemble un de ces soirs ? tentai-je maladroitement. Vendredi ?

— Vendredi, c'est bien, répondit-elle d'un sourire encourageant.

Je lui laissai le choix du restaurant, n'opérant pas sur un terrain connu. Elle me rejoindrait aux Impatients, où elle confierait Marnie aux relatifs bons soins des sœurs Monchat.

Lorsque Zoélie quitta ma maison, j'effectuai une petite danse de la victoire, à la chorégraphie toute personnelle, en entonnant *Il en faut peu pour être heureux*.

J'espérai qu'il n'y ait pas un autre intrus planqué chez moi pour assister à cela.

Je ne saurais dire si c'était la perspective de mon prochain dîner avec Zoélie, ou bien la séance d'aquagym zoologique, mais je me sentais particulièrement rasséréné, et excité à l'idée de l'atelier que j'allais proposer à mes élèves.

Il était vraiment temps que je change de cap : ils n'étaient plus que huit participants lorsque j'arrivai dans la salle : Marthe, cette fois-ci vêtue comme le génie d'une lampe magique, les fidèles sœurs Monchat, monsieur Plomb et Javert, le colonel Serdagne, ainsi qu'Alice et Germain, un couple qui participait toujours aux activités en tandem. Cela me ficha un coup à l'ego, mais je pris mon courage à deux mains. Je n'avais plus le choix.

Je posai mon sac devant moi, et en sortis une casquette de groom dont je coiffai ma tête. J'étais allé l'acheter la veille dans un magasin de déguisements. Pour l'obtenir, il m'avait fallu faire l'acquisition d'un costume complet de Spirou, en taille

12 ans. Heureusement que mon tour de crâne était à peine plus grand que celui d'un pré-ado.

— Monsieur Edgar, m'interpella Émile Plomb, je me permets de vous faire remarquer qu'il n'est pas poli de porter un couvre-chef à l'intérieur. J'ai moi-même ôté mon chapeau, dit-il en pointant du doigt son galurin posé sur le bord de la table.

— Ah ! Mais je ne suis pas Edgar Olin ! Je suis Eugène Ferragus, groom responsable du pont E !

Les Impatients me regardèrent sans comprendre.

— Voyons, messieurs-dames ! N'aviez-vous pas remarqué que nous étions sur un bateau de croisière ? continuai-je.

Au bout de quelques secondes d'un silence qui me fit frémir, Marthe, qui semblait effacée jusqu'alors, éclata de rire. Un rire franc, un rire d'enfant.

— Oh mon bateau oh oh oh ! commença-t-elle à chanter.

— Voilà ! Marthe a compris !

En entendant leur camarade chanter, les autres participants se détendirent.

— Cette semaine, je vous propose que nous quittions la résidence et que nous embarquions pour une croisière de rêve sur le Marquis des mers !

— Moi, j'ai peur de l'eau ! s'empressa de mentionner Cassandre.

— Vous plaisantez ? Vous allez à l'aquagym toutes les semaines ! lui lança monsieur Plomb.

— Ce n'est pas pareil ! À la piscine, l'eau est moins... mouillée ! rétorqua l'aînée des sœurs.

— Cassandre Monchat a peur de l'eau ! la corrigeai-je, avant qu'éclate une dispute. Votre personnage, au contraire, sera peut-être une vraie naïade !

— Comment ça ? demanda Maryse.

J'avais ferré mes poissons. Je pouvais maintenant passer aux règles du jeu.

— Ce ne sont pas Cassandre, Maryse, Marthe, monsieur Plomb ni même Octave, Auguste, Alice ou Germain qui vont prendre place sur ce paquebot ! Les cartes que j'ai dans ma pochette, et que vous allez tirer au sort, vous donneront des indications sur les personnages que vous allez incarner, expliquai-je, tout en sortant les fiches de mon trieur.

— Je ne veux pas jouer un homme ! protesta Maryse.

— Est-ce que mon personnage peut avoir un chien ?

— Et le mien un perroquet !

— Hé ho ! C'est pas l'arche de Noé !

— Mais j'ai peur de l'eau !

— Bon sang, Cassandre ! On t'a dit que tu n'allais pas nager !

— Mais on ne va pas couler au moins ? s'inquiéta Marthe.

— Je peux faire Leonardo DiCaprio ?

— J'aime pas les câpres !

C'était de nouveau le capharnaüm dans la salle, mais je n'allais pas m'en plaindre. Leurs délires et leurs questions m'avaient manqué.

Je mis les cartes dans ma casquette et les fis tirer au sort. Maryse négocia un changement (elle refusait de se prénommer Eugenia), ce à quoi je cédai dans la mesure où il me restait plusieurs personnages disponibles, à l'origine dévolus aux absents. À la place, elle interpréterait le rôle d'Amanda Carmickael, héritière franco-américaine en mal d'amour, tandis que sa sœur Cassandre serait Joséphine Flora, ancienne danseuse de ballet. En lisant sa fiche, Cassandre se leva pour tenter quelques pointes, se prit les pieds dans sa chaise et manqua s'écrouler sur la table. Je commençais à regretter mon idée, surtout que le colonel Serdagne, qui était devenu directeur de cabaret, parlait de l'embaucher pour monter un grand spectacle. J'espérais que tous les ménisques et les chevilles résisteraient au jeu.

Les participants seraient donc aussi bien des voyageurs que des membres du personnel, ou même le directeur de la croisière. J'avais fait en sorte de leur proposer des personnages attractifs qu'ils auraient plaisir à mettre en scène. Marthe était ravie. Elle incarnerait la comtesse Hermione de Jolicœur, une veuve volubile, férue de voyages et passionnée par les animaux.

— Monsieur Edgar, est-ce que ma comtesse peut avoir un canari ?

— Bien sûr, Marthe, vous êtes libre d'inventer ce que vous voulez pour étoffer votre récit !

— Je vais me documenter sur les oiseaux, puisque je suis désormais ornithologue, dit monsieur Plomb, dont l'application ne me surprit pas. Très chère, nous pourrons discuter de votre canari lorsque nous nous croiserons sur le pont, ajouta le vieil homme à l'attention de Marthe.

— Je serais ravie de voir un ornithorynque en vrai et en liberté ! répondit la comtesse.

Monsieur Plomb leva les yeux au ciel mais ne la corrigea pas.

Après les avoir laissés lire leurs fiches jusqu'au bout, ma casquette de groom de nouveau posée sur ma tête, je donnai les consignes du jeu :

— Vous venez donc de monter à bord du Marquis des mers. Les passagers, vous attendiez cette croisière depuis des mois. Les membres de l'équipage, ce voyage est tout aussi important pour vous, puisqu'il s'agit de la première traversée de ce navire. Vous êtes tous excités et fébriles. Il y a tellement de choses à voir et à découvrir sur ce bateau ! Les salles de réception, les bars, les piscines à bulles ! Et je ne vous parle même pas du buffet ! Homards géants, canards rôtis, fruits de tous les pays.

— Est-ce qu'il y a des pizzas ? s'enquit Marthe, avec son regard de gamine, en s'avançant sur son siège.

— Bien sûr ! Il y a un pizzaïolo qui les prépare à la demande ! répliquai-je. Il peut vous mettre la garniture que vous désirez ! Même papaye et mortadelle, par exemple !

Marthe se recula jusqu'au dossier de sa chaise, l'air satisfait et les yeux rêveurs.

— Ce que j'aimerais pour la semaine prochaine, c'est que votre personnage me raconte ses premières impressions sur ce voyage, dans une sorte de journal de bord. Si vous incarnez un membre du personnel, quelles sont les difficultés rencontrées, si vous avez sympathisé avec des passagers. Octave, puisque vous êtes désormais Orson le barman, vous êtes bien placé pour observer les occupants du bateau et recueillir leurs confidences !

— C'est fou tout ce que les gens peuvent révéler quand on leur sert un Manhattan, dit Octave, déjà dans son personnage.

— Quant à vous, les passagers, vos journées promettent d'être chargées ! Entre les activités, les repas, et les rencontres que vous allez faire sur le bateau, je suis certain que vous aurez mille choses à écrire ! D'ailleurs, n'hésitez pas à échanger les uns les autres à propos de vos personnages pour nourrir votre récit !

— Je crois que je vais passer beaucoup de temps au bar, annonça Maryse, ou plutôt, Amanda Carmickael, en adressant un clin d'œil à notre fraîchement nommé barman.

Octave/Orson s'empourpra, sous les rires des autres participants.

— J'ai hâte de lire tout cela, Maryse ! répondis-je.

La joyeuse bande sortit de la salle dans une douce cacophonie. « À mon avis, le pizzaïolo est homosexuel ! » entendis-je Marthe lancer devant la porte. « Ah bon ? Ils mangent de la mortadelle les homosexuels ? » s'étonna une voix que je n'identifiai pas. J'exultais. Mes petits vieux étaient de nouveau tels que je les connaissais. Extravagants et à côté de la plaque, et heureux de participer, surtout. C'était ce qui m'importait.

Je devais admettre que madame Marconi m'avait été d'une grande aide. Sans ses conseils – être ludique, aller assister à un autre atelier, sortir les pensionnaires de leur quotidien – je n'aurais jamais envisagé de transformer l'atelier d'écriture en jeu de rôles. Et pourtant, c'était, en y réfléchissant, ce qui correspondait le mieux à leur propension à divaguer. J'aurais dû y penser, mais j'étais trop focalisé sur l'idée de bien faire, de leur apprendre des choses considérées comme intelligentes, alors que moi-même, j'avais détesté que l'on attende cela de moi. Alors, tant pis pour les figures de style, les pentamètres iambiques (non, je mens, je serais incapable d'en donner une définition qui ne commence pas par « Euh, en fait »), l'art du dialogue ou le point de vue. S'ils avaient voulu être Proust ou Woolf, ils se seraient installés à la Bibliothèque nationale de France (même si les pièces doivent être une horreur à chauffer en hiver) et pas aux Impatients.

Je suis écrivain. L'invention a toujours été ma source de joie. Alors, nous allions inventer.

MA bonne humeur fut de courte durée.

Je l'avais bien cherché : quelle idée j'avais eue de consulter mes mails !

Outre les titres me proposant de conférer à mon pénis une taille éléphantesque (cela devait être commode pour trouver des slips), ma boîte ne contenait pas moins de six mails de Max. Leur contenu pouvait se résumer ainsi :

> T'es où ? Pourquoi tu ne réponds pas aux textos ni au téléphone ? J'ai sonné chez toi, ton voisin m'a dit qu'il te pensait mort à l'intérieur. J'ai reniflé sous ta porte, mais ça ne sent pas la charogne, j'en conclus que tu es encore en vie. Ne m'oblige pas à appeler le GIGN ! Et puis tu fais chier, j'avais deux invitations pour un récital chez Boucheron. Tu sais que j'aime pas l'opéra, mais il y avait un buffet de prévu ! Bordel, Edgar, mais qu'est-ce que tu fiches ?

Le coup de l'artiste maudit, ça ne te va pas du tout ! Viens au moins chercher ton courrier au bureau ! Tu m'emmerdes, petit con ! Au fait, je suis allé voir si tu n'étais pas chez Lise, à tout hasard, et il y avait un poulet vivant dans sa cage d'escalier.

Max, mon ami, mon éditeur. Je m'en voulais de lui faire faux bond de manière aussi lâche, mais je me sentais incapable de lui parler pour le moment.

D'une certaine façon, la situation était encore plus complexe qu'avant mon départ. À Paris, je pouvais mettre mon manque d'inspiration sur le compte de la pollution sonore environnante. Tout un chacun peut concevoir qu'un écrivain a besoin de calme pour écrire et pondre un potentiel chef-d'œuvre (ou un roman qui plaira à sa mère, ce qui est déjà énorme). Malgré les assauts ponctuels de mes gériatriques voisins, j'étais désormais dans un cadre agréable pour écrire. Pourtant, j'assemblais les mots avec difficulté, sans réel entrain, et mon intrigue principale me paraissait de plus en plus bancale à mesure que j'avançais (si l'on pouvait appeler cela avancer). Même Anna manquait de consistance. Je la trouvais naïve, avec son désir de sauver tout le monde, comme si elle était Wonder Woman ou mère Teresa armée d'une barre de fer. Pourquoi ne pouvait-elle pas simplement essayer d'être heureuse ?

Le problème, c'est que l'on ne fait pas de romans avec ces choses-là. Le bonheur. La félicité. Ce sont les failles, les drames, qui trouvent de l'intérêt à nos yeux de lecteurs. Notre cœur palpite d'autant plus fort si le héros ou l'héroïne a été cabossé par l'existence, et s'il s'en prend plein la tronche dans le cours de l'histoire, c'est encore mieux. En parallèle, nos vies, qui, il faut bien le reconnaître, sont souvent sans surprises, nous paraissent moins ternes, ou, *a contrario*, plus reposantes et cadrées. Dans les deux cas, nous sommes satisfaits.

Anna heureuse, avec un boulot aux trente-cinq heures, des RTT, des vacances à La Baule en juillet, et un poulet-frites le dimanche chez sa mère, ne captiverait personne. Et je serais le premier à ne pas vouloir lire le récit de ses courses au Super U du coin. Et à ne pas vouloir l'écrire, d'ailleurs. À côté de cela, je ressentais une certaine lassitude à imaginer un nouveau drame qui viendrait frapper un proche ou une connaissance d'Anna. J'étais fatigué à l'idée de l'écrire courir dans tous les sens, chercher à faire le lien entre des événements épars pour se rendre compte, une fois encore, que le monde était peuplé de tarés pour qui la vie humaine n'avait pas d'importance.

Je me sentais dans une impasse. Je voulais donner naissance à un tome qui ravirait mes lecteurs, un tome dont je serais fier et qui m'apporterait la satisfaction du travail bien fait, et enfin, je l'espérais, une vraie renommée. Mais rien de ce que j'écrivais ne trouvait grâce à mes yeux. Et j'étais persuadé que ces mots ne trouveraient pas plus grâce aux yeux de Max. Comment lui répondre dans ces conditions ?

Notre amitié, aussi sincère soit-elle, était née avec Anna. Si je lui donnais à lire un opus mièvre, plat et sans saveur, il aurait beaucoup de mal à m'annoncer que mon roman était sans intérêt. Il s'y résoudrait. Max était un professionnel chevronné. Mais je savais qu'il lui en coûterait. Et même si je faisais mine d'accepter la sentence avec panache et élégance (et un verre de vin, pour avaler la pilule), même si je m'efforçais de distinguer l'ami et l'éditeur, il serait malhonnête de ma part d'écrire que mon ego pétri de doutes n'en garderait pas une cicatrice, une blessure invisible qui serait ravivée à chaque fois que je verrais mon ami.

Je devais venir à bout de ce tome, de la meilleure façon qui soit. Je le devais à Max. Je le devais à Anna. Je le devais surtout à moi-même.

J'AVAIS besoin de prendre l'air. Rester devant mon ordinateur à me demander ce que je pourrais bien répondre à Max, et pire, ce que je pourrais bien écrire de plus sur mon Anna, ne m'apporterait rien, à part des trous dans les sourcils à force de tirer dessus.

J'enfilai ma veste et pris la direction du parc. L'agitation de la résidence n'avait rien à voir avec le tumulte des rues parisiennes, mais j'appréciais néanmoins de déambuler dans ce havre de verdure, si paisible. Pendant quelques minutes, je parvenais à mettre mes interrogations sur pause et à profiter du calme.

J'arrivai près de la mare lorsque j'aperçus monsieur Plomb et Octave Javert, tous deux occupés à lancer des morceaux de pain à la dizaine de canards qui barbotaient. L'image me fit sourire. On voyait rarement des hommes endimanchés comme Émile Plomb en train de nourrir des volatiles. Fidèle à lui-même, Octave flottait dans un pantalon de jogging trop lâche et un peu délavé.

— Oh, monsieur Edgar ! s'écria Javert alors que je n'étais plus qu'à trois mètres d'eux. Vous aussi, vous êtes là pour les canards ?

— Octave, tout le monde ne vient pas au parc voir les canards, dit monsieur Plomb pour tempérer l'enthousiasme de son ami.

— Je me promenais, simplement.

— Panne d'inspiration ? demanda monsieur Plomb.

— Quelque chose comme ça.

— Vous faites quand même un drôle de métier, monsieur Edgar, nota Octave. Il faut avoir plein d'idées, puis bien les mettre en forme ! Cela ne doit pas être facile.

— Tu as été pompier volontaire toute ta vie, ça ce n'est pas facile ! Sans vouloir, vous vexer, monsieur Olin, ajouta Émile Plomb à mon intention.

— Il n'y a pas de mal. Vous avez raison, monsieur Plomb, je ne sauve personne. J'espère juste que j'apporte un peu de bonheur aux gens, ou au moins que je les divertis pendant quelques heures, ajoutai-je.

— En tout cas, votre atelier, c'est mon activité préférée maintenant ! lança Octave. C'est Émile qui a voulu s'inscrire. Moi je n'étais pas très convaincu au départ, mais il a bien fait d'insister !

— Même si je suis plus adepte de récits historiques, j'aime goûter un peu de littérature policière de temps à autre, expliqua monsieur Plomb, comme s'il me confiait aller dans des tripots clandestins ou apprécier la compagnie de filles de joie. Votre Anna, continua-t-il, c'est une femme de poigne, on ne la berne pas facilement. J'admire le fait qu'elle refuse de laisser les crimes impunis. Un grand sens moral, cette petite !

Je fus touché par leurs confidences, et par la vision que monsieur Plomb avait d'Anna. Il avait perçu chez elle des qualités qu'il m'importait de transmettre. Cela pouvait sembler désuet, mais ses paroles me redonnèrent un peu confiance en mon travail.

Je profitai de l'occasion pour les interroger sur le curieux tandem qu'ils formaient. Le monde est rempli d'amitiés improbables, mais entre monsieur Plomb, si raffiné, et Octave Javert, toujours attifé comme un épouvantail, il y avait un lien que je ne parvenais à saisir. Ces deux-là s'étaient-ils rencontrés aux Impatients ?

— Nous sommes beaux-frères, expliqua Javert.

— En effet, Octave était marié à Aurélia, ma petite sœur.

— Elle nous a quittés il y a un peu plus de trois ans, compléta Javert. Tout ce silence dans la maison, je n'ai pas réussi à m'y faire. Je ne suis pas comme Émile. Le pauvre, il est veuf depuis si longtemps !

Monsieur Plomb hocha la tête avec pudeur. Octave continua :

— Non, je n'ai pas pu. Je tournais en rond. Alors j'ai proposé à Émile de venir vivre à la maison.

Déjà lorsque ma femme était encore de ce monde, nous passions notre temps libre tous les quatre, puis tous les trois !

— Mais j'avoue que j'apprécie d'avoir mes moments de solitude. Elle est devenue ma compagne au fil des années, expliqua monsieur Plomb. Nous avons donc trouvé cette solution intermédiaire. Ensemble, mais séparément.

Octave Javert regardait les animaux se regrouper autour des morceaux de pain qu'il lançait.

— Ma femme adorait les canards, dit-il avec tendresse.

— Déjà enfant, lorsque nous passions les vacances à la ferme chez nos grands-parents, elle refusait qu'on les mange ! Un jour, elle les avait tous cachés dans le grenier ! Notre grand-père ne savait plus s'il devait hurler ou rire aux éclats ! se souvint Émile Plomb. C'était une petite fille si gentille. Et elle l'est restée toute sa vie.

— Oui, toute sa vie, compléta Javert.

Ce qui liait ces deux hommes, en apparence si différents, c'était l'amour. Pour une épouse, pour une sœur. Pour une disparue à laquelle ils pensaient avec nostalgie. J'étais touché par leur histoire, et heureux de m'être décidé à sortir au lieu d'avoir passé l'après-midi à m'acharner pour que jaillisse de ma tête un meurtre sordide.

Après avoir discuté un moment avec les deux hommes, je repris le chemin de mon logement, galvanisé par une énergie nouvelle.

En avançant dans la rue, une musique assourdissante gagna peu à peu mes tympans. Un soir sur deux, Marthe confondait son salon avec un Zénith. Alors qu'à Paris, si un voisin m'avait offert le même tintamarre, j'aurais probablement songé à lui faire envoyer trois kilos d'anthrax par coursier, je me surpris à sourire. Je toquai chez Marthe et entrai sans même attendre qu'elle m'y invite, puisqu'elle ne pouvait rien entendre avec le boucan qui sortait de ses enceintes. Le groupe Scorpions semblait très en forme en cette fin d'après-midi.

— Bonsoir, Marthe, je baisse ! lui dis-je, alors qu'elle se dandinait au milieu du salon, vêtue d'une robe bavaroise traditionnelle et de bottes de moto.

— Oui, pardon, monsieur Edgar ! répondit Marthe, qui avait désormais l'habitude que j'entre pour tempérer ses élans musicaux. (La veille, j'avais mis fin à un concert de AC/DC.) Vous ne voulez pas boire une petite bière ? Je célèbre l'amitié franco-allemande avec Klaus Meine et ses copains !

Je n'osai imaginer sa tenue lorsqu'elle écoutait de la musique brésilienne.

— C'est très gentil à vous, Marthe, mais je ne suis pas certain que mon foie supporte une nouvelle soirée arrosée.

— On peut en acheter si vous voulez ! lança la rockeuse bavaroise.

— Acheter quoi ? Un foie ?

— Non, du rosé ! Ils en ont à la supérette ! Pour le foie, personnellement je préfère le foie de bœuf !

— Je n'aime pas les abats, répondis-je, tout en songeant que je m'avançais sur un terrain périlleux.

— Je ne suis pas fan de pop, moi non plus, mais il faut avouer qu'ils ont fait de bonnes chansons ! Waterlooooo ! commença-t-elle à chanter.

C'était bien fait pour moi.

— Marthe, la coupai-je, avant qu'elle me demande de faire les chœurs ou d'enfiler un pantalon à pattes d'éléphant, je vais aller écrire un peu.

— Oh, oui, oui, mon petit ! Travaillez bien, mais ne vous couchez pas trop tard !

— Vous non plus, Marthe, pas de folies !

— Monsieur Edgar, à mon âge, la folie, c'est tout ce qu'il reste !

— Vous avez sans doute raison, dis-je en riant. Bonne soirée, Marthe.

Elle m'envoya un baiser et je sortis.

Mes voisins dans la résidence étaient tout aussi excentriques, dans leur genre, que ceux que j'avais laissés à Paris. Mais une petite voix au fond de moi me murmurait que j'aurais bien plus de mal à quitter mes Impatients.

Compte tenu de mes difficultés à écrire, on aurait pu imaginer qu'à quelques heures de mon dîner avec Zoélie, j'aurais été incapable d'aligner deux mots sur mon ordinateur. Pourtant, je passai une journée productive. Ma discussion avec monsieur Plomb et Octave m'avait ragaillardi. Mes lecteurs méritaient un très bon tome. Je m'étais donc lancé dans une scène d'action endiablée, un méli-mélo de coups de poings et de pieds dont Anna se sortait presque indemne grâce à une feinte dont j'étais assez fier. Sans doute était-ce là le meilleur moyen de m'empêcher de stresser avant ce rencard.

J'ai toujours été nul en rencard. Déjà, comprendre qu'il s'agissait d'un rendez-vous galant n'était pas chose aisée pour moi. J'avais un soir rejoint une fille au cinéma, les sourcils encore maculés de peinture (je venais de passer la journée à rafraîchir la salle de bains d'un ami), et portant des chaussettes dépareillées (une blanche et une à rayures, tant qu'à faire). C'était en apercevant la demoiselle, vêtue d'une jupe en cuir noir et les yeux charbonneux, m'attendant devant la salle, son petit sac à main serré sous le bras, et regardant dans toutes les directions pour voir si j'arrivais, que j'avais compris mon erreur. Le sous-texte de la phrase « On pourrait sortir samedi » m'avait échappé. La fille ne m'avait jamais pardonné ce qu'elle avait pris pour une marque de désintérêt profond.

Je passerai sur la soirée où, en voulant allumer des bougies pour créer une ambiance romantique, j'avais mis le feu à la nappe et aux rideaux, feu qui s'était propagé à la frange de ma partenaire, ou sur le dîner, plus chaotique encore, où, en cherchant à meubler la conversation, je m'étais mis à déblatérer sur les fonctionnaires et leurs privilèges, sujet sur lequel je n'en savais pas plus que le type lambda qui regarde le JT et dont je me fichais en réalité, devant une jeune femme d'abord médusée et silencieuse, qui avait fini par quitter la table furibarde, au moment où l'on nous servait le plat principal. J'avais oublié que la demoiselle, amie de ma sœur (qui avait arrangé ce rendez-vous), était issue d'une longue lignée de petites fourmis de l'administration publique, et bossait elle-même aux Impôts. Clara, après m'avoir insulté au téléphone, ne m'avait plus parlé pendant quinze jours.

Avec un passif pareil, j'avais de quoi être stressé à l'idée de cette soirée. Mais plongé dans l'écriture, j'avais réussi à éviter d'anticiper sur la catastrophe que je pourrais inventer pendant le dîner. En plus, Zoélie étant infirmière, cela nous permettrait de parer à pas mal de situations critiques, si toutefois j'arrivais à contrôler ce qui sortirait de ma bouche.

J'avais donc rédigé plusieurs pages que je trouvais satisfaisantes, après ma maigre production des jours passés. Il n'y avait pas encore matière à reprendre contact avec Max, mais c'était un début.

J'imprimai ces pages avant de partir prendre ma douche, dans l'idée de les relire le lendemain matin et de les corriger. Je les posai en évidence sur la table de salle à manger. Je songeai à mon intrus. Je ne savais que penser de cette étrange affaire, raison pour laquelle je la reléguais dans un coin de ma tête la plupart du temps. Mes sentiments étaient mitigés. Si je n'appréciais guère que l'on entre chez moi à l'envi et que l'on pénètre dans l'intimité de mes pensées, j'étais forcé de reconnaître que la note laissée par cet irrespectueux visiteur m'avait été utile.

De toute manière, à part mettre une centaine de tapettes à souris au milieu du salon (oui, les plans que je fomentais tenaient plus du dessin animé que de *Ocean's Eleven*), et attendre, planqué dans le placard de l'entrée, que l'intrus se pointe pour le surprendre en flagrant délit, je ne voyais pas comment faire pour découvrir son identité. Investir dans un système vidéo coûteux me semblait disproportionné, et je n'avais jamais été doué avec les branchements électriques. Je n'envisageais toujours pas d'en parler à Adèle Marconi (elle en ferait tout un fromage), et les flics me riraient sans nul doute au nez si je leur expliquais que mon voleur qui ne volait rien était vraisemblablement un retraité désœuvré ou une mamie en mal de sensations fortes.

J'avais déjà assez de choses en tête, entre mon roman et mon rencard, et mon problème de logement parisien, auquel il me faudrait, un jour ou l'autre, songer sérieusement. J'aurais tout le loisir de me pencher derechef sur cette question si d'aventure je constatais une nouvelle intrusion.

Sans compter que je trouvai, glissée sous ma porte pendant que je prenais ma douche, une enveloppe contenant les premières pages du journal de bord de Marthe, ou plutôt de la comtesse de Jolicœur, journal qui s'achevait de manière énigmatique, même pour la vieille dame aux tympans insensibles. Je notai mentalement de questionner Zoélie à ce sujet pendant le repas. Cela nous donnerait un sujet de conversation dans le cas où un silence gênant viendrait à s'installer, et m'éviterait de déblatérer des inepties sur les conditions de travail des infirmières, dont je ne connaissais strictement rien. Cette soirée-là, je n'avais vraiment pas envie qu'elle tourne au fiasco.

Journal de bord de la comtesse
Hermione de Jolicœur
(alias Marthe Mélodie)

Il fait beau sur le bateau. J'ai mis de la crème solaire sur mon visage et un grand chapeau, pour me promener sur le pont. Comme je suis une comtesse, tout le monde me regarde quand je passe. Je crois qu'ils n'en ont jamais vu une en vraie. Alors je me balade, la tête haute, le nez en l'air, pour les satisfaire.

Moi, j'ai l'habitude de faire des croisières, puisque je suis une comtesse. Mais je dois malgré tout admettre que ce navire est de toute beauté. Au moins on sait où part notre argent. Il y a des tapis épais sur le sol, qui absorbent nos pas comme du nuage, des fontaines intérieures immenses, et une foule d'employés souriants prêts à satisfaire le moindre de nos désirs.

Malgré tout, c'est l'extérieur que je préfère. On croirait ce navire sans fin, tant il y a de ponts et d'escaliers. Et l'immensité de la mer autour. C'est apaisant.

Dans le ciel il y a des mouettes. J'aime bien les mouettes. Cela fait un joli bruit, comme

Essuie-tout
Café
Serviettes en papier
Sucre en morceaux
Huile d'olive
Huile de lin
Draps en lin, parce que c'est doux
Doudou à moi il est parti.

Faire attention au volume de la chaîne hi-fi.

Ne pas oublier d'éteindre les lumières avant d'aller au lit.

Et la cafetière aussi.

Prier pour que monsieur Edgar trouve enfin l'inspiration.

Prier pour que ma fille me pardonne.

Ce qui me sembla presque étrange une fois assis à table, c'était que la salle ne soit pas remplie de personnes ayant vécu la Seconde Guerre mondiale. Après des semaines aux Impatients, je m'étais habitué à cette foule ridée et grisonnante, marchant d'un pas traînant. Elle constituait un paysage rassurant.

Zoélie avait choisi un restaurant italien. Une option sans risque – je ne connais personne qui n'aime pas la cuisine italienne – qui me soulagea. Je n'avais jamais eu l'étoffe d'un aventurier gastronomique. Ma hantise dans ce type de situation était de me retrouver à manger du curry les yeux bandés dans une cave, et de devoir faire semblant, pour impressionner la fille, d'adorer cela, alors que mes oreilles seraient au bord de la combustion spontanée.

À l'heure prévue, Zoélie avait sonné à ma porte. Elle venait de déposer Marnie-la-terreur chez les sœurs Monchat, avec le DVD de *Il était une fois* et un pot de glace vanille-noix de pécan, et avait garé sa voiture devant chez moi.

Ses cheveux châtains lâchés, ses grands yeux frangés de longs cils noirs légèrement maquillés, et vêtue d'une élégante robe couleur rouille, je la trouvai sublime. Et un peu intimidante aussi. Elle me salua et m'embrassa sur la joue avec naturel, ce qui eut pour effet de me détendre. D'un point de vue pratique, nous avions bu plusieurs cafés ensemble, et Zoélie m'avait vu dans une tenue vestimentaire plus qu'improbable : nous n'étions pas deux inconnus embarrassés à la pensée d'un premier rendez-vous, même si j'avais les mains un peu moites.

Durant le trajet, la conversation s'était faite tout aussi simplement, Zoélie m'indiquant çà et là certains points d'intérêt de la ville, ou qui lui évoquaient des souvenirs, et une fois arrivés au restaurant, nous avions continué à discuter avec autant de spontanéité. Il y avait longtemps que les choses n'avaient pas été aussi limpides dans ma relation à l'autre, et j'en étais ravi. Peut-être que si j'écrivais, c'était parce que les mots, ceux que l'on prononce ou ceux que l'on ne parvient à dire, ont toujours été compliqués pour moi. À l'écrit, il est possible de corriger, raturer, revenir en arrière, effacer, recommencer, ce qui, transposé à l'oral, vous fait passer pour quelqu'un qui aurait trop bu ou aurait été fini à l'urine de chèvre. Je devais bien l'admettre, cela m'était arrivé souvent dans ma vie. Je ne comptais plus les regards, amusés ou consternés, que l'on avait jetés sur ma personne au fil des années, phénomène qui avait empiré à mesure que j'avançais dans l'âge adulte. On pardonne à un ado empoté de bafouiller ou d'énoncer une énorme ânerie. C'est beaucoup moins charmant chez un type qui a passé la trentaine.

Pourtant, ce soir-là, je parvins à me comporter comme un être humain à l'expression fluide. Et je trouvais cela follement agréable.

Entre quelques anecdotes savoureuses sur les habitants des Impatients ou les bêtises de Marnie (cette môme avait une imagination impressionnante en matière de conneries), Zoélie me parla de sa vocation et de sa passion pour son travail. Je compris pourquoi tante Agatha s'était attachée à elle. C'était une femme bien. Drôle, pleine d'esprit. Courageuse aussi. Elle avait élevé Marnie quasiment seule, et n'avait même pas pu compter sur l'aide de ses parents, décédés dans un accident à la fin de son adolescence. À côté d'elle, j'étais vraiment un petit garçon à sa maman.

J'avais toujours en tête les derniers mots du journal de Marthe, « Prier pour que ma fille me pardonne ». Ils m'intriguaient. Qu'avait pu faire la vieille toquée qui nécessite d'être pardonné ? Ou peut-être que cette phrase, comme beaucoup de celles qu'elle prononçait, n'avait en réalité pas le moindre sens ou fondement réel. Marthe avait-elle seulement une fille, une famille ? Depuis mon installation aux Impatients, il m'était arrivé de croiser des proches des habitants. Le fils de monsieur Plomb, aussi élégant que son père, venait toutes les semaines, et lui apportait des livres consacrés à l'histoire de France. Octave Javert avait une petite-fille de seize ans, Anémone, qui déboulait sur un scooter trafiqué, taxait dix euros à son grand-père et repartait en faisant trembler les vitres des maisonnettes. Malgré cette ponction hebdomadaire sur sa pension de retraite, le vieil homme était toujours ravi de bavarder avec sa descendance boutonneuse. Même Thérèse Dussol recevait des visites. Mais je n'avais jamais vu personne se rendre chez Marthe.

— Elle a bien une fille, me confirma Zoélie. Mais elles ne se sont pas parlé depuis plus de vingt ans.

« Prier pour que ma fille me pardonne » commençait à faire sens.

— Mélodie n'est pas le vrai patronyme de Marthe, continua Zoélie. Mais elle a fait toute sa carrière dans la musique, alors elle a transformé « Mandrieu » en « Mélodie » à la fin des années 1950, il me semble.

— Chanteuse ? demandai-je, visualisant Marthe à l'avant-scène, micro en main et poumons déployés.

— Manageuse ! L'une des premières en France ! Et une pointure, d'après ce que j'ai compris, même si je ne connais pas grand-chose à ce milieu, concéda-t-elle.

— Impressionnant. Elle a une personnalité si lunaire que quand je me figure Marthe plus jeune, je vois un papillon voletant de fleur en fleur, dis-je.

— Waouh, je pensais que j'avais face à moi un auteur de polar, pas une ado de quinze ans qui écrit au stylo violet, me tacla Zoélie avec malice.

— Je préfère le turquoise, ça fait mieux ressortir les adjectifs !

— D'après ce qu'on m'a dit, reprit Zoélie, et par « on », j'entends les sœurs Monchat, Marthe a géré la carrière de plusieurs groupes de rock et de hard rock, des trucs assez pointus dont je n'ai pas retenu les noms.

Je comprenais mieux d'où lui venait ce goût pour les guitares saturées.

— Et sa fille ? J'imagine que Marthe devait être souvent sur les routes.

— C'est, je crois, le cœur du problème. Marthe partait en tournée avec les groupes, les accompagnait lorsqu'ils enregistraient à l'étranger. Et la petite – je ne connais pas son prénom – était laissée aux bons soins de sa grand-mère. Je ne sais rien du père, Marthe n'a jamais parlé d'un mari ou d'un compagnon. En tout cas, un jour, je suis venue lui faire une prise de sang, et Marnie m'avait accompagnée parce qu'il y avait grève à l'école. Marthe l'a regardée longtemps, puis m'a dit : « Tu l'amènes avec toi, c'est bien. C'est ce que j'aurais dû faire. » La phrase, en elle-même, n'était pas triste, mais l'intonation de Marthe m'a fendu le cœur. On sentait tellement de regrets, de culpabilité.

— C'est parfois tellement difficile de parvenir à faire cohabiter sa passion avec les gens que l'on aime.

— Cela sent le vécu, dit Zoélie, à la fois curieuse et amusée.

Alors je lui parlai de Lise. Cela peut paraître crétin de parler de son ex-petite amie lors d'un dîner avec celle qui pourrait devenir la future, mais cela me semblait être la manière la plus simple d'exposer la difficulté qu'il peut y avoir à vivre avec moi. Un écrivain.

Parce que c'était bien mon activité qui avait précipité la fin de notre histoire.

Au commencement de notre relation, Lise avait trouvé ça vraiment « cool » et « pas commun » que je sois écrivain. C'était souvent comme cela, d'ailleurs. Écrivain est à la liste des professions existantes ce que la carambole est aux fruits : exotique. Lise, elle, travaillait dans une agence de voyages. L'exotisme s'affichait sur l'écran de son ordinateur et dans les catalogues qu'elle présentait à ses clients pour qu'ils parviennent à se projeter dans le quatre-étoiles pension complète ou le tour du pays en autocar qu'elle tentait de leur vendre.

Mon lieu de travail à moi n'avait rien d'exotique. J'écrivais, assis à mon bureau, dans mon deux-pièces, et mes collègues se prénommaient cafetière et salle de bains. Quant à mon job de traducteur, sur lequel je ne m'étendais jamais vu le peu d'intérêt que j'y trouvais (hormis celui d'alimenter mon compte en banque de manière régulière), il ne changeait rien à ce quotidien.

« T'as fait quoi mon amour, aujourd'hui ? » J'ai écrit. Fin de l'histoire. Pas de clients pénibles qui chipotaient sur l'heure du départ de l'avion, pas de collaborateur pénible qui refuse de participer au cadeau de naissance du fils de Violaine, pas de coupure inopinée et pénible d'internet qui transforme la journée de travail en chemin de croix. Si cela s'était toujours révélé idéal pour moi d'échapper à ces vicissitudes, j'étais obligé de convenir qu'il y a plus passionnant à entendre que « J'ai écrit ». Pas de rebondissements, pas d'envolées lyriques. Le summum de la pauvreté narrative.

Toutefois, les jours où je n'écrivais pas étaient les pires à raconter. Dire à une femme qui a passé sa journée à rassurer ses clients sur la situation en Tunisie que l'on est allé au cinéma avant de se promener au parc de Bercy est vécu comme une insulte. Aux yeux du monde, un écrivain, lorsqu'il n'a pas le nez collé à son ordinateur ou son carnet, glande. C'est un vacancier qui ne s'assume pas. Une feignasse.

Pourtant, lorsque je n'écris pas, j'écris. Chaque tableau admiré, chaque arbre croisé, chaque personnage rencontré au gré d'une lecture, chaque conversation épiée à la volée dans un bus ou une file d'attente, le rire d'un enfant, le regard affolé d'une personne âgée, l'exaspération d'une caissière, ne sert qu'à nourrir les futures phrases que j'écrirai. Quand je n'écris pas, je pense à écrire. Mon prochain roman, une ébauche de texte, un dialogue. Quand je n'écris pas, je pense à Anna. J'écris Anna. J'écris son frère, me demandant s'il mérite que je lui consacre une page ou deux, j'écris ses amis, j'écris les gens avec lesquels elle va interagir, j'écris le meurtrier qu'elle va croiser, j'écris son avenir et le mien par la même occasion. C'est lorsque je n'écris pas que j'écris le plus. Mais ça, ce n'est vraiment pas une chose facile à faire comprendre.

Lise s'était lassée de m'entendre dire « J'ai écrit » et/ou « J'ai traduit », chaque soir, lorsque nous nous retrouvions. Ce n'était pas la seule raison à notre rupture, évidemment, mais cela y avait contribué. Nos rythmes étaient trop différents, et nos intérêts pour nos professions mutuelles, trop maigres. Comme notre amour, sans doute.

C'était, dans les grandes lignes, ce que je racontai à Zoélie.

Elle aurait pu fuir, alors. Mettre cette distance, légère, presque insaisissable, mais qui aurait marqué la fin de l'histoire avant même qu'elle ait commencé. Se dire que j'étais sans doute un type très ennuyeux, bien éloigné du poète romantique que madame Marconi imaginait de moi. Mais au lieu de prendre la tangente, physiquement ou émotionnellement, Zoélie acquiesça et me sourit. Un être cynique pourrait dire que c'était par politesse ou qu'elle ne saisissait pas la portée de ce que je venais de lui exposer, mais j'aimais à croire que ce n'était pas le cas, qu'il y avait entre nous une connexion, mince et nouvelle certes, qui s'établissait.

L'avenir me donna raison.

L'avenir me donna raison, et pas seulement parce que, quelques heures plus tard, nous nous galochions comme des gamins devant ma porte d'entrée. Ses lèvres avaient une légère saveur de panna cotta aux fruits rouges. Elles étaient douces, charnues, et follement agréables à embrasser. Ses cheveux, eux, sentaient la mandarine, et ce parfum d'agrume me chatouillait les narines tandis que je posais ma bouche dans son cou.

— On ferait mieux d'entrer avant que l'un des Impatients nous aperçoive, me susurra Zoélie, tout en reprenant son souffle. Beaucoup sont insomniaques.

— Et nous serions le parfait sujet des conversations de la cafétéria demain matin, répondis-je en l'embrassant de nouveau.

J'extirpai mon trousseau de clés de la poche de ma veste, et ouvris. Par la main, j'entraînai Zoélie à l'intérieur sans allumer. Elle me plaqua contre le mur tandis que j'entrepris de lui ôter son manteau. Mes doigts effleurèrent le tissu soyeux de sa robe, ce qui me donna des frissons.

Le manteau tomba au sol. Mes mains couraient sur son dos, ses cheveux, les siennes se posèrent sur mon torse, jouant avec les boutons de ma chemise. Lorsqu'elles en eurent fini avec eux, elles caressèrent ma peau, m'électrisant.

— T'avais dit que tu rentrerais avant minuit, dit une voix enfantine, au moment même où la lumière du salon se ralluma, nous extirpant violemment de notre état d'excitation.

La tête de Marnie s'éleva du canapé. Zoélie et moi sursautâmes, et je me mis à refermer ma chemise à la hâte, boutonnant lundi avec jeudi ou vendredi.

— Bon sang, Marnie ! Encore une fois, tu étais censée rester chez Maryse et Cassandre !

— Elles ronflent. J'entendais plus la télé. J'en avais marre de t'attendre et puis chez Edgar, y a des Snickers glacés au congel'.

— T'as bouffé mes glaces ?! m'écriai-je, outré.

— T'as un bouton encore défait, répliqua la môme, impassible.

— Glace ou pas glace, ce n'est pas une raison pour agir comme bon te semble ! tempêta Zoélie.

— Mais j'ai rien fait de mal ! J'ai pas parlé à un inconnu, j'ai regardé en traversant la route, et j'ai même pas été kidnappée !

Il fallait avouer qu'en dehors de l'infraction, Marnie avait de bons arguments. J'aurais presque pu me laisser convaincre, si elle ne venait pas de ruiner ma parfaite fin de soirée. Zoélie, quant à elle, semblait fulminer, mais faisait de son mieux pour garder son calme. Je l'admirais.

— Marnie, nous reprendrons cette conversation demain matin, à la maison. En attendant, tu dis « bonne nuit » à Edgar, et tu montes fissa dans la voiture. Et je ne veux plus rien entendre !

La gamine attrapa son manteau et s'avança vers l'entrée. Avant de passer la porte, elle leva la tête et planta ses grands yeux noirs dans les miens :

— J'te préviens, jamais de la vie je t'appellerai « papa » !

— Ça tombe bien, je préfère les mots de plus de quatre lettres ! répliquai-je pour ne pas lui montrer que j'étais décontenancé.

Zoélie, elle, resta bouche bée. Elle attendit que sa fille soit montée dans la voiture avant de me murmurer :

— Je suis vraiment désolée, Edgar.

Je pris ses mains, et l'invitai à s'approcher de moi, avant de déposer un chaste baiser sur ses lèvres.

— Ce n'est rien.

— Je pense qu'il va falloir que je trouve une vraie baby-sitter la prochaine fois que l'on sortira.

Donc il y aurait une prochaine fois. J'avais envie de sautiller sur place, mais m'en abstins.

— Si tu veux mon avis, adresse-toi directement à un gardien de prison.

— Je consulterai les petites annonces dès demain, répondit-elle avant de m'embrasser du bout des lèvres.

Je la regardai se diriger vers sa voiture, un sourire très niais imprimé sur mon visage.

Certes, la soirée ne s'était pas terminée comme je l'aurais espéré. Mais en comparaison avec mes nuits à écouter le tambourin et les volailles de Morena Baruka chez Lise, ce n'était pas si mal.

Pour un type qui n'avait pas passé la nuit d'amour escomptée, j'étais particulièrement joyeux au réveil. Je me levai en sifflotant (ce qui ne m'arrivait jamais, notamment parce que je siffle plus faux que je ne chante), pris une douche en entonnant *Les Sunlights des tropiques* de Gilbert Montagné (faux, donc), puis avalai un café trop chaud en songeant que la journée allait être merveilleuse (même s'il faisait moins quatre degrés ce matin-là).

Emmitouflé dans mon manteau, je pris la direction de l'accueil. J'avais quelques détails concernant mon prochain atelier à voir avec l'une des jumelles, puisque la directrice m'avait dit que je pouvais m'adresser à elles si j'avais besoin d'aide. La jeune blonde présente à son bureau s'avéra être Ingrid. J'étais pourtant persuadé qu'il s'agissait de Sacha, et en arrivai à penser que les jumelles se payaient parfois notre tête. Elle reçut ma requête avec un air amusé, et fit en sorte de m'aider au mieux. Je la suivis de salles en placards dans sa quête pour dénicher les différents éléments dont j'avais besoin. Au bout de vingt minutes, mon sac en toile était chargé, et tout ce qui se trouvait sur ma liste, dûment rayé. Oui, cette journée promettait d'être merveilleuse (même si je ne sentais plus mes orteils à cause du froid).

J'aurais aimé croiser Zoélie, et m'assurer par son sourire que nous étions toujours sur la même longueur d'onde que la veille (la réflexion de Marnie en partant était du genre à refroidir certaines mères célibataires de s'aventurer sur le chemin d'une vie amoureuse), mais je savais qu'elle commençait sa tournée chez Germain et Alice, et qu'ils résidaient à l'opposé de l'accueil. Je mis donc mon soupçon d'angoisse de côté et repris le chemin de la maison.

Dans le patio, j'aperçus Auguste Serdagne. Le colonel ne me vit pas tout de suite, ses yeux étaient rivés sur un petit carnet à spirales qu'il tenait fermement dans sa main. Il avait l'air si concentré que je ne pus m'empêcher de sourire.

— Mon colonel, le saluai-je.

— Repos, Olin, je suis en mission, répondit-il, sans lever les yeux de son carnet, qu'il s'appliquait à noircir de pattes de mouches indéchiffrables.

— Cela semble sérieux, notai-je, intrigué.

— Extrêmement. Et je ne saurais vous en faire part avant d'en être arrivé à la conclusion.

— Je comprends, bien sûr, acquiesçai-je, en entrant dans son jeu.

Je le laissai à son affaire en me demandant quel mystère pouvait bien occuper ce cher colonel, lui qui d'ordinaire était toujours ravi de discuter quelques minutes lorsque nous nous croisions. Mais craignant désormais engelures et amputation de mes membres inférieurs, je ne m'attardai pas à l'extérieur. Cette énigme attendrait.

Une fois dans la maison, mes chaussures enlevées et mes orteils massés pendant de longues minutes jusqu'à ce que le sang y circule de nouveau (cela tombait bien, je n'étais pas certain d'assumer l'esthétisme d'une jambe de bois, du moins pas sans un perroquet sur mon épaule), je me dirigeai vers l'ordinateur.

Je le vis tout de suite. Les pages imprimées la veille avaient été déplacées. Mon tas de feuilles, dont j'avais pris soin de tapoter les tranches contre la table pour qu'il soit impeccable, n'était plus qu'une pile mal ordonnée.

Marnie n'avait pas touché à mon texte, j'avais vérifié avant d'aller me coucher. Elle s'était contentée de vider mon congélateur de tous ses desserts et de boulotter mon stock de chips. Elle avait aussi collé un mot sur le miroir de la salle de bains, « Pas la peine de passer deux heures devant, t'es moche », assorti du dessin d'un poisson mort, fort réussi d'ailleurs. Charmante enfant.

La personne qui avait pénétré chez moi l'avait donc fait pendant que j'étais à l'accueil de la résidence. De là à penser que mes mouvements étaient épiés, il n'y avait qu'un pas, que je n'étais pas décidé à franchir afin de ne pas sombrer dans une paranoïa paralysante. Après tout, personne ne m'attendait dans l'embrasure de la porte avec un linge imbibé de chloroforme. La situation n'était pas catastrophique.

Cette fois-ci, mon fantomatique intrus n'avait même pas pris la peine de chercher à se faire discret. Sur la première page, je vis qu'il avait carrément corrigé mes coquilles au feutre rouge, et, dans la mesure où je n'en possédais pas, j'arrivai à la conclusion qu'il l'avait lui-même apporté dans le but de jouer les instituteurs. De mieux en mieux.

Je m'assis et me mis à relire mon travail en traquant les interventions de mon correcteur. Il ou elle s'y entendait sur l'accord du participe passé avec le verbe « avoir », point de conjugaison qui avait tendance à m'échapper dès que la caféine ne faisait plus effet. Comme un enfant pris en faute, je m'écriai, à deux reprises « Mais je n'avais pas encore relu ! », justifiant mes erreurs à un précepteur absent.

Au bout de quelques pages, le feutre rouge se fit plus présent, suggérant même de déplacer un paragraphe. D'abord piqué dans mon orgueil, je fus contraint d'admettre que cette idée était judicieuse, car elle conférait plus de rythme à toute la séquence. Les motivations d'Anna paraissaient moins nébuleuses, même si, dans mon esprit, elles étaient souvent plus limpides que mes propres pensées. Il m'arrivait parfois de songer que je connaissais mieux mon héroïne que moi-même. Ou alors, elle avait absorbé une part de mon être, la plus dissimulée, la plus intime, pour la faire sienne, et me la rendre visible, couchée sur le papier. Ainsi, se dire « Que ferait Anna dans de telles circonstances ? » et agir en fonction, pouvait être plus évident qu'admettre mes propres décisions en première instance. Anna me facilitait la vie lorsqu'elle n'aspirait pas mon énergie pour me faire inventer la sienne.

Un des commentaires me fit toutefois bondir. Mon lecteur suggérait qu'Anna avait des sentiments pour Mael Pelliste, son ami médecin légiste qui lui filait régulièrement des tuyaux ! Il ou elle avait noté « Pourquoi pas une idylle ? ». Mais qu'est-ce qu'il lui prenait, à ce malotru, d'écrire un truc pareil ? Anna et Mael étaient amis depuis vingt ans ! De la romance dans mon polar ? Et puis quoi encore ? Des aliens et des momies ? Que mon intrus se contente de la grammaire et de la structure ! Il y avait des limites tout de même.

« Pas très clair », disait un autre commentaire. « Pas faux », pensai-je. J'avais moi-même du mal à saisir ce que j'avais voulu transmettre. Je me remémorai qu'à ce moment-là mon portable avait sonné. J'avais créé une liste de favoris, comprenant ma mère, tante Agatha, et ma sœur, trio d'élues pour qui mon téléphone avait le droit de se rappeler à mon souvenir. Clara avait donc interrompu le flot de mes pensées pour un motif que j'avais oublié, et je me promis d'éteindre complètement ce maudit appareil à l'avenir durant mes sessions d'écriture. Je redonnai à ce passage un ordre intelligible en pestant contre mon manque de concentration qui me faisait passer pour un auteur imprécis.

Ma lecture achevée, je pris quelques minutes pour réfléchir plus sérieusement à la question principale. Qui ? Qui pénétrait chez moi, qui lisait mon manuscrit, et qui connaissait suffisamment mes romans pour jouer à l'éditeur suppléant ?

Personne, depuis mon arrivée, n'avait manifesté un intérêt particulier pour mon œuvre. Pour ma profession, oui, c'était quelque chose qui intriguait, en général. Mais pas un résident ou un membre du personnel n'était venu me demander de dédicacer un roman, ou ne m'avait houspillé pour mon choix de faire mourir Éloi dans le tome 6, ce qui arrivait fréquemment lors de mes rencontres avec les lecteurs.

Si j'éprouvais de la satisfaction à la vue de ces pages dûment corrigées, je fus gagné par un certain malaise. Il ne s'agissait plus d'un lecteur un peu trop curieux, désireux de découvrir le prochain tome avant les autres, comme ont rêvé de le faire tous les fans d'une saga. Mon intrus s'impliquait, même si toutes ses suggestions n'étaient pas à mon goût. Une romance, n'importe quoi !

Néanmoins, il ou elle était désormais le genre de personne dont le nom est inscrit à la page des remerciements. Mais qui remercier? « À l'inconnu(e) qui a pénétré chez moi à plusieurs reprises pendant l'écriture de ce roman, merci. La prochaine fois, sonne à la porte, on ira boire un verre! » Si j'écrivais cela, je finirais en HP avec une jolie veste s'attachant dans le dos.

Le colonel se trouvait à quelques mètres de ma porte lorsque j'étais rentré. Mais j'avais aperçu son écriture sur son petit carnet, serrée et minuscule. Cela ne pouvait pas être lui.

Mais quel imbécile! Ce n'était pas la première fois que je voyais son écriture! J'avais eu une grande difficulté à déchiffrer sa description de la guerre du Vietnam, qui aurait pu tenir sur un Post-it vu le peu de place qu'Auguste s'autorisait à prendre sur une feuille. Et je ne possédais pas seulement un échantillon de l'écriture du colonel, mais de tous les participants à l'atelier!

Je sortis la pochette qui contenait les textes remis par mes Impatients, et les étalai sur la table, à côté des corrections notées par mon intrus, et m'employai à comparer les écritures.

Contrairement à celle d'Auguste, l'écriture de Marthe Mélodie emplissait les lignes, qu'elle ne parvenait pas toujours à suivre, d'ailleurs. Maryse faisait des petits cœurs à la place des points sur les « i » comme une gamine de douze ans, là où Cassandre préférait les soleils. L'écriture de monsieur Plomb était ronde et appliquée, un vrai plaisir pour les yeux qui avait dû ravir ses professeurs.

Je passai d'une feuille à l'autre, alternant avec mes pages corrigées, mais malgré tout mon zèle, je me trouvai face à mes propres limites. Mon importun écrivait en majuscules, et je ne parvenais pas à déceler une quelconque similitude entre la prose de mes participants et ces sévères capitales d'imprimerie rouges. J'étais un piètre graphologue.

Tandis que je reclassais mes feuilles par ordre alphabétique pour les remettre dans ma pochette, je réalisai que je n'avais aucun texte d'Octave Javert. Il ne m'avait jamais rien rendu. Pourtant, je l'avais vu se mettre à écrire lorsque je leur laissais du temps à la fin de chaque séance. Dès le départ, j'avais décidé de ne les forcer à rien, aussi j'en avais conclu qu'il n'était pas assez satisfait de ses textes pour me les montrer, ou qu'il ne les avait tout simplement pas terminés. Mais, s'il s'agissait en réalité d'une manœuvre pour me dissimuler son écriture ? Javert était un homme discret, toujours flanqué de monsieur Plomb, qui semblait parfois parler pour eux deux. Il était aimable et correct, participait durant l'atelier sans sombrer dans le verbiage excessif de certains de ses camarades, ce que j'appréciais. Et si cette façade policée de gentil veuf obnubilé par les canards cachait en réalité une personnalité plus trouble ? Octave Javert était-il capable de pénétrer chez moi de manière répétée pour se livrer à un drôle d'exercice de correction ?

Je n'avais aucune preuve, seulement une vague théorie teintée de soupçon. Le prochain atelier serait l'occasion de le pousser à me donner enfin un texte. S'il refusait, je saurais quelle conclusion en tirer.

Après les mamies dans ma chambre, la môme dans mon salon, le correcteur anonyme plongé dans mes brouillons, voilà que c'était le tour de la folle du volant de me casser les pieds à domicile. Je commençai à envisager la possibilité d'avoir sans le savoir été enrôlé dans un programme télé style *The Truman Show*, où l'on testerait ma résistance à l'Autre. « Combien de temps mettra Edgar Olin avant de massacrer les résidents à coups de fourchette ? Vous le saurez dans le prochain épisode ! »

Je terminais tout juste mon petit déjeuner, lorsqu'en approchant de la baie vitrée, je vis Thérèse Dussol affairée dans le jardin. Elle était en train de mettre les nains de tante Agatha dans un sac-poubelle. Je sortis en catimini de la maison, sans prendre le temps d'enfiler mes baskets, et me retrouvai en chaussettes sur la pelouse encore humide.

— Madame Dussol, je peux savoir ce qu'il vous prend ?!

— Ces nains sont une insulte au bon goût ! J'en ai les rétines qui saignent ! répondit-elle sans même lever la tête vers moi.

Je me souvenais de ma première conversation avec Zoélie, et des nains de la discorde. Dussol n'avait pas tort, ils étaient d'une laideur rare. Et ils me faisaient flipper. Lorsque j'entrais par le jardin, j'avais des frissons en les apercevant, d'autant que j'avais parfois l'impression qu'ils me fixaient de leurs regards plâtreux. Si je me prenais à divaguer, je les imaginais venant m'attaquer dans mon sommeil. Cela ferait un super scénario de film de série B.

Mais je n'allais pas laisser la vieille Dussol les embarquer pour autant ! Je n'avais pas envie d'affronter le courroux de tante Agatha si elle rentrait et constatait que je n'avais pas été capable de protéger ses nains de l'autre excitée.

— Laissez ces nains, Dussol ! dis-je tout en lui reprenant des mains celui qui jouait de l'accordéon – un des plus hideux, si vous voulez mon avis.

— Vous commencez vraiment à me courir sur le haricot, l'écrivain ! Vous n'êtes pas le nouveau shérif de la ville – vous êtes trop tarte pour ça ! Des âneries, c'est tout ce que vous êtes bon à inventer ! « Je fais du bateau, boudiné dans mon maillot et je bade les mouettes sur le pont ! » ajouta la Dussol en prenant une voix aiguë et en grimaçant avec excès. Bravo pour votre atelier d'abrutis !

— Et vous, vous feriez mieux de vous trouver un hobby ! Il y a autre chose à faire dans cette résidence qu'emmerder le monde, que je sache ! Ou alors ils vous ont virée de toutes les activités tant vous êtes infâme !

Une ombre passa sur le visage de Thérèse Dussol. Je ne saurais dire si elle était encore plus en colère que d'ordinaire ou si je l'avais vexée, mais elle affichait une expression que je ne lui avais encore jamais vue, et les secondes qu'elle mit avant de riposter me parurent s'éterniser.

— Et vous, vous feriez mieux d'écrire au lieu de jouer au clown et de galantiser avec l'infirmière !

À ces mots, elle se retourna et sortit du jardin sans un regard, en laissant derrière elle le sac-poubelle béant, et enfourcha sa trottinette, sans même mettre son casque.

Peut-être l'avais-je blessée. Ce n'était pas mon intention, mais je ne pouvais pas la laisser dicter sa loi jusque sur la pelouse de ma tante.

Il me fallut plus de vingt minutes pour remettre tous les nains en place, vu que je ne me souvenais pas si le nain artiste-peintre pouvait cohabiter avec le nain au saxophone sans risquer de perdre un tympan.

Le lendemain, je trouvai dans la boîte aux lettres un mot rédigé sur un emballage de fromage à la découpe, qui sentait encore l'abondance.

Si j'avais un bateau,
Je coulerais Olin,
Je coulerais Marconi,
Je coulerais les deux sœurs.

Apparemment, Thérèse Dussol s'était bien remise de notre joute verbale, et elle était prête pour un atelier poésie.

Je revenais de la supérette lorsque Marthe sortit de sa maison, comme si elle avait guetté mon passage derrière sa baie vitrée.

— Monsieur Edgar ! Monsieur Edgar ! Oh là là, monsieur Edgar, j'ai besoin de vous !

— Que se passe-t-il, Marthe ? demandai-je, me sentant pousser des ailes et prêt à aider ma voisine un peu perchée.

— C'est le canari !

— Comment ça, le canari ?

— Je n'ai pas de canari, et l'autre jour à l'atelier nous avions décidé que la comtesse aurait un canari ! expliqua Marthe, visiblement désemparée.

— Mais ce n'est pas grave ça ! la rassurai-je. Si cela vous embête, on oublie, n'y songez plus !

— Je crois que je voudrais bien avoir un canari, continua-t-elle.

— Alors vous pouvez imaginer celui qui vous plaira, même un bleu, tant pis si ça n'existe pas !

— Je voulais dire, dans la vraie vie. Je pense que cela me plairait.

— Oh, me contentai-je de répondre, ne sachant pas où cette conversation allait nous mener.

— Vous ne voudriez pas venir avec moi à l'animalerie pour en choisir un ? demanda Marthe, en affichant son plus grand sourire.

— Je n'y connais pas grand-chose en oiseaux, et en plus, je n'ai pas de véhicule.

J'avais rendu ma voiture de location lors de ma première semaine aux Impatients.

— J'en ai un, moi ! s'exclama la vieille dame avec fierté. On peut y aller maintenant, je vais le chercher au parking et je vous emmène !

Et sans me laisser le temps de répondre, elle repartit vers sa maison, sans doute pour récupérer les clés de sa voiture.

Je profitai de ces quelques minutes pour aller déposer les courses chez moi, puis retournai dans la rue attendre Marthe. La résidence disposait d'un petit parking couvert près de la supérette où les habitants qui se servaient peu de leur véhicule pouvaient le garer sans encombrer la rue avec des voitures ventouses.

J'imaginais Marthe au volant d'une R5 ou même d'une 4L, en tout cas, d'une petite auto un peu vieillotte. Mais en entendant une pétarade incroyable avant même que s'engouffre dans la rue la monture de mon imprévisible voisine, je compris mon erreur.

Marthe arriva devant chez moi, casque rouge sur la tête, lunettes d'aviateur collées au visage, et perchée sur une Royal Enfield jaune métallisé. La moto était flamboyante, et Marthe, fière et triomphale.

— Vous êtes prêt, monsieur Edgar ?

Je ne l'étais pas vraiment, d'autant que Marthe m'indiqua le side-car qui complétait son engin tonitruant, et monter dans un truc qui ressemblait à une des capsules spatiales de Space Mountain ne me rassurait guère. J'enfilai le casque qu'elle avait posé sur le siège, et vérifiai trois fois qu'il était bien attaché.

— Je suppose que nous pouvons y aller, dis-je, en essayant de me dominer face à l'expérience de mort imminente que je m'apprêtais à vivre.

— Alors, *on the road again* ! lança Marthe tout en faisant ronfler le moteur.

Si j'avais été croyant, j'aurais fait un signe de croix.

Je ne pourrais pas écrire que Marthe conduisait mal. Elle maîtrisait son engin. Mais en plus de pousser sa moto à une vitesse démesurée, elle avait une interprétation très personnelle du code de la route. Elle doublait de manière fantaisiste, roulait parfois au milieu de la chaussée et prenait les tournants en faisant crisser les pneus de la moto. Je me demandai si elle était encore en possession de son permis de conduire. Lorsqu'elle se gara devant l'animalerie, je me félicitai de ne rien avoir bu ou mangé avant de partir. Je posai les pieds au sol, chancelai un instant, et me promis de ne plus jamais quitter la terre ferme après cet aller-retour.

— Je ne sais pas trop, monsieur Edgar, hésita Marthe.

— Ils sont jolis pourtant. Regardez celui-là, on dirait qu'il sourit !

— Ce n'était pas vraiment l'idée que je me faisais d'un canari. Ils n'ont pas l'air très fiables, expliqua la vieille dame, et ils me semblent un peu… je ne sais pas… antisismiques.

— C'est-à-dire ?

— Beh, ils ne font pas grand-chose, ils sont mous.

— Ah, vous voulez dire neurasthéniques ! compris-je.

— C'est ce que j'ai dit.

Le vendeur se racla la gorge sans subtilité. Nous étions là depuis vingt minutes et il commençait manifestement à perdre patience, bien que sa boutique soit vide. Ce n'était pas l'après-midi la plus passionnante de ma vie non plus, mais je ne voulais pas que nous rentrions bredouilles et que Marthe soit perturbée par cette affaire de piaf dont j'étais à l'origine.

— Et puis ils sont si petits ! Je vais le perdre dans la maison !

— On lui prendra une jolie volière, tentai-je. Avec plein de perchoirs !

Elle ne sembla pas convaincue et commença à tourner dans le magasin, posant ses yeux sur toutes les cages qu'elle voyait. Soudain, elle s'arrêta et s'écria :

— Celui-ci ! Il est parfait.

— Madame, c'est une poule, commenta le vendeur.

— Vous êtes ornithorynque, vous, maintenant ? lui lança Marthe, vexée.

Il se tourna vers moi en affichant des yeux plus ronds qu'un personnage de cartoon.

— Si la dame vous dit que c'est ce canari qu'elle veut, c'est celui-ci que l'on prend !

Le vendeur baissa les bras en signe de reddition, réalisant qu'il allait enfin se débarrasser de nous. Marthe, elle, avait retrouvé le sourire, et regardait son canari, une poule grise et ronde, avec une mine ravie.

— Tu vas voir, mon petit, on va bien s'amuser sur le bateau !

Nous passâmes en caisse avec un tas de fourbi et de nourriture pour le canari-poule, que Marthe rangea ensuite dans les sacoches de sa moto. Restait le transport de l'animal. Évidemment, Elvis, puisque c'était désormais le prénom de l'emplumé, atterrit sur mes genoux.

— Vous le tenez bien, monsieur Edgar, je n'ai pas encore de casque pour lui !

Je me demandai où, dans les limbes du web, elle parviendrait à dénicher un casque de moto pour poulet rockeur. En tout cas, j'avais beau en porter un sur la tête, le volatile semblait moins stressé que moi à l'idée de faire quinze minutes de trajet dans cette fusée sur roues.

Je devais néanmoins admettre une chose : la tête de Bruce, le vigile de la résidence, en nous voyant passer avec la poule sur mes genoux dans le side-car, resterait un des grands moments de mon séjour aux Impatients.

Un auteur doit savoir ménager ses effets. Plus encore lorsqu'il écrit des romans policiers.

Cette règle vaut aussi dans la vie de tous les jours. Les entrées en scène, les arrivées théâtrales ne sont pas l'apanage des starlettes et autres Kardashian. Il ne faut pas hésiter à saupoudrer le quotidien d'un peu de spectaculaire, surtout quand il s'agit de divertir une brochette de petits vieux gratinés. En laissant poireauter mes Impatients dans la salle pendant cinq bonnes minutes avant de les rejoindre enfin, je cherchais à créer une attente, attente qui viendrait renforcer l'effet que je souhaitais produire sur eux. Et j'espérais vraiment les surprendre, car si ce n'était pas le cas, j'allais passer pour un crétin pendant des semaines.

J'entrai dans la salle en poussant des râles. Tous se tournèrent vers moi, les yeux ébahis, la bouche ouverte. J'avançai d'une démarche saccadée, tenant ma main gauche appuyée fermement sur mon abdomen ensanglanté. Ma casquette de groom tomba sur le sol au moment où Marthe se leva en criant, lâchant au passage Elvis le canari-poule qu'elle avait dans les bras :

— Vite ! Il faut appeler la gendarmerie !

— C'est pas d'un flic qu'il a besoin, c'est d'un médecin ! s'exclama Octave.

— Bougez pas ! J'ai déjà vu des blessures pareilles sur le champ de bataille ! Je vais lui cautériser ça avec un briquet ! lança le colonel en avançant vers moi.

Je le stoppai dans son élan avant qu'il fiche le feu à ce qu'il restait de ma chemise.

— Du calme, les amis, je vais bien ! dis-je en levant le pan d'étoffe ensanglanté, dévoilant mon ventre glabre et indemne.

Les Impatients poussèrent des cris de soulagement, mais me fixaient sans comprendre. Elvis gloussa. Je repris :

— Je vais bien, mais je suis au regret de vous informer que mon alter ego est mort.

— Oooooooooh ! s'écria Maryse.

— Eugène Ferragus a été assassiné ! continuai-je. Poignardé !

— Quelle horreur ! dit Marthe, totalement emportée, serrant contre elle sa poule qu'elle avait récupérée sur la table de monsieur Plomb.

— Ici même, sur le Marquis des mers !

— On est en sécurité nulle part, nota le colonel Serdagne, aussi impliqué que ses camarades.

— Et qui va nettoyer vos cochonneries ? demanda monsieur Plomb, en indiquant les traces de faux sang au sol.

Il ne semblait pas avoir apprécié ma mise en scène. Je pouvais le comprendre. J'avais mis le paquet, en empruntant de la peinture écarlate au club d'arts plastiques, avec la complicité de Sacha/Ingrid. J'avais fait des essais dans ma salle de bains la veille, et le résultat était pour le moins saisissant de réalisme. Je me doutais qu'Émile Plomb serait sans doute réfractaire à la manœuvre, mais je désirais marquer les participants et les impliquer pleinement dans ce que je m'apprêtais à leur proposer.

— Ne fais pas ton rabat-joie ! morigéna Octave Javert.

S'agissait-il là de la réaction d'un admirateur soucieux de se ranger de mon côté, ou Javert souhaitait-il simplement ne pas sortir du jeu, prolonger cette illusion que je m'appliquais à façonner ? Mon enquête graphologique foireuse me laissait dans le flou.

Je repris le fil de mon histoire.

— Il ne fait aucun doute que j'ai été assassiné par une personne présente à bord !

— C'est évident, nota Germain, le voisin de table du colonel.

— C'est pas moi ! s'empressa d'ajouter Marthe. Jamais je n'aurais tué le personnage de monsieur Edgar, c'est mon ami !

— Bien sûr que non ! Aucun de vous ne m'a tué ! lançai-je à la hâte, avant que tous les participants essaient de se dédouaner. En revanche, vous êtes les seuls à pouvoir trouver le coupable !

— Ne vaudrait-il pas mieux laisser cela à des professionnels ? suggéra monsieur Plomb, qui semblait toujours hésitant à rentrer dans le jeu.

— Il n'y a que des agents de sécurité à bord, et aucunes forces de police, expliquai-je. Et pourquoi s'en remettre aux autorités, alors que j'ai face à moi de fins observateurs !

Maryse et Cassandre acquiescèrent avec fierté.

— Les enveloppes que je vais vous distribuer sont nominatives, et contiennent un indice en la possession de votre personnage. Sans le savoir, vous avez tous vu ou entendu quelque chose ! Libre à vous de partager ces indices et de travailler en équipe, ou de vous la jouer enquêteur solitaire.

— Je sentais bien que quelque chose allait se passer, parce que mon Elvis a refusé de manger son porridge ce matin ! s'exclama Marthe, tout en caressant amoureusement la poule qui semblait maintenant dormir sur ses genoux. Et le canari d'une comtesse, ça ne trompe pas !

Je continuai, sourire en coin.

— Vous trouverez également la liste des personnes que vous pouvez interroger dans la résidence.

Sur ce coup, j'étais fier de moi. Avec la complicité d'une des jumelles (je pense vraiment que c'était Sacha), j'avais demandé à plusieurs membres du personnel des Impatients de jouer un petit rôle dans le jeu. Chloé, qui dirigeait l'atelier cuisine, et Claire, de la bibliothèque, avaient accepté sur-le-champ. J'avais ensuite réussi à négocier avec les employés de la cafétéria et de la supérette. Même Bruce, le chef de la sécurité, s'était montré emballé lorsque je lui avais demandé s'il voulait bien incarner le crooner du groupe de jazz. Sacha et Ingrid (même si je n'avais parlé qu'à l'une d'entre elles, sans savoir laquelle, en la faisant accepter pour les deux) joueraient le rôle des deux choristes à la langue bien pendue. J'avais remis à chacun une fiche comprenant les indices qu'ils devaient donner aux participants qui viendraient les interroger. Mes Impatients, quant à eux, possédaient une liste de mes généreux complices. Je voulais éviter qu'ils aillent importuner chaque personne qu'ils croiseraient, n'ayant pas prévenu madame Marconi de mon initiative. Je n'imaginais pas que la directrice puisse être contre cette idée, mais je n'avais pas eu envie de me confronter à son enthousiasme embarrassant. Elle me regardait toujours comme si elle attendait quelque chose de ma part, une parole, ou même une épiphanie lyrique, bref, un truc que je ne saisissais pas, et cette espérance latente m'angoissait. Il m'était déjà arrivé de changer de chemin avant qu'elle me voie, si d'aventure je l'apercevais arrivant au loin, afin d'éviter une conversation ampoulée.

Après mes explications, Maryse se dévoua pour lire les premières pages de son journal de bord, ou plutôt celui d'Amanda Carmickael, un texte très drôle, en adéquation avec les consignes que j'avais données, à savoir décrire aussi bien les lieux que les sentiments qu'ils déclenchaient chez leurs personnages. Son usage des adjectifs et des adverbes était très personnel en revanche. Selon elle, le paquebot était « extrêmement magnifiquement sublime de beauté ravageuse et éblouissante » et la nourriture « si délicieusement savoureuse que seuls des anges pouvaient avoir cuisiné pareil régal fantastique pour les sens ». À côté de la prose de Maryse, la longueur des phrases de Proust tenait de *Martine fait du Vélib'*.

— Votre texte est très amusant, Maryse, mais il serait encore plus percutant si vous vous débarrassiez de quelques adverbes ! suggérai-je, avec le plus de tact possible.

— Vous voulez que je les passe par-dessus bord, mon capitaine ? répondit la plus jeune des sœurs Monchat, sans se vexer.

— Les adverbes à la flotte, et Marconi aux chiottes ! s'exclama le colonel, provoquant l'hilarité de la salle.

— À l'abordage ! hurla Marthe, qui se leva, et en un éclair, sortit un sabre de son grand sac à main qu'elle brandit avec fierté.

Les Impatients eurent un mouvement de recul, et Elvis recommença à faire le tour de la pièce en caquetant d'effroi comme si elle avait vu une buse.

— Bon sang, Marthe ! m'écriai-je. Rangez ce truc, vous allez blesser quelqu'un ! Et puis qu'est-ce que vous fichez avec un sabre ?

— C'est à cause des pirates ! Thérèse Dussol m'a raconté qu'elle en avait croisé en Afrique ! Et moi, je refuse que l'on se fasse chouraver le bateau par une bande de malappris ! Les comtesses savent se battre, monsieur Edgar ! affirma Marthe, fendant l'air avec son sabre.

— Je n'en doute pas, Marthe, dis-je calmement, mais vous savez, le *Marquis des mers* est un navire très gros et très sûr. Je pense que vous pouvez profiter de la croisière sans vous inquiéter d'une potentielle attaque, continuai-je, en lui retirant délicatement le sabre des mains pour le poser loin d'elle.

— De toute façon, s'il y a un pirate à bord, moi je suis capable de maîtriser un homme avec mon pouce ! lança le colonel Serdagne, attirant de fait l'attention sur lui, à mon soulagement.

— Oh, vous pouvez me montrer, colonel ? s'enquit Marthe, qui semblait résolue à protéger notre navire imaginaire par tous les moyens.

Entre les rires, les cris, les pouces qui se posaient sur tous les cous flétris, et la poule qui paraissait désormais prête à pondre son œuf dans le sac à main de Cassandre, impossible de canaliser mes chasseurs de pirates. Je décidai de les relâcher avec un peu d'avance, plaignant intérieurement les membres du personnel qui avaient accepté d'être mes complices, et allaient subir leur excitation.

J'interpellai Octave Javert avant qu'il quitte la salle. Il donna l'impression d'être intrigué, sans avoir l'expression d'un homme qui risque de voir son forfait découvert. Je ne me laissai pas décontenancer, mais choisis d'attaquer de manière détournée.

— Qu'avez-vous pensé du texte de Maryse, Octave ?

Il parut étonné par ma question.

— Moi ? Oh c'était bien, très bien ! Amusant ! Mais elle est drôle, Maryse, de toute façon !

Je remarquai qu'il serrait nerveusement sa casquette dans ses mains.

— Vous avez raison, elle a un certain talent pour les textes comiques, répondis-je, espérant le mettre en confiance. Je n'ai pas eu le plaisir, par contre, de lire un de vos textes, Octave.

— Ah bon ? feignit-il.

— Il me semble que vous ne m'avez rien donné à la fin des ateliers... Et à moins que quelqu'un se soit permis d'ouvrir ma boîte aux lettres pour y subtiliser vos écrits, je n'y ai pas trouvé d'enveloppe de votre part non plus.

J'espérais que cette dernière phrase laisserait apparaître un signe, un tressaillement, même infime, sur son visage et le pousserait à avouer.

— Vous êtes sûr ? tenta-t-il, s'efforçant de garder une contenance.

— Certain, Octave. Évidemment, rien n'est obligatoire, je ne suis pas ici pour jouer au prof pénible, mais cela me ferait vraiment plaisir de lire ce que vous avez rédigé.

— Ce n'est pas très bon, vous savez, dit-il, mal à l'aise.

— Octave, le but n'est pas de faire quelque chose de parfait ou de publiable, le rassurai-je, avant tout, il s'agit de s'exprimer et de s'amuser.

— Oui, mais... mais, vous, vous êtes un vrai écrivain. Alors je suis un peu embarrassé, expliqua-t-il, avec une mine de petit garçon pris en faute.

— Avant de publier un livre, la plupart des auteurs en ont écrit plusieurs, que personne n'a lus ou dont personne n'a voulu ! Si vous saviez le nombre de textes et de brouillons qui dorment dans mon ordinateur !

Je sentais que j'étais en train de le convaincre.

— Vraiment, Octave, il n'y a pas de gêne à avoir !

— Vous ne le montrerez à personne ?

— Personne, je vous le promets.

Il ouvrit son grand bloc-notes et en arracha une page, qu'il plia en deux et me tendit. Néanmoins, avant de la lâcher, il me demanda de nouveau :

— Personne, hein, monsieur Edgar ?

— Vous avez ma parole, lui assurai-je.

J'attendis qu'il soit sorti de la salle pour me pencher sur sa prose. Dès la première ligne, mes doutes s'envolèrent. Octave Javert ne pouvait être mon correcteur.

Jour 1 :

Cela fais lontemps que je suis barmane sur des bateaus, mais celui la, Le Marqui des mères, s'est quan même le plus beau des bateaus que j'ai vu. S'est le plus grand ossi.

Le barre es manifique. Le contoir est en boix préssieu, il brille, et je mapplique a bien le lussetrer. J'aime le travaille bien fais.

Le plus importent dans mon métier, s'est le contacte humin. Il faux savoir si prendre avec les gents, être à la foie polli et courtois, mais ossi être simpatique, les faire rire, avoir un maux gentis. Par essemple, une attencion pour les enfans, s'est bien, les parrents sont contents, ils revienne. Cesson des petites chauses qui fond la diférence.

Depuis que nous saumes abord, j'observe les cliants. Les gents sont venu du monde antier pour monter sur le bateau. La premierre travercée, c'est un événeman. Personne ne veux menqué cela.

Mais elle, je les remarquée toudessuite. Comme une aparicion. Belle, avec un lon coup de signe, et des cheuveux blons plus luminoeud que le soleil. Elle ne ma pas vue, je suis invisible derriere mon barre, mais moi je ne pouré jamais oublié son visage dange.

J'ai chercher à conaître son nom. Amanda Carmickael. Cela fais un peu amériquain, mais s'est très joli je trouve. Sa la rend mistérieuse.

Je vais essailler dans apprendre plus sur elle dans les prochin jours.

Orson le barmane (Octave Javert)

Mon enquête était revenue au point de départ. Plus un suspect en ligne de mire.

Et niveau écriture, ce n'était guère mieux. J'avais passé tellement de temps à préparer les fiches et à briefer mes complices que je n'avais pas écrit plus de quatre pages depuis ma soirée avec Zoélie. Soirée, qui, d'ailleurs, allait avoir son acte deux le soir même.

J'aurais dû m'en réjouir. Je m'en réjouissais. Mais j'avais proposé à ma charmante infirmière de venir dîner à la maison. Idée à la con vu mes piètres talents de cuistot. Ce qui m'avait semblé être romantique au moment de l'invitation s'était transformé en chemin de croix lorsque j'avais réalisé que je ne pouvais décemment pas lui servir un plat surgelé de la supérette ou des œufs brouillés. Tante Agatha n'avait pas l'ombre d'un livre de recettes dans toute la maison, et sur internet, je perdis un temps effarant à hésiter entre des choses aussi variées que la tartiflette ou le carpaccio de cèpes. Ne parvenant à me décider, je passai ensuite plus d'une heure au téléphone avec ma sœur Clara, comptant sur ses lumières pour me proposer un menu simple à réaliser.

J'aurais pu appeler ma mère, mais il aurait fallu lui dire que je dînais avec une femme, ce qui m'aurait valu des questions à n'en plus finir, puis des coups de fil répétés dans les prochains jours pour savoir à quel moment je comptais publier les bans. Clara ayant subi des pressions similaires avant de rencontrer son mari, je savais que je pouvais compter sur sa discrétion.

Ma sœur fit preuve d'une patience infinie. Elle me dressa une liste complète des ingrédients que je devais acheter, jusqu'au beurre et au sel de Guérande, et m'autorisa à la rappeler une fois mes achats effectués pour me guider dans la préparation.

Étant donné mes aptitudes minimes, Clara avait joué la sécurité avec un gratin dauphinois et des blancs de poulet marinés au citron, que je passerai à la poêle au dernier moment, et une tarte aux pommes pour le dessert. Téléphone sur haut-parleur, ma sœur m'expliqua, avec le calme que seules peuvent avoir les mamans de jumeaux, comment râper de la muscade sur mes pommes de terre ou froncer le bord de ma pâte feuilletée.

Aux alentours de dix-huit heures, mon repas était parfaitement sur les rails, mais la cuisine ressemblait à une aire de jeux après le passage d'une colonie de vacances. Clara ne pouvant m'aider sur ce coup, je me transformai en tornade ménagère (je planquai en réalité une grande partie des plats sales sous l'évier, me promettant de tout remettre en ordre le lendemain), dressai la table, puis filai sous la douche.

Lorsque Zoélie sonna à la porte, de l'eau perlait encore sur mes tempes. Je lui ouvris, sourire aux lèvres.

— J'ai failli être en retard, dit-elle, après que nous eûmes échangé un baiser.

Je l'aidai à ôter son manteau, et le posai sur le fauteuil.

— Oui, figure-toi que j'ai passé une bonne partie de la journée à répondre à des questions du style « Qu'avez-vous entendu pendant que vous nettoyiez les escaliers qui mènent au grand hall ? » ou « Que pensez-vous du capitaine ? ». Et crois-moi, ce n'est pas très facile de prendre la tension d'un patient quand il essaie de lire dans tes yeux si tu as, je cite, « un regard de dissimulatrice ».

— Je suis vraiment désolé. Je peux te proposer un verre, pour me faire pardonner ?

— C'est le moins que tu puisses faire en effet, répondit Zoélie en souriant.

Je me dirigeai vers le frigo et en sortis une bouteille de vin blanc.

— Marthe est convaincue que je t'ai tué.

— Ah bon ?

— Oui, elle pense à un crime passionnel. Apparemment, les amours du groom et de la femme de chambre n'étaient pas au beau fixe.

Je lui tendis un verre.

— Espérons que cela ne soit pas un mauvais présage, dis-je en trinquant avec Zoélie.

— Espérons.

Elle but une gorgée puis s'avança et m'embrassa.

— Alors, c'est moi qui t'ai tué ?

— Tsss, tu ne crois tout de même pas que je vais te dévoiler la fin de l'intrigue dès l'apéritif ? la taquinai-je, en l'entraînant vers moi de mon bras libre.

— Je peux être très convaincante, tu sais.

— Je suis incorruptible.

Elle posa son verre sur le plan de travail, puis attrapa le mien et fit de même. Elle m'attira plus près vers elle et murmura :

— C'est ce qu'on verra.

Tandis que nous nous embrassions avec plus de fougue, je nous imaginais bien manger à l'heure espagnole. Mon poulet n'en serait que mieux mariné. Mais le son strident de la sonnette nous fit sursauter.

— J'suis pas là, marmonnai-je, sans décoller mon visage du sien.

— Non, pas là, acquiesça Zoélie.

Mais quelques secondes plus tard, la sonnette retentit de nouveau.

— Mais puisqu'on vous dit qu'il n'y a personne ! soufflai-je.

Troisième coup de sonnette, assorti d'une voix de femme :

— Ouhouh ! Monsieur Edgar !

— Bordel ! éructai-je.

— C'est nous ! Cassandre et Maryse !

— Dis-moi que tu as de quoi les euthanasier dans ton sac à main ?

— On sait que vous êtes là, on a vu Zoélie entrer ! continua Cassandre.

— Peut-être qu'ils sont tout nus ? entendis-je sa sœur lui suggérer plus doucement.

— Oh, pas déjà ! Ce ne sont pas des animaux quand même !

— Allez, ouvre-leur ! concéda Zoélie.

— Juste pour leur prouver qu'on n'est pas à poil alors ! répondis-je en me dirigeant vers la porte d'entrée.

Quand je l'ouvris, les deux sœurs, qui avaient plaqué leurs oreilles contre le montant, faillirent tomber.

— Mesdames, que puis-je pour vous ?

— Oh ! Vous êtes élégant, monsieur Edgar ! s'exclama Maryse.

— Coucou, Zoélie ! dit Cassandre en agitant sa main.

— Bonsoir, Cassandre, bonsoir, Maryse, les salua mon invitée.

— Un problème ? demandai-je, soucieux d'abréger la conversation et de les virer de chez moi au plus vite.

— Pas vraiment, mais on avait une requête, expliqua Maryse.

— On a hésité avant de vous déranger, ajouta sa sœur.

— J'imagine.

— Mais ça nous tenait à cœur !

— Je vous écoute.

« Venez-en au fait ! » pensai-je.

— Est-ce qu'on peut en faire plus ? demanda Maryse.

— Plus de quoi ?

— Plus d'ateliers ! rajouta Cassandre, comme si cela coulait de source.

— On veut plus d'ateliers par semaine ! Au moins deux !

— Sinon, l'enquête ne va pas avancer !

— On a déjà plein d'indices, se targua Maryse, visiblement satisfaite de son travail de détective. On a fait du troc avec Marthe, ses indices contre des cookies pour Elvis, et on a interrogé des tas de gens dans la résidence !

— Donc c'est trop long d'attendre une semaine ! compléta sa sœur.

Elles étaient loin leurs mines boudeuses à l'idée de m'écrire une description !

— Cela ne dépend pas que de moi, tentai-je. Je ne sais pas si madame Marconi sera d'accord…

— La Marconi, on s'en charge ! lança Cassandre.

— Et les autres participants ? Vous leur avez demandé leur avis ? m'inquiétai-je.

Les sœurs Monchat étaient peut-être les seules à vouloir signer pour une heure de plus.

— Évidemment ! Ils nous ont nommées déléguées de classe ! annonça Maryse avec fierté.

— Bien, bien, bien.

— Mais vous, vous êtes d'accord, monsieur Edgar ? s'enquit la plus jeune des sœurs.

Elle avait le regard suppliant d'un cocker devant une boîte de biscuits. Je me tournai vers Zoélie. Elle semblait trouver la situation très amusante.

— Si madame Marconi ne s'y oppose pas, et si on parvient à obtenir une salle, c'est OK pour moi !

Cassandre et Maryse me sautèrent au cou sans sommation, en piaillant comme une armée de pintades. Leurs bouclettes permanentées me chatouillèrent les narines et je faillis éternuer. Mais elles étaient si heureuses ! Je n'aurais jamais imaginé que l'idée de m'écouter faire le mariole en costume en distillant deux-trois consignes d'écriture puisse faire cet effet-là à quelqu'un. C'était une sensation grisante. Touchante aussi.

Lorsque des lecteurs venaient à ma rencontre ou m'écrivaient pour me dire qu'ils avaient aimé mon livre, j'étais bien entendu flatté et attendri. C'est tout ce qu'un auteur veut entendre. Mais voir la joie, cette joie si enfantine, dans les yeux de Cassandre et Maryse, m'émouvait profondément.

Alors même si ce n'était pas ce que j'avais prévu, même si mon planning d'écriture allait une nouvelle fois être altéré, j'espérais que madame Marconi nous accorderait cette heure supplémentaire.

— Qu'est-ce qui sent si bon ? demanda Maryse en relâchant son étreinte.

— Euh, c'est un gratin dauphinois, répondis-je, décontenancé par le changement de sujet.

— Oooooh ! s'exclama Cassandre. J'adore le gratin dauphinois.

— Tu te souviens ? Celui de maman était une merveille !

— Elle me manque, ma petite maman, dit Cassandre en soupirant.

Dans les secondes qui précèdent un accident, il arrive que l'on voie la catastrophe se dérouler au ralenti avant même qu'elle se produise. Malgré cela, il nous est impossible d'éviter le drame.

Un désastre s'annonçait, et je ne pouvais rien y faire.

Je lançai un regard de détresse à Zoélie. Elle sourit, tout en levant les yeux au ciel. Elle aussi avait perçu la catastrophe imminente qui planait sur notre soirée, mais avait décidé de s'en accommoder. Je ne la trouvais que plus géniale pour cela, ce qui renforça ma frustration.

— Vous voulez rester dîner avec nous ? proposai-je, disant ainsi adieu à ma soirée romantique.

— On ne voudrait pas déranger, répondit Maryse qui ne croyait pas le moins du monde à ce qu'elle disait.

— Mais ça sent vraiment très bon, ajouta sa sœur, plus pragmatique.

— Allez, entrez, insista Zoélie. Je suis certaine qu'Edgar va nous régaler.

Les deux sœurs s'avancèrent dans la cuisine, et s'approchèrent du four pour jeter un œil au gratin qui dorait. Tandis qu'elles me tournaient le dos, je posai mon front contre l'épaule de Zoélie, en soupirant. Elle me caressa les cheveux et me murmura à l'oreille :

— Pour être tranquilles, il nous reste toujours la banquette arrière de ma voiture.

— Je suis sûr que ta fille est planquée dans le coffre. Oublie !

— Non mais je rêve !

J'aurais préféré rêver. Même si dans mes rêves, il n'y avait jamais Thérèse Dussol en train de démonter ma boîte aux lettres.

Armée d'un tournevis (j'étais soulagé qu'une telle femme ne possède pas de hache), la furie violette paraissait très concentrée sur son ouvrage, et avait déjà décroché la porte extérieure de la boîte aux lettres. À ce rythme, l'ensemble ressemblerait vite à un meuble Ikea avant passage en caisse.

Je fis un gros effort pour ne pas m'emporter en l'interpellant. Je ne souhaitais pas agrandir ma collection d'emballages de fromage.

— Madame Dussol, la boîte aux lettres vous donne mal aux yeux, elle aussi ?

— Elle, elle ne m'a rien fait ! Mais je comptais faire un bûcher avec toutes les conneries qu'elle contient, et vous cramer avec ! répondit-elle, en me pointant avec son cruciforme.

— Qu'est-ce que vous me reprochez exactement ? soupirai-je.

Elle posa le tournevis sur la boîte aux lettres bancale et prit appui sur la palissade.

— Ce que je vous reproche, c'est de mettre le bordel partout où vous passez ! C'était un endroit peinard, ici, avant que vous rappliquiez avec vos idées à la noix ! Maintenant, on se croirait à Woodstock ! Votre enquête de merde me pourrit la vie !

— Mais qu'est-ce que vous racontez, Dussol ?! Vous ne participez pas à l'atelier d'écriture, je ne vois pas en quoi notre jeu peut bien vous enquiquiner !

— Ah vous ne voyez pas ? Vous êtes encore plus à la masse que je ne le pensais ! Suivez-moi, vous allez comprendre !

Je n'étais pas très emballé à l'idée de suivre Dussol où que ce soit (elle aurait été capable d'essayer de vendre mes organes, et moi avec), mais j'étais prêt à tout pour mettre fin à cette scène absurde. Je lui emboîtai le pas, qu'elle avait fort rapide, jusqu'à la supérette.

— Regardez-moi ce chantier ! s'exclama l'énervée perpétuelle alors que nous passions les portes automatiques. Tout ça à cause de votre bateau de pacotille !

À l'intérieur régnait un chaos difficile à décrire, même si je vais m'y employer.

Une file d'attente s'étendait jusqu'entre les rayons, et plusieurs petits vieux soufflaient et pestaient en regardant Mila, la jeune femme qui tenait la caisse, aux prises avec Marthe. Ma voisine préférée avait enfilé une robe verte à crinoline qui occupait un diamètre d'un mètre, et avait harnaché un porte-bébé sur sa poitrine duquel s'échappait la tête d'Elvis la poule, qui semblait parfaitement à son aise.

— Je disais donc, si vous êtes prof d'aérobic, comme vous n'arrêtez pas de le répéter, pourquoi étiez-vous au restaurant au lieu d'être dans la salle de sport quand ce malheureux groom a été tué ? lui demanda Marthe d'un ton sec, tout en prenant des notes sur un carnet doré.

Mila souffla. La pauvre, elle ne devait pas s'attendre à se faire cuisiner de la sorte lorsqu'elle avait accepté d'endosser le rôle de la prof de gym pour les besoins du jeu.

— Mais j'en sais rien, moi, madame Mélodie ! Je devais avoir faim !

— Ah, ah ! s'exclama Marthe, triomphale. Tu entends ça, Elvis ! Vous aviez faim, parce que le crime, ça creuse !

— Par pitié, ma petite, avouez ou on ne s'en sortira jamais ! s'emporta un vieil homme depuis la file d'attente.

Un brouhaha d'adhésion s'éleva parmi les clients.

— Il y en a ras-le-bol de ces bêtises ! cria quelqu'un.

— Je vais louper *Attention à la marche* ! surenchérit une mamie au désespoir.

— Comment je suis censée faire mes courses, moi ? demanda Thérèse Dussol en se tournant vers moi. Vous pensez que je n'ai que ça à fiche d'attendre que cette bande de cloportes ait fini ses dingueries ? Je vous rappelle qu'à nos âges on n'a pas l'éternité devant nous !

Même si Thérèse Dussol n'y mettait pas les formes, elle n'avait pas tort. On se serait crus chez Joué Club à la veille de Noël. J'étais loin d'avoir anticipé un tel remue-ménage.

— Bon, tu te presses, Marthe ! l'invectiva Octave Javert, que je n'avais pas repéré dans la file. Moi aussi, j'ai des questions à lui poser !

J'avais plutôt intérêt à vite donner des règles plus précises à mes participants trop enthousiastes, avant que Mila parte au conseil des prud'hommes ou que Thérèse Dussol vienne me planter son tournevis dans la carotide pendant mon sommeil.

Je me doutais bien que madame Marconi me tomberait dessus à un moment donné à propos du nouveau planning des ateliers. Ce n'était pas très courageux de ma part, mais j'avais préféré lui écrire plutôt qu'avoir une conversation avec elle. J'avais fait en sorte de l'éviter, vérifiant chaque virage, chaque couloir, avant de m'y engager. Elle me mettait mal à l'aise, avec sa coiffure parfaite, sans doute réalisée par des lutins, ses tics de langage, et surtout, lorsqu'elle me regardait avec ses yeux de crevette rose, j'avais l'impression qu'elle essayait de pénétrer dans les secrets de mon âme ou de m'hypnotiser. Il se dégageait d'elle une étrangeté inexplicable sous ses apparences de grande dame anglaise.

Aussi, quand Adèle Marconi avait envoyé Sacha (ou Ingrid) pour me convoquer dans son bureau, je n'avais pu réprimer un frisson. J'espérais qu'elle n'avait pas entendu parler du chaos à la supérette. Il m'avait fallu toute la diplomatie dont j'étais capable, et une jolie boîte de chocolats, pour convaincre Mila de ne pas mettre ma tête à prix.

Le bureau se trouvait à l'étage du bâtiment principal, zone dans laquelle je ne m'étais jamais aventuré. Avant de frapper à sa porte, mon cœur commença à se prendre pour Phil Collins, pire que la fois où j'avais dû me rendre chez le principal au collège (une sombre histoire de trafic de rédactions qui ne nous intéresse guère pour l'heure).

La pièce bénéficiait d'une plus grande clarté que les salles du rez-de-chaussée et elle sentait un léger parfum fruité. Au mur, une toile abstraite et impersonnelle de chez Habitat, et quelques étagères blanches sur lesquelles reposaient une fausse orchidée rose, trois ou quatre livres qui semblaient tenir debout grâce à une intervention divine, un bonsaï, peut-être faux lui aussi, et deux soliflores vides disposés en quinconce. Au milieu de la pièce trônait le bureau de la directrice, au large plateau en verre dépoli immaculé, au centre duquel un sous-main vert pâle était encadré de deux piles de dossiers dont rien ne dépassait. Seul l'ordinateur portable, installé de biais sur le côté droit de la table, venait rompre cette symétrie appliquée.

Derrière le bureau, Adèle Marconi était assise, impeccable dans son tailleur rose poudré. Impeccable et inquiétante, plus encore que d'ordinaire dans cette pièce à mi-chemin entre la clinique esthétique et le hall d'entrée du purgatoire, tel que je me le figurais.

— Monsieur Olin, vous êtes insaisissable ! s'exclama-t-elle lorsque je franchis le seuil de la porte.

— Vous me cherchiez ? répondis-je, feignant l'étonnement.

— C'est que j'avais plusieurs choses à voir avec vous, monsieur Olin ! Comme votre jeu de piste grandeur nature et le mail que vous m'avez envoyé pour me demander un créneau supplémentaire.

J'étais loin d'imaginer que ma couardise m'aurait valu une convocation dans ses quartiers.

— Je sais que vous êtes très occupée, et moi-même, j'ai peu de temps libre, entre l'atelier et l'écriture de mon propre roman.

— Évidemment, évidemment, répéta la directrice comme à son habitude. C'est d'ailleurs pour cela que je me demandais si toute cette entreprise était bien raisonnable.

— Comment ça ?

— Vous comprenez, je ne voudrais pas que votre éditeur, ou même votre tante, m'accuse de vous avoir vampirisé et d'avoir retardé la parution de votre prochain roman, expliqua-t-elle, semblant réellement embêtée.

Je n'aurais pas imaginé qu'Adèle Marconi soit réticente à l'idée que je propose plus d'ateliers ni même à ce qu'elle se soucie de ma production littéraire. Je pensais que rien ne lui importait davantage que d'amuser ses résidents. Cette femme réservait décidément des surprises.

— Je n'aurais pas cédé à la requête des participants si je ne m'étais pas senti capable de tout gérer, précisai-je.

J'avais l'impression d'être un gamin devant assurer à sa mère qu'il ferait bien ses devoirs en rentrant du foot.

— Quant au jeu, je dirais qu'il renforce ma créativité à moi aussi !

Je réalisai en prononçant cette phrase que c'était bien le cas. L'émulation autour du meurtre sur le Marquis des mers m'avait contaminé, et alors que j'y consacrais plusieurs heures par jour, j'étais plus productif lorsque je m'attablais devant mon roman, et savourais ce temps passé à écrire une histoire dont j'étais le maître, et pas le regretté protagoniste poignardé.

Le jeu de piste était ma récréation, un espace de totale liberté dans lequel peu importait la cohérence des événements, à la manière dont enfants, nous pouvions être un pirate, ami avec un Martien et rencontrer Merlin dans le désert. Sur le Marquis des mers, une héritière pouvait jouer au minigolf avec un barman au clair de lune, et un directeur de cabaret était tout à fait en mesure de reconnaître un ancien informateur de la Stasi parmi les passagers (le colonel tenait beaucoup à cet arc narratif).

Pour mes Impatients, j'avais inventé des personnages farfelus et des situations fantaisistes, et même si ces extravagances étaient très loin de l'univers de mes romans, une infime partie de ce monde, entre les aventures de Miss Marple et *La croisière s'amuse*, avait réussi à se frayer un chemin dans la sphère d'Anna : j'avais ajouté une comtesse désargentée à mes suspects, et je l'avais prénommée Marthe. J'espérais que cette dernière apprécierait le clin d'œil.

Anna, elle-même, me semblait plus allègre. Elle avait toujours cette gravité dans le regard, héritée des nombreux drames qui avaient émaillé sa vie, mais elle avait gagné une certaine douceur et une forme de paix intérieure, au fil des semaines passées dans la résidence. Cela se ressentait lorsqu'elle interrogeait un témoin ou un suspect potentiel. Mon Anna était toujours aussi perspicace, mais son côté « rentre-dedans » avait fait place à plus de subtilité. J'éprouvais la sensation que l'on a parfois, lorsque l'on revoit un ami perdu de vue, et que l'on constate chez lui un changement bienvenu, une évolution heureuse.

— Tant mieux, tant mieux, répondit Adèle Marconi. Car je ne voudrais pas me faire houspiller par vos admirateurs si votre ouvrage tardait à paraître ! ajouta la directrice en s'efforçant de rire. N'hésitez pas à me le dire si nos pensionnaires se montrent trop envahissants avec vous !

Je me demandai si je ne devais pas profiter de l'occasion pour lui parler de l'intrusion. Mais n'ayant plus de suspect dans ma ligne de mire, je me sentais un peu bête. Qu'allait-elle y faire de plus ? Camper devant ma porte d'entrée pour guetter l'arrivée de mon lecteur indiscret et l'assommer à coups d'escarpin imprimé pied-de-poule ? À part créer un charivari dans la résidence et me faire perdre du temps, rien de positif ne pourrait découler de l'intervention de Marconi.

De plus, je me sentais désormais mal à l'aise à l'idée de dénoncer une personne dont j'utilisais les conseils pour avancer dans mon roman.

Si la présence physique de ce lecteur dans mon intimité m'avait dans un premier temps bridé, ses remarques, souvent justes, et ses suggestions, m'avaient remotivé. J'éprouvais toujours des sentiments ambivalents à son égard, et j'étais incapable de faire la part des choses entre mon envie qu'il continue à m'aider, à sa façon, dans mon travail, ou celle que cesse cette relation ambiguë par feuilles A4 interposées. En tout cas, le dénoncer me rebutait.

— Je pense que les gens n'envahissent que l'espace que nous leur autorisons, énonçai-je, fier de ma formule de grand sage de cafétéria.

— C'est très juste, c'est très juste, répéta Adèle Marconi. Je ne vous retiens pas plus longtemps, monsieur Olin.

Je me levai et m'apprêtais à quitter son bureau lorsqu'elle ajouta, avec un léger sourire qui semblait presque naturel :

— Pour votre second atelier, le vendredi à 10 heures, ça vous va ?

CHAQUE fois que la sonnette retentissait, je me demandais quelle nouvelle tuile risquait de me tomber sur le coin du nez. Il y avait toujours un pensionnaire qui trouvait l'excuse de l'atelier d'écriture pour débouler et me poser une question absurde, puis me proposer de l'accompagner faire une promenade dans le parc ou de venir boire un café. Le vrai problème était que je me retrouvais souvent tenté d'accepter, pour échapper à Anna et à mon manque d'entrain.

Ce soir, ce fut Marthe qui se présenta à la porte. Elle était coiffée d'un serre-tête pourvu d'antennes de papillon, et avait dans les mains un plat recouvert d'un torchon.

— Monsieur Edgar ! J'ai voulu vous faire un gâteau, pour vous consoler, parce que je suis sûre que c'est mademoiselle Zoélie qui vous a tué, mais je crois que j'ai oublié de le cuire ! dit-elle, l'air dépité.

Je soulevai le torchon. Dans le moule s'étalait un magma d'un brun qui tirait vers l'orange, constellé de ce qui devait être des éclats de noisette, ou de la sciure de bois. Au centre de cette masse trônait une noix toujours dans sa coquille. Même une fois cuite, je doutais que la mixture soit digeste.

— Marthe, et si on allait dîner ?

Sans voiture, et puisque je refusais de remonter dans son side-car mortuaire, il n'y avait qu'à la cafétéria que je pouvais inviter ma mamie mélomane sans que nous soyons obligés de marcher deux kilomètres, mais Marthe sembla ravie. J'espérais néanmoins que nous ne croiserions pas les sœurs Monchat, car je ne voulais pas essuyer une scène de jalousie de la part de Cassandre et Maryse.

Je n'avais pas passé de soirée seul avec Marthe depuis qu'elle avait utilisé mon visage comme support pour ses pulsions artistiques. Ce soir, à jeun et dans un environnement qui n'incitait pas à s'enivrer, j'étais curieux d'en apprendre plus sur ma fantasque voisine. Tout ce que je savais de Marthe, je l'avais appris par Zoélie ou les autres Impatients. En groupe, Marthe se contentait de saupoudrer les conversations de ses commentaires farfelus, mais parlait, en définitive, rarement d'elle.

Même si je n'y connaissais pas grand-chose au rock et à l'univers de la musique en général, je trouvais incroyable d'avoir face à moi un pan de l'histoire de la musique, planqué dans le corps d'une petite mamie perchée. Entre deux bouchées d'osso-buco (le menu du soir se voulait plus élaboré que celui du midi, et nous bénéficiions d'un service à table qui donnait au dîner l'apparence d'une vraie soirée), je profitai de l'occasion pour interroger Marthe sur sa carrière. Elle avait assisté à tant d'événements, visité tant de pays, même si elle avait vu plus de salles de concert ou de studios d'enregistrement que de monuments célèbres. Au lieu de me cuisiner sur les célébrités que je connaissais, c'était elle que les Impatients auraient dû questionner ! Elle avait tant d'anecdotes savoureuses dans sa manche !

— J'ai pincé les fesses de Steven Tyler une fois ! Il était tout jeune à l'époque, mais qu'est-ce qu'il a ri ! Il est sympa, ce petit !

— Vous avez eu une vie tellement fascinante, Marthe ! Je n'ai jamais connu ma grand-mère – du côté de mon père, elle est morte avant ma naissance, et ma maman était une enfant placée – mais j'aurais rêvé de grandir avec une mamie aussi pétillante et passionnante que vous !

Un voile passa sur son visage rond. Elle me regarda quelques secondes dans les yeux sans parler. Puis le ton de sa voix se fit plus grave.

— Je crois que mon petit-fils a à peu près votre âge.

— Oh, me contentai-je de répondre, surpris par cette confidence.

— Je ne l'ai vu que trois fois. Il ne doit plus se souvenir de moi. On oublie vite les gens qui passent quand on est enfant. C'est lorsque l'on arrive à mon âge que les visages, les voix de ceux qui nous manquent prennent le plus de place.

— Vous n'avez jamais essayé de le contacter ?

— À quoi bon ? Il a construit sa vie sans moi, et je suis obligée d'admettre que j'ai fait la mienne sans lui, et sans sa mère. Vous savez, monsieur Edgar, on parle souvent de l'ingratitude des enfants lorsque les parents vieillissent. Mais la vérité, c'est que l'on a la famille que l'on a construite. La fin de vie, c'est comme le passage à la caisse de la supérette.

— C'est une façon assez pragmatique de voir la vie. On avance, les années passent, et une Mila nous annonce le montant de l'addition, répondis-je, en espérant détendre l'atmosphère.

— Pauvre petite, je crois que nous la rendons chèvre ! s'exclama Marthe, avant de redevenir sérieuse. Aussi amusantes et grisantes qu'aient été mes expériences, je sais maintenant que ce n'est pas de cela dont je me souviendrai sur mon lit de mort. Et croyez-moi, monsieur Edgar, c'est cette pensée, plus que celle de la mort elle-même, qui est effrayante.

Elle soupira, puis reprit.

— Trêve de nostalgie ! Grâce à vous, je suis en train de réussir ma vieillesse !

— Vous êtes trop gentille, Marthe, mais je ne fais pas grand-chose, à part des pitreries !

— Et vous croyez que l'on veut quoi, à nos âges ? Des conférences sur les fistules nucléaires ?

— La fusion nucléaire, vous voulez dire ?

— C'est pas ce que j'ai dit ?

— Pas tout à fait.

Elle balaya ma remarque d'un geste de la main, et planta sa cuillère dans le fondant au chocolat que l'on venait de nous apporter.

— Les trucs chiants, on n'en veut plus ! conclut Marthe, les commissures des lèvres maculées de chocolat.

Difficile de ne pas être convaincu par une telle tirade lorsque votre interlocutrice porte des antennes.

Le lendemain, je rejoignis mes Impatients enquêteurs pour leur second atelier de la semaine. J'étais toujours interloqué par le maigre engouement qu'avait montré Adèle Marconi à ce propos. Habitué à la voir réagir avec une exaltation exagérée lorsqu'il était question des activités de ses résidents, j'avais imaginé qu'elle serait ravie de cette initiative, pas qu'elle se comporterait comme un sous-fifre de Max en s'enquérant de mon travail.

Lorsque j'entrai dans la salle, les sourires de mes petits vieux mirent fin à mes considérations. Leurs sourires, et l'immense chapeau à plumes que Marthe arborait. Et quand j'écris « immense », il était vraiment immense. On aurait pu abriter une équipe de basket dessous. Le colonel Serdagne avait été obligé de se décaler pour ne pas risquer de se faire éborgner.

— Ravissant couvre-chef, madame la comtesse, dis-je en m'inclinant.

Marthe piqua un fard.

— C'est pour me mettre dans mon personnage, chuchota la vieille femme.

Je tapotai le bord de ma casquette de groom d'un air entendu.

— Vous n'avez pas pris Elvis, lui demandai-je, ne voyant pas la poule se promener entre les chaises.

— Non, pas ce matin, il voulait regarder *Amour, Gloire et Beauté,* expliqua la comtesse.

Logique.

Je sortis ma pochette cartonnée, plus dodue que le ventre de mon oncle Robert après les fêtes, puis dis :

— Chers vacanciers, il y a eu plusieurs avancées capitales dans l'enquête sur mon décès ! Vous avez fait un travail remarquable !

Remarquable, et accaparant. Je ne comptais plus les petits mots glissés sous ma porte, les rapports écrits laissés dans ma boîte aux lettres, et les assauts de certains résidents lorsque je me promenais. Même Zoélie me transmettait des messages quand elle passait à la maison à la fin de sa tournée.

— Tu n'imagines pas à quel point ils sont excités ! m'avait-elle encore dit la veille.

Oh ! Si, j'imaginais bien ! J'étais dans le même état qu'eux !

Je m'étais levé ce matin trépignant d'impatience de leur présenter les nouveaux éléments du jeu. Mais, avant cela, je devais faire un rapide point sur l'évolution de l'enquête.

Les Impatients avaient interrogé tous mes complices, parfois même plusieurs fois. Lui aussi convaincu que Mila cachait quelque chose, Octave Javert était revenu à la charge deux jours de suite. Certes, il avait attendu qu'elle ferme la boutique pour ne pas créer un nouvel embouteillage à la caisse, mais Mila commençait à être lassée de figurer sur le podium des candidats au crime.

Marthe soupçonnait toujours Zoélie, tandis que les sœurs Monchat hésitaient entre le capitaine du bateau et le couple de Luxembourgeois de la cabine 25. En bon militaire, le colonel Serdagne travaillait avec méthode et avait établi une liste regroupant tous les éléments à charge contre les différents protagonistes, mais n'avait pas encore d'intime conviction, ce qui l'ennuyait beaucoup. Monsieur Plomb refusait quant à lui de se livrer à des conjectures, car « on n'accuse pas sans preuve ». Je profitai de sa formule pour leur donner les instructions de la semaine.

— Vous avez tout à fait raison, monsieur Plomb. Si les témoignages nous fournissent des pistes intéressantes, ce sont les traces laissées par le coupable qui importent le plus ! Pour établir une piste solide, vous allez devoir trouver des indices ! lançai-je.

Et sur ce coup, j'étais vraiment fier de moi. J'avais planqué mes fameux indices en rentrant de mon dîner avec Marthe, m'éclairant à la frontale, que j'avais empruntée à l'atelier bricolage, pour être sûr de ne pas me faire repérer par mes Impatients. Malgré l'obscurité, j'étais resté sur mes gardes, car la résidence comptait pas mal d'insomniaques, qui, même sans participer à l'atelier, auraient pu mettre les joueurs au courant pour le plaisir de frimer à la cafétéria.

— Et ils sont où les indices ? tenta Maryse.

— C'est justement à vous de les trouver ! répondis-je. Mais je peux toutefois vous assurer qu'ils sont dans l'enceinte de la résidence, certains à l'extérieur, d'autres dans les salles communes.

Zoélie m'avait fait remarquer qu'il fallait que les Impatients puissent jouer même par temps de pluie, sans quoi les canaliser serait plus compliqué que gérer une classe de CP au zoo. J'en avais donc également caché tôt ce matin sous les fauteuils de la réception, dans la bibliothèque, dans les jardinières qui décoraient le patio et dans quelques salles où je savais que mes participants se rendaient pour leurs activités.

— Mais si nos voisins les découvrent avant nous ? s'inquiéta Marthe.

Sa question fit naître un brouhaha dans la salle.

— Le premier qui me vole un indice, je l'envoie au goulag ! s'écria le colonel.

— Oh ! Ça va, la testostérone ! répliqua Maryse.

— Tu parles, il n'en produit plus depuis la fin de l'URSS ! lança Octave.

— On parie ? s'exclama le vieux militaire irrité.

— Du calme ! criai-je.

La situation était en train de m'échapper.

— Personne ne va prouver sa virilité ou voler quoi que ce soit ! dis-je avec fermeté. Il y a suffisamment d'indices pour que vous puissiez tous en trouver au moins un. Et n'oubliez pas que vous pouvez travailler en équipe et partager vos réflexions ! Regardez Sherlock Holmes ! Il œuvrait en tandem avec le docteur Watson et ça leur a plutôt réussi !

— Je sais jouer du violon ! annonça Marthe avec fierté.

— C'est la marque des grands détectives ! répondis-je, heureux que la mamie mélomane détourne la conversation.

— Tintin, il a le capitaine Haddock, nota Cassandre.

— Ça tombe bien puisque nous sommes sur un bateau ! Je compte sur vous, repris-je, pour me faire un rapport sur les indices que vous aurez trouvés. Expliquez-moi ce qu'ils vous évoquent, les suppositions que vous faites, les conclusions que vous en tirez. Et nous en discuterons à la prochaine séance.

Les Impatients quittèrent la salle en trombe, décidés à se mettre en quête des indices à peine la porte franchie.

— Bouge, Huguette ! entendis-je Cassandre crier à une vieille dame qui se déplaçait à l'aide d'un déambulateur et provoquait souvent des ralentissements dans les couloirs.

La recherche des indices n'attendait pas.

Je sortais du bâtiment principal lorsque la trottinette de la Dussol me coupa la route.

Elle exécuta un dérapage, comme les ados qui vivaient dans la rue de ma sœur, et sembla très fière de sa manœuvre.

— Vous avez failli me rouler sur le gros orteil ! lui fis-je remarquer, agacé.

— Et alors ? Vous en avez neuf autres, répondit la tarée en descendant de son engin maudit.

Tandis que je cherchais une réplique cinglante à lui lancer, Thérèse Dussol ôta son casque et reprit la parole :

— Faut qu'on cause !

— Pardon ?

— Je veux jouer.

— Pardon ? répétai-je.

— Vous avez un toc ou quoi ? Bon, on s'en fiche ! Votre truc du bateau. Je veux jouer.

Là, je restai muet. Outre ses assauts contre ma maison, lorsque Thérèse Dussol m'adressait la parole, c'était pour me dire de dégager de son passage ou balancer une vacherie à propos de mes cheveux.

— Ce n'est pas vraiment un jeu, vous savez, il s'agit d'écrire, d'être créatif.

Elle me coupa.

— Ouais, ouais, gardez vos salades pour la brochure de cette dinde de Marconi ! Votre bordel, ça fait rire ces pauvres clowns. Ils courent partout dans la résidence – enfin, si on peut appeler ça courir, parce que la plupart sont mous de la rotule – ils piaillent et ils sont toujours sur mon chemin ! J'ai encore plus envie de les cogner que d'habitude ! Je préfère donc participer à cette dinguerie plutôt que continuer à subir.

Drôle de façon d'admettre qu'elle avait envie de jouer, mais j'allais m'en contenter.

— Bien, je vais vous donner une fiche personnage, dis-je en ouvrant ma besace pour prendre ma pochette.

— Attention ! Je ne veux pas être un personnage à la con comme une rombière qui a gagné au loto ou une épileuse de maillots ! Je veux un truc cool.

— C'est-à-dire ?

Je me demandai ce que pouvait couvrir l'échelle du « cool » selon Dussol.

— Genre enquêtrice du KGB ou tueuse à gages.

— Ah quand même !

— Et si y a moyen de buter les personnages des sœurs Monchat dans le jeu, ça serait encore mieux, ajouta la vieille.

— Je vais voir ce que je peux faire, répondis-je en grimaçant. Je vais vous préparer une fiche avec les indications sur votre personnage ce soir, et je vous la donnerai demain.

— Traînez pas ! J'ai d'autres trucs sur le feu.

Je n'osai imaginer quels pouvaient être ses projets en cours, mais je me promis de lui concocter un personnage à sa mesure.

Comme la fille cachée de Mata Hari et Attila.

— Tu es certain que cela ne te dérange pas ? demanda Zoélie lorsque je lui ouvris la porte.

— Il n'y a pas de problème, la rassurai-je, comme je l'avais déjà fait plusieurs fois au téléphone quelques minutes auparavant.

— J'aurais aimé trouver une autre solution, vraiment, continua-t-elle, désemparée.

— Zoélie, du calme ! Je t'ai dit qu'il n'y avait aucun souci ! Tout va bien.

J'attrapai ses mains, et l'attirai vers moi. Je l'embrassai sur le front, et, l'espace d'un court instant, elle sembla se laisser aller.

— Retourne travailler ! lui intimai-je. On se verra ce soir.

— Je ne sais pas comment te remercier, répondit-elle, le regard empli de lassitude.

— J'ai bien deux-trois idées.

Zoélie laissa fuser un léger éclat de rire qui détendit ses traits.

— Et je ne doute pas de ta créativité !

Elle déposa un rapide baiser sur mes lèvres, puis reprit :

— Je dois y aller ! Merci, Edgar, je ne sais pas comment j'aurais fait !

Zoélie se tourna vers sa voiture :

— Marnie ! Dépêche-toi !

La môme ouvrit sa portière et sortit. Elle semblait porter toute la misère du monde sur ses épaules.

Elle avança dans l'allée, passa devant moi et entra.

— Moi aussi, je suis ravi de te voir, Calamity Marnie ! lançai-je.

— Trop drôle, répondit la gosse sans même se retourner.

Elle s'assit lourdement dans le canapé, son sac à dos sur les genoux.

— Je te rappelle que tu as une punition à recopier ! lui cria Zoélie.

— Comme si j'allais oublier ! bougonna la mioche.

Zoélie m'avait téléphoné quarante minutes plus tôt, paniquée. Marnie avait été exclue de l'école, et le directeur avait demandé à sa mère de venir la récupérer sur-le-champ. Impossible de trouver une baby-sitter dans un temps aussi court, et les sœurs Monchat étaient en sortie gériatrique au cinéma. Zoélie, en dernier recours, s'était tournée vers moi, ce qui n'était pas si absurde quand on sait le nombre de fois où Marnie avait squatté mon salon sans y être invitée. Ma présence n'aurait pas d'autre utilité que de l'empêcher de vider mes placards.

Après avoir sommé une nouvelle fois sa fille de quitter le canapé pour se coller à sa punition, Zoélie reprit sa tournée. Ladite punition consistait à recopier tous les mots de la lettre « E » du dictionnaire. Je me demandai si Marnie avait précédemment été contrainte de se farcir les lettres « A » à « D » ou si le choix du « E » n'était qu'un hasard regrettable, quand on sait que l'on peut y trouver « enfoiré », « enflure » et d'autres mots plus imagés que ma mère ne voudrait pas que j'écrive ici, et, qu'à mon humble avis, Zoélie ne serait pas ravie de voir sa fille recopier de sa plus belle plume.

Marnie s'installa, toujours en ronchonnant, au bout de la table de la salle à manger, devant son dictionnaire et ses feuilles perforées à grands carreaux. Je m'assis quant à moi à ma place habituelle, et me mis à écrire, tout en jetant un œil de temps à autre vers Marnie, qui ne levait pas le nez de sa copie.

Contre toute attente, la présence de Marnie chez moi m'aida à rester concentré. Si la gamine m'avait surpris à glander sur internet au lieu d'écrire, elle m'en aurait fait baver. Je me mis donc au travail comme un élève appliqué, et rédigeai plusieurs pages.

Parfois, au détour d'une phrase, je pensais à mon lecteur anonyme. La trouverait-il compréhensible, ou assez rythmée ? Qu'apportait-elle, d'ailleurs, cette petite phrase insignifiante, noyée dans un flot de descriptions et de dialogues ? Bien sûr, c'étaient des questions que je me posais en écrivant, mais sans penser à un lecteur précis, à un lecteur juge, dont la sentence me serait rendue de manière si directe. Et même si j'avais l'impression d'être dans une position semblable à celle de Marnie, soumise au regard d'un professeur minutieux à l'excès, attendant de lire « bien » ou « peut mieux faire » dans la marge, je ne pouvais nier que cette situation m'invitait à m'interroger, à peser chaque mot, à ressentir mon intrigue comme le ferait un lecteur et non pas un écrivain.

Une fois le fichier enregistré, j'hésitai un instant. Devais-je l'imprimer comme je le faisais toujours, en sachant que mon inconnu finirait par profiter d'une de mes sorties pour lire mes pages ? Si elle se révélait stimulante, cette situation était malgré tout tordue.

Je lançai l'impression, puis me levai pour me préparer un café.

— Tu veux un truc, Marnie ?

— Un Coca.

— Je vois que « s'il te plaît » est en option, dis-je tout en ouvrant le frigo.

— C'est toi qu'as proposé ! répliqua la mioche en haussant les épaules.

— T'as un avenir dans la politique, Miss Réponse-à-tout !

— Je préférerais être baronne du crime.

— Et tu sembles bien partie pour ça ! ripostai-je en posant une canette de soda devant elle.

J'allais revenir à ma place, lorsqu'une feuille sous le dictionnaire de Marnie attira mon attention. Cela avait l'air d'être un dessin.

— Hé ! protesta Marnie tandis que je me saisissais de la feuille. C'est à moi !

— Occupe-toi de ta punition ! répondis-je sans la regarder.

Le dessin me représentait, vêtu de ma casquette de groom, l'air paniqué. Normal, je me faisais enfermer dans une poubelle en métal par une Marnie triomphante et portant une cape d'héroïne de *comics* qui flottait dans l'air. La poubelle débordait de feuilles dactylographiées. Dans le fond, elle avait représenté des vieilles dames qui observaient la scène en applaudissant.

J'aurais sans doute été vexé si le dessin n'avait pas été bon. Je veux dire, vraiment bon. Outre un trait sûr et sacrément maîtrisé pour une gamine de son âge, la petite scène imaginée par Marnie était drôle et piquante. J'avais des potes qui se disaient « artistes » (avec plein de guillemets) qui pondaient des « œuvres » (toujours avec un paquet de guillemets) bien moins abouties que la caricature que j'avais sous les yeux. J'étais bluffé. Je savais que Marnie prenait des cours de dessin, mais je n'aurais jamais envisagé qu'elle était aussi douée. La gamine avait un talent indéniable.

— Marnie, commençai-je, toujours impressionné, ce dessin est incroyable !

Elle me regarda, interloquée. Elle devait s'attendre à ce que je gueule comme un putois en voyant la tronche dont elle m'avait affublé.

— Je ne plaisante pas ! continuai-je. Non seulement il est très réussi, mais, en plus, c'est vraiment drôle !

Elle esquissa un sourire. Un vrai sourire d'enfant, que je ne lui avais encore jamais vu sur le visage. Elle était parfois si insolente que j'en oubliais qu'elle n'avait que huit ans.

— Tu en as d'autres ? demandai-je en lui indiquant sa pochette de papier Canson.

— Tu veux les voir ?

Elle semblait intimidée.

— J'aimerais beaucoup.

Marnie ouvrit sa pochette et en sortit plusieurs dessins qu'elle me tendit. Sans surprise, ils étaient excellents. Beaucoup portaient sur la vie aux Impatients. Marnie avait su saisir toutes les particularités des habitants qu'elle côtoyait, pour certains, depuis des années. Il y avait des dessins très drôles, dans la même veine que celui qu'elle venait de réaliser. On pouvait notamment y voir madame Dussol, à califourchon sur une fusée, pourchassant ses voisins affolés. Sur la feuille suivante, Marnie avait représenté le colonel Serdagne, poussant une brouette qui contenait un énorme volume sur lequel était inscrit « Règlement de la résidence », devant Adèle Marconi, à genoux par terre, en train de s'arracher les cheveux.

J'aurais bien fait un poster de celui-là tant il me fit marrer.

D'autres dessins se révélèrent très touchants, comme ce portrait des sœurs Monchat, endormies tête contre tête, leurs boucles permanentées se confondant. Il se dégageait de ces traits toute la douceur que j'avais pu observer entre les deux sœurs.

— Tu as vraiment beaucoup de talent, notai-je.

— J'sais pas, marmonna Marnie en haussant les épaules.

— Je t'assure, tes dessins sont bons, et pleins d'intelligence surtout, et ça, crois-moi, cela fait une sacrée différence.

— Personne ne me trouve intelligente, protesta-t-elle.

— Ça, c'est parce que les gens ne voient jamais plus loin que le bout de leur nez, répondis-je, en touchant le sien de mon index.

Cela réussit à lui décrocher un nouveau sourire.

— Qu'est-ce qu'il s'est passé à l'école ? Tu m'expliques ? l'invitai-je avec douceur.

Marnie souffla, et je crus un instant qu'elle allait remettre sa carapace de petite peste.

— C'était même pas ma faute ! dit-elle, affligée pour la première fois depuis que sa mère me l'avait amenée.

L'institutrice avait écrit le texte de la leçon du jour au tableau, et les élèves étaient censés le recopier sagement. Mais Marnie avait repéré une faute d'orthographe. L'instit avait écrit

« patiense » au lieu de « patience ». La môme avait levé la main pour faire remarquer sa bourde à la prof. Mais, sans doute vexée d'être reprise par une élève, l'instit avait refusé de reconnaître son erreur. Et Marnie avait refusé de lâcher prise, convaincue d'avoir raison et outrée que sa prof préfère laisser une bêtise au tableau plutôt qu'admettre qu'elle s'était trompée. Elle avait envoyé un élève chercher le directeur, et, le temps que ce dernier arrive, avait effacé le tableau. Marnie avait vu rouge, si bien que quand le directeur était entré dans la classe, ce fut pour entendre la gamine traiter l'institutrice de « vieille pieuvre manipulatrice et sournoise ». Zoélie avait été appelée sur-le-champ. Marnie était renvoyée trois jours, ce qui me semblait vraiment exagéré mais était sans doute le prix de l'ego blessé de son institutrice.

Je savais qu'en tant qu'adulte j'étais censé la réprimander pour avoir haussé le ton et insulté sa prof. Mais, sur le fond du problème, je ne pouvais m'empêcher de penser que Marnie avait eu raison. Les adultes aussi pouvaient dire ou faire de grosses conneries, et ne pas vouloir l'admettre n'était pas glorieux. N'étions-nous pas supposés montrer l'exemple ?

Je savais aussi que même si notre connivence fraîchement tissée serait renforcée par mon adhésion sans réserve à son coup de gueule, Zoélie n'apprécierait guère que j'encourage sa fille à faire des siennes en classe.

J'étais face à un dilemme.

Et je ne connaissais qu'un moyen pour couper la poire en deux sans me mettre à dos la mère ou la fille. Le même que ma maman employait avec ma sœur et moi lorsque nous étions tristes, ronchons, ou qu'elle désirait tout simplement nous faire plaisir.

— Tu veux qu'on fasse des cookies ?

Lorsque Zoélie revint chercher Marnie, elle nous trouva affairés dans la cuisine. Encore sur le pas de la porte, elle nous observa, avec dans les yeux un mélange d'étonnement et d'amusement. Marnie était aussi douée que moi lorsqu'il s'agissait de foutre le bordel. D'ailleurs, elle avait de la farine jusque sur les lobes des oreilles. Mais elle avait de nouveau le sourire, et de cela j'étais heureux. Elle était pénible, vraiment. Mais c'était une chouette gamine.

Ce soir-là non plus, Zoélie ne passa pas la nuit avec moi. Je commençais à me dire que les dieux du sexe conspiraient contre notre histoire.

Mais une soirée sur le canapé à manger des cookies pendant qu'une mioche de huit ans imitait Adèle Marconi en pouffant, c'était sympa aussi.

Compte rendu d'enquête
Docteur Antoine Savarin, ornithologue
(rédigé par monsieur Plomb, Émile)

De par ma profession, je suis habitué à observer des espèces très diverses, à être surpris par leurs comportements, leurs habitudes, à essayer de comprendre ce qui les incite à agir d'une manière ou d'une autre.

Autant vous dire qu'après le meurtre de ce pauvre groom, mon regard aiguisé s'est porté sur toutes les personnes présentes sur le navire. Le coupable se trouve forcément parmi elles puisque le bateau n'était pas à quai ce soir-là.

En premier lieu, j'ai décidé d'éliminer les voyageurs de ma liste de suspects. Cela peut sembler arbitraire, mais il fallait bien commencer quelque part, quitte à suivre une mauvaise piste. Mais à moins qu'un sociopathe soit monté à bord, quel mobile aurait un passager pour assassiner un groom qu'il ne connaissait pas deux jours avant ? J'étais convaincu que le coupable était à trouver parmi les membres du personnel. Ces gens se côtoient toute l'année, dans un espace clos. C'est un environnement propice aux tensions, aux jalousies, aux passions, à toutes ces petites bassesses qui peuvent pousser au crime.

Alors, au lieu d'observer les oiseaux (même si la présence de cette vieille aristocrate se pavanant avec une bantam de Pékin en clamant qu'il s'agit d'un serinus canaria domestiqué est difficile à laisser de côté pour le professionnel que je suis), j'ai étudié le personnel de bord.

Ils n'ont rien remarqué. Ils sont tellement habitués à être entourés par une foule de gens qu'aucun d'eux n'a prêté attention à un vieux professeur muni d'un carnet de croquis et d'un appareil photo autour du cou. Si toutefois l'un d'eux s'était aperçu de mon existence, il aurait sans doute pensé que je prenais des notes sur notre voyage ou que je dessinais des oiseaux.

En réalité, je consignais tout.

L'horaire des pauses du maître-nageur, le changement de service au bar, les périodes auxquelles les couloirs étaient vides. Les petites manies. Les regards en coin. L'agacement palpable de certains employés. La tension sexuelle aussi.

Et chaque jour, je prenais un membre du personnel en filature pendant un moment. Lundi, j'ai suivi la femme de chambre du pont E. Mardi, j'ai jeté mon dévolu sur le chanteur du groupe de jazz. Mercredi, le cuisinier. Jeudi l'animateur du club enfant, et ainsi de suite, jusqu'à obtenir une cartographie précise des habitudes de ce petit monde.

J'ai ouvert mes oreilles aussi. Comme le chant des oiseaux, la voix des hommes nous apprend beaucoup de choses sur leur état d'esprit. Et je ne parle même pas de tout ce qu'ils disent lorsqu'ils pensent que personne ne les écoute. C'est édifiant.

À ce jour, j'ai deux suspects en ligne de mire.

Le moment venu, je ferai savoir à tous quel genre de personne est capable d'assassiner un groom innocent, au beau milieu d'un couloir.

Quel que soit le résultat de mon enquête, j'aurai la satisfaction d'avoir fait de mon mieux pour démasquer le coupable.

P.-S. [de monsieur Plomb à monsieur Olin] : Vous connaissez maintenant le secret d'Octave. Je compte sur vous pour le garder. Mon beau-frère est extrêmement complexé par cela. Je vous saurai gré de ne pas trahir sa confiance.

DANS les jours qui suivirent, je croulai non seulement sous les questions et les comptes rendus des Impatients, mais aussi sous les plaintes de la part d'autres résidents qui ne participaient pas au jeu. Adèle Marconi avait décidé de renvoyer les mécontents vers moi.

Marthe avait été surprise en train de creuser des trous dans le jardin des Dubreuil. Ce couple de pharmaciens à la retraite avait un matin ouvert ses volets roulants pour découvrir une pelouse qui semblait avoir été ravagée par un jeune labrador, et Marthe, couverte de terre, pelle à la main (elle avait poussé le vice jusqu'à voler la pelle des Dubreuil dans le coffre de jardin où ils rangeaient leurs outils), cherchant désespérément un indice inexistant. J'avais été contraint de venir en catimini reboucher les trous, sous le regard mauvais des époux Dubreuil, puis de filer chez Gamm Vert acheter de la pelouse à semer.

Le colonel Serdagne avait de son côté sorti de je ne sais où un détecteur de métaux (il devait imaginer que j'avais gravé mes indices sur des cuillères), qu'il promenait dans toute la résidence, de jour comme de nuit. Le *bip* incessant de la machine avait rendu chèvres plusieurs habitants, qui pour une fois avaient trouvé une alliée en Thérèse Dussol, ravie de se dévouer pour arracher l'appareil des mains d'Auguste et le détruire à coups de rouleau à pâtisserie au milieu de la rue. J'avais évidemment dû remplacer le maudit appareil et je conseille à tous ceux qui s'ennuient de chercher un détecteur de métaux neuf dans une ville de moins de trois mille habitants.

Cet épisode aurait pu faire naître une querelle tenace entre Auguste Serdagne et Thérèse Dussol. Mais en dehors de son désamour pour la directrice, le colonel n'était pas un homme rancunier, et il avait trouvé en la Dussol une alliée à sa mesure.

Depuis que je lui avais fourni la fiche de son personnage, Gina Doe, espionne free-lance à la solde d'un voyagiste concurrent, Thérèse Dussol participait pleinement au jeu. Plus pragmatique que ses camarades, elle avait très vite compris que j'avais caché les indices dans des endroits accessibles, comme ce message codé affiché sur le tableau des sorties de la semaine, et, peut-être pour se faire pardonner, avait décidé de former une alliance avec Serdagne. J'aurais pensé qu'elle était plus adepte de l'adage « diviser pour mieux régner ». En tandem, ces deux-là agissaient avec méthode et logique, quadrillant l'espace pour ne rien laisser passer. L'un d'entre eux, souvent le colonel, qui avait le regard plus aiguisé qu'un faucon, faisait le guet, tandis que Dussol ratissait la zone qu'ils avaient choisi d'explorer. Rébus, indices chiffrés, indications quant aux suspects à interroger, ces duettistes avaient entre les mains un grand nombre d'éléments pour arriver à trouver le coupable de mon assassinat. En revanche, ils prenaient peut-être le jeu un peu trop au sérieux. J'avais beau avoir planqué suffisamment d'indices pour tout le monde, et briefé assez de complices pour que les participants puissent enquêter sans se gêner, si Auguste et Thérèse croisaient d'autres joueurs, la situation dégénérait très vite.

— Vous savez ce que l'on fait aux voleurs dans certains pays que j'ai visités ? On leur coupe la main ! souffla la Dussol avec un regard de serpent à cette pauvre Maryse qui venait de trouver un petit rouleau de papier kraft scotché derrière un extincteur.

— On était là avant, vieille tarentule ! Et puis arrêtez de frimer, je suis sûre que vous n'avez jamais été plus loin que Prisunic ! cracha Cassandre, décidée à défendre sa sœur et leur indice, que Dussol essayait de lui reprendre des mains.

— Mesdames, on peut régler ça de la manière douce, avec un sérum de vérité de mon cru, ou alors de la manière forte : un duel à l'épée, dans le parc, à l'aube ! proposa le colonel.

— Dans ton cul, le sérum ! avait crié Maryse, avant d'attraper la main de sa sœur et de détaler avec elle vers la cafétéria.

Les sœurs Monchat, fidèles à leurs habitudes, avaient pénétré dans plusieurs maisons pour fouiller, avant que leur *trip* « Arsène Lupin qui ne vole rien » soit interrompu par monsieur Plomb, arrivant nu dans son salon depuis sa chambre (je ne l'aurais jamais imaginé naturiste, au contraire, je pensais qu'il dormait avec son costume, mais plus rien ne m'étonnait), pour trouver Maryse et Cassandre, qui le croyaient au club d'échecs, en train de vider scrupuleusement ses placards de cuisine. Suite à cet incident, Marconi avait fait passer une circulaire rappelant que chaque résident avait droit à son intimité, et que toute intrusion dans les maisons sans le consentement du locataire était formellement interdite. J'avais trouvé quatorze exemplaires de ladite circulaire sous ma porte, dont une avec la mention : « Tu nous fais suer, l'écrivain ! »

La supérette ressemblait plus que jamais à une zone de guerre, comme j'avais pu le constater en allant racheter du café. Si mes élèves laissaient désormais Mila tranquille, dans les rayons, la chasse aux indices battait son plein. Les sœurs Monchat étaient si appliquées à soulever la moindre boîte de petits pois qui passait dans leur champ de vision qu'elles ne remarquèrent même pas ma présence.

— Rien sous les champignons émincés !

— Et sous les entiers ? demanda Cassandre.

— J'ai fait ceux par lots de 3, et maintenant j'attaque les grosses boîtes ! répliqua Maryse.

— Je n'ai rien trouvé sur les paquets de cannellonis ! Tu crois qu'il faut que je les ouvre ? On ne sait jamais, il y a peut-être quelque chose dans les trous ? s'interrogea sa sœur.

Aux produits frais, l'ambiance était électrique.

— Mais laissez-moi prendre mon jambon, espèce de mégère !

— C'est pas bon pour vous, y a plein de sels nitrités, et moi j'ai des indices à trouver ! beuglait Marthe en utilisant son corps comme bouclier pour barrer l'accès au frigidaire dans lequel elle fourrageait.

Il me fallut négocier férocement pour qu'elle me laisse prendre un paquet de quatre tranches et le donner au vieillard agacé.

— Monsieur Edgar, je crois que je préférerais que vous alliez faire vos courses ailleurs, me suggéra Mila d'un ton calme et froid alors que je payais mes articles.

C'était donc un joli bazar dans la résidence, et les habitants se divisaient désormais en deux camps : les Impatients qui participaient ou observaient cela d'un œil amusé, et les autres, qui me maudissaient et espéraient que je m'étouffe avec mes bouquins.

Mon intrus personnel décida de ne pas tenir compte de la mise au point de la directrice quant au respect de l'intimité.

Nous avions, lui et moi, trouvé notre rythme, pour ainsi dire. J'avais cessé de m'intéresser à son identité. J'écrivais, j'imprimais, je sortais de la maison, il relisait, puis notait ses corrections et éventuelles remarques dans la marge. Sa minutie m'avait évité de me contredire entre le chapitre deux et le chapitre treize, et de passer de l'automne au printemps en l'espace d'un mois. Il traquait les fautes et les coquilles à la façon d'un chien policier. Sa précision était impressionnante.

Néanmoins, il lui reprenait parfois cette idée tenace d'inventer une idylle à Anna. Il avait suggéré un rapprochement entre mon héroïne et son voisin Arthur, et je m'étais senti obligé de noter « Même pas en rêve ! » à l'endroit où il avait inscrit cette remarque. C'était quand même dingue, cette obsession de vouloir caser Anna !

Malgré cette aide mystérieuse, j'avais toujours d'énormes doutes quant à la suite à donner à mon roman. Lors de la rédaction des précédents tomes, j'étais parcouru par une sorte de frisson dès que je m'installais devant l'ordinateur et commençais à écrire. Certaines phrases s'entrechoquaient dans ma tête avec une telle urgence que j'avais l'impression que mes doigts tapaient trop lentement pour suivre le fil de mes pensées. Je n'écrivais pas des essais ou des pamphlets qui changeraient le monde, mais l'acte d'écrire me paraissait alors nécessaire, vital. Ce besoin impérieux m'était désormais étranger. Il était là, le vrai problème, le vrai frein à ma progression.

Il me semblait que je n'avais plus rien à raconter à propos d'Anna. Elle avait affronté tant de tempêtes et de situations périlleuses au fil des tomes que je ne voyais pas ce que je pouvais inventer à son sujet sans me répéter. Ses zones d'ombre ne m'étaient plus inconnues. Comme un couple qui, au fil des années, ne trouve plus rien à se dire, entre elle et moi le mystère avait disparu. J'avais beaucoup de mal à l'admettre, et l'écrire ainsi m'est encore douloureux. J'aimais Anna. Elle m'avait offert la vie dont je rêvais. J'aurais voulu l'écrire jusqu'à la fin de mes jours, ne jamais lâcher sa main. Et pourtant ce moment me paraissait de plus en plus proche à mesure que s'égrainaient les heures devant l'écran de mon ordinateur. Et cela me désolait.

Dans ce charivari, Zoélie et moi nous efforcions de nous dégager quelques moments ensemble, entre deux invasions d'octogénaires et autres doléances du voisinage. Les prémices de nos ébats avaient d'ailleurs été interrompues par les cris de Javert et Thérèse Dussol, se disputant sous la fenêtre de ma chambre à propos d'un indice qui n'en était, en définitive, pas un. Marnie avait trouvé amusant de planquer çà et là de petits rouleaux de papier sur lesquels elle avait recopié des blagues grivoises, d'après un magazine coquin des années 1970 chipé chez Auguste Serdagne. Après interrogatoire, Zoélie avait été soulagée de constater que sa progéniture ne comprenait heureusement pas la majorité des phrases qu'elle avait écrites.

— Je me demande vraiment où elle va pêcher des idées pareilles ! s'exclama Zoélie après avoir couru dans toute la résidence pour récupérer les missives salaces de sa fille.

— Elle est inventive.

— Son inventivité me fatigue, tu sais. Et puis je suis inquiète pour la suite. Elle a un vrai problème avec la discipline.

Zoélie s'installa à côté de moi sur le canapé en soupirant.

— Je ne m'en ferais pas si j'étais toi. C'est une gamine pleine de ressources. Et futée ! Même si, pour le moment, elle met son super-pouvoir au service du crime.

— Ça te fait rire, ses bêtises, en réalité ! dit-elle en me donnant un petit coup de poing sur l'épaule.

— Je ne suis pas insensible à sa créativité, répondis-je en attirant Zoélie vers moi.

Elle m'embrassa puis releva la tête.

— Tu es super avec elle. Et je sais que ce n'est pas toujours facile !

— Que veux-tu ? Quand elle m'appelle « face d'endive », je craque !

— Les pires surnoms sont réservés aux personnes qu'elle préfère.

— Je suis ravi de l'apprendre, avouai-je en m'avançant pour l'embrasser de nouveau.

— T'es un vrai bourreau des cœurs ! On est là, à se galocher sur ton canapé comme deux ados, et pourtant c'est une autre que tu vas emmener à la soirée dansante. Je suis déçue ! fit-elle en affichant un air faussement triste.

La soirée dansante des Impatients. La grande soirée dansante, devrais-je dire. Un des événements les plus importants du calendrier de la résidence, à en croire tout ce que j'entendais depuis plusieurs jours. À côté de cette soirée, mon jeu de piste était un goûter d'anniversaire sans bonbons.

Des affiches étaient placardées sur les murs des espaces communs, et le journal local avait même consacré un encart à cette manifestation, mettant ainsi en avant, sans doute à l'initiative d'Adèle Marconi, le dynamisme de l'institution. Une excursion dans un centre commercial à quarante minutes de bus de la résidence avait même été organisée afin que les Impatients puissent aller s'offrir une nouvelle tenue pour cette soirée tant attendue.

Les voir aussi fébriles, excités par les préparatifs de cet événement, était attendrissant. Ils me faisaient penser à des enfants avant Noël. Clara et moi passions des heures à découper dans les catalogues les jouets qui nous faisaient rêver, puis nous les collions sur de grandes feuilles de papier avec plus d'application que nous n'en mettions à faire nos devoirs. Nous étions conscients que tous nos souhaits ne seraient pas exaucés, et à l'heure d'ouvrir nos cadeaux, nous avions d'ailleurs oublié la plupart des jouets qui composaient notre liste illustrée. Mais ce moment d'anticipation, où tous les rêves étaient autorisés, comptait aujourd'hui parmi mes plus précieux souvenirs d'enfance.

Voilà pourquoi, même si Cassandre et Maryse avaient plusieurs fois perturbé le dernier atelier avec leurs messes basses à propos de la hauteur idéale de leurs talons (« Six centimètres, Maryse ? Tu vas te tordre la cheville et on va finir aux urgences ! »), ou du bon goût de porter ou non du fard à paupières à paillettes « comme les stars », j'avais renoncé à les rappeler à l'ordre. Atteindre le pôle Nord à vélo serait moins difficile que les faire taire.

Je m'étais moi aussi laissé gagner par une certaine excitation à l'idée de cette fête. Le fait que Zoélie serait présente elle aussi, à jouer les chaperons, munie d'un tensiomètre en cas de surchauffe des noceurs, n'y était pas étranger. Néanmoins, je m'étais engagé, lors de ma première semaine aux Impatients, à accompagner l'une des habitantes à cette soirée. Le moment était venu de tenir cette promesse.

Vêtu d'une veste de costume un peu démodée (l'offre du « grand » centre commercial s'était révélée assez maigre pour un trentenaire), ma tignasse brune pratiquement domptée par un mélange de gel et d'eau du robinet, je sonnai chez ma cavalière.

La porte s'ouvrit.

— Bonsoir, Marthe. Vous êtes prête ?

La transformation de la cafétéria était spectaculaire. Je m'étais imaginé une décoration un peu ringarde, des guirlandes en papier crépon, des nappes, elles aussi en papier, et trois saladiers de chips en guise de centres de tables. Au lieu de cela, une fois la porte franchie, nous nous étions retrouvés, ma cavalière et moi, dans une ambiance qui tenait plus du bal de promo américain que du vieux dancing.

Les néons avaient été éteints, et leur lumière blafarde avait été remplacée par celles de projecteurs posés au sol, aux quatre coins de la pièce, qui éclairaient la salle de centaines de petits points argentés. Du faux plafond pendaient, à différentes hauteurs, des étoiles en carton recouvertes de paillettes.

Les tables rectangulaires avaient été poussées vers la droite afin de dégager une vaste piste de danse, et servaient de buffet. À certains endroits, contre les pans de murs, on avait disposé trois ou quatre chaises afin que les danseurs puissent se reposer. Il y en avait également dans le couloir pour ceux qui souhaiteraient faire des pauses plus au calme ou converser un moment.

Sur la gauche de la salle, là où se trouvait d'ordinaire le présentoir dévolu aux serviettes, couverts et sucrettes, Ingrid et Sacha officiaient comme disc-jockeys. C'était la première fois depuis mon arrivée que je voyais les jumelles ensemble, et je comprenais mieux pourquoi nous éprouvions une telle difficulté à les différencier. À l'exception de leurs tenues – une robe satinée verte pour l'une, et la même robe, dans un coloris framboise pour l'autre – les deux sœurs étaient parfaitement identiques. La longueur de leurs chevelures blondes, leurs gestes, leur manière de sourire ou de se toucher l'oreille tout en discutant, rien ne permettait de distinguer l'une de l'autre, ce qui rendait le simple fait de les observer assez déstabilisant.

Leur choix musical, en revanche, prêtait à sourire. C'est au son du titre *Forever Young* que Marthe et moi nous avançâmes dans la salle, sous le regard de tous les résidents. La tenue de ma cavalière, en effet, n'était pas des plus discrètes. Marthe portait une longue robe bleu marine à sequins qui semblait sortie d'un show de Las Vegas, et sur laquelle la lumière des projecteurs se reflétait, la faisant scintiller comme une boule à facettes. Pour parfaire le tout, elle arborait un boa argenté, et avait coiffé ses cheveux d'un diadème démesuré, au centre duquel trônait un énorme rubis de pacotille. La sobriété n'était pas de mise pour la soirée des Impatients.

Marthe était émerveillée par la décoration. Pourtant, étant donné son passif professionnel, la vieille dame avait dû assister à des fêtes bien plus clinquantes que celle-ci. Mais ma cavalière semblait aux anges, son regard allant des étoiles qui descendaient du plafond à ses voisins, qui, comme elle, avaient fait l'effort de revêtir leurs plus beaux atours. Même Octave avait quitté son jogging pour l'occasion, et portait un nœud papillon sur lequel il n'arrêtait pas de tirer.

Le colonel Serdagne avait revêtu son costume de cérémonie militaire, et, fait que j'aurais trouvé improbable quelques semaines plus tôt, dansait avec Thérèse Dussol ! Contrairement à ses camarades féminines, cette dernière ne portait pas une robe de soirée, mais un élégant sari rouge et or dont j'étais curieux de connaître la provenance tant il paraissait authentique. Thérèse Dussol réservait elle aussi bien des mystères. En tout cas, les nouveaux Bonnie and Clyde de la résidence paraissaient s'amuser follement, et il me semblait bien que c'était la première fois depuis mon arrivée que je voyais la conductrice de trottinette sourire.

Quant à moi, je ne pouvais détacher mes yeux de Zoélie, au fond de la salle, occupée à discuter avec monsieur Plomb. Elle avait relevé son épaisse chevelure, ne laissant tomber que quelques mèches qui encadraient son visage, et portait une robe bleu nuit cintrée à la taille, soulignant ses courbes avec élégance. Elle riait. Elle était sublime, et moi, j'étais convaincu d'être le type le plus chanceux de la terre.

— Elle est trop belle, maman, pas vrai ? s'exclama Marnie que je n'avais pas vu arriver près de moi.

— Elle est magnifique. Tu es très élégante aussi, Marnie.

La fillette portait une robe longue et pailletée, couleur « queue de petite sirène ».

— Et toi, tu ressembles à un pingouin !

— Je le prends comme un compliment, j'adore les pingouins.

— Moi aussi, ils sont ridicules quand ils marchent, c'est trop marrant ! répondit la petite avec malice.

Je la poussai légèrement de mon coude, ce qui la fit rire. Même si Marnie continuait à me charrier (et à vider mes placards dès que j'avais le dos tourné – cette gamine devait avoir du caramel à la place du sang dans les veines), notre relation s'était apaisée depuis que j'avais découvert sa passion pour le dessin et laissé s'épancher son cœur d'enfant frappé par l'injustice. Un bon point pour Zoélie et moi, même si je ne savais pas encore où notre histoire allait nous mener.

— Je danserais bien avec un pingouin ! suggéra Marthe.

— Mademoiselle Mélodie, je suis votre valet, répondis-je en l'invitant à me donner la main.

Marthe se révéla être une excellente danseuse. Bien meilleure que moi, même si ce n'était pas difficile, car je dansais avec autant de souplesse qu'un échafaudage. Alors que nous nous mouvions, je pouvais sentir que ses années passées dans l'univers de la musique avaient forgé son sens du rythme. Malgré son âge avancé, la vieille dame bougeait avec aisance, et même une certaine élégance. J'essayai d'imaginer la jeune femme qu'elle avait dû être, courant de concerts en studios d'enregistrement, gérant aussi bien des contrats que des musiciens et leurs egos.

Tandis que nous tournoyions, j'aperçus Adèle Marconi, à proximité du buffet, en pleine conversation agitée avec Auguste Serdagne. Si l'attitude de la directrice témoignait d'une crispation évidente, sa tenue vestimentaire, en revanche, tranchait avec les austères tailleurs qu'elle portait d'ordinaire. Elle était vêtue d'une robe noire droite, assez classique certes, mais qui ne donnait pas l'impression d'avoir affaire à une employée des pompes funèbres. Depuis mon arrivée aux Impatients, je n'avais pas été capable de lui donner un âge, même si j'imaginais qu'elle avait la quarantaine. La Marconi me faisait l'effet d'être née vieille, déjà préoccupée par sa déclaration d'impôts et son plan retraite, là où les sœurs Monchat, par exemple, paraissaient coincées dans une adolescence sans fin. Ces dernières étaient d'ailleurs occupées à montrer la couleur de leurs ongles respectifs à Marnie, qui ne semblait pas plus intéressée que cela par le sujet, tandis qu'à quelques mètres de là, Octave Javert observait Maryse d'un air hésitant, ne parvenant à trouver le courage d'aller l'inviter à danser. Dans cette salle, ce soir, plus que jamais, les frontières entre les âges se dissolvaient.

Après plusieurs danses, je suggérai une pause à ma cavalière. Marthe ne donnait pas l'impression d'en avoir besoin, contrairement à moi, qui avais très envie d'un verre.

— Ne vous inquiétez pas, Marthe, nous danserons de nouveau plus tard dans la soirée.

— Vous êtes un ange, monsieur Edgar !

Gentleman, j'embrassai sa main avant de la laisser rejoindre ses amies et me dirigeai vers le buffet.

Après avoir salué plusieurs résidents et répondu à de nombreuses questions concernant le jeu de piste (Auguste Serdagne voulait une autorisation écrite pour fouiller le bureau de Marconi et j'avais eu toutes les peines du monde à le convaincre qu'il ne trouverait rien dedans qui puisse faire avancer son enquête), j'avais enfin réussi à mettre la main sur quelques canapés, plutôt savoureux d'ailleurs. Adèle Marconi n'avait pas lésiné pour rendre cette soirée agréable à ses pensionnaires. La joie se lisait dans les yeux des Impatients, une joie pure et franche. Plus que le cadre ou la musique, le simple fait de les regarder remplissait mon cœur d'allégresse.

Thérèse Dussol s'approcha du buffet et je saisis l'occasion pour la complimenter sur sa tenue, tout en espérant qu'elle n'allait pas m'envoyer paître.

— Ça ? Une vieillerie ramenée de voyage ! Je n'allais tout de même pas porter une robe à froufrou de mémère comme ces écervelées ! Regardez-les tous, sapés comme des communiants ! Ridicules !

Elle avisa alors ma tenue, et leva son sourcil gauche. Je sentis combien il lui en coûtait de ne rien ajouter.

— Bref, je retourne danser, après tout on est là pour ça, pas pour parler chiffons !

Plus souriante, mais toujours aussi aimable. Au moins elle n'avait pas directement critiqué mon costume ou mes cheveux.

— Tu m'ajoutes à ton carnet de bal ? me murmura Zoélie, en m'enlaçant par-derrière tandis que je buvais un verre de punch.

Je me retournai et l'embrassai du bout des lèvres. Ce fugace contact physique nous valut sifflets et piaffements enthousiastes de la part des pensionnaires. Malgré moi, je piquai un fard comme une jouvencelle.

— Faites pas le timide, monsieur Edgar ! me lança Octave Javert.

— Commencez par inviter la dame de vos pensées à danser, vieux briscard ! répliquai-je.

Ingrid et Sacha semblaient d'humeur à jouer les entremetteuses. Elles lancèrent *True* de Spandau Ballet, et j'entraînai Zoélie sur la piste. Du coin de l'œil, je vis Octave s'avancer timidement vers Maryse et faire de même. J'étais content pour lui. Il avait bien mérité de retrouver un peu de bonheur.

Je n'avais pas dansé de slow depuis des années. Je me sentais gauche. Mais cela n'avait pas grande importance.

Zoélie posa sa tête sur mon épaule. Ses cheveux me caressèrent la joue. Ils fleuraient le miel et le citron, et j'inspirai leur parfum, profondément. Entre nous, il y avait eu, depuis notre rencontre, des moments plus intenses, plus charnels, des baisers, des caresses, et une flopée de fantasmes la mettant en scène lorsqu'elle était loin de moi et que j'étais comme un couillon devant mon ordinateur à essayer d'écrire un chapitre correct. Pourtant j'aurais tout donné pour que ce moment-là, ce moment si simple, si désuet, ne cesse jamais.

Si nous avions été dans un roman d'amour, Zoélie et moi aurions probablement dansé jusqu'aux premières lueurs du matin, avant que je la raccompagne vers sa voiture sous un sublime lever de soleil. Mais nous étions aux Impatients, et, j'étais bien placé pour le savoir, rien en ce lieu ne se produisait selon un schéma établi.

Un brouhaha nous tira de notre béatitude. Non loin de la porte d'entrée, plusieurs pensionnaires étaient attroupés. Maryse avait lâché Octave, et tous deux s'étaient rapprochés de Cassandre, à l'arrière du groupe. L'inquiétude de l'assemblée était palpable. Je m'attendais à trouver l'un des Impatients à terre, sujet à un malaise ou victime d'une mauvaise chute en dansant.

Marthe était au centre du cercle. Elle avait l'air paniquée, le regard perdu, scrutait les visages qui lui faisaient face, comme à la recherche d'une impossible réponse.

— Emmylou ? Quelqu'un a vu Emmylou ?

— Madame Mélodie, je vous le répète, il n'y a pas d'Emmylou parmi les habitants, vous faites erreur, si je puis me permettre, tenta monsieur Plomb.

Mais Marthe ne semblait pas l'entendre.

— Elle jouait près du manège ! Je suis allée lui acheter une barbe à papa, et elle a disparu ! Emmylou ! Emmylou !

De grosses larmes commencèrent à perler au bord de ses yeux. Zoélie s'approcha d'elle doucement.

— Marthe, venez, on va s'asseoir un instant.

— Oh ! Madame ! Je vous en prie, aidez-moi ! Je ne retrouve plus ma fille, elle s'appelle Emmylou, elle a cinq ans !

Apercevant alors Marnie, le visage de Marthe s'éclaira.

— Et toi, ma petite, tu ne l'as pas vue ? Je suis sûre que tu as joué avec elle, elle est si gentille, mon Emmylou ! Peut-être que tu peux m'aider à la chercher ! dit Marthe pleine d'espoir, en saisissant le bras de Marnie.

Marnie eut un mouvement de recul, mais Marthe ne desserra pas sa prise.

— Maman ! appela Marnie, apeurée.

Je m'approchai à mon tour de Marthe, et entourai ses épaules de mon bras gauche. Surprise par ce contact, elle lâcha le poignet de Marnie. Ses yeux inspectèrent mon visage. Elle ne semblait pas me reconnaître.

— Marthe, vous me devez encore une danse, vous vous rappelez ?

J'espérais qu'elle se souvienne de la raison de sa présence dans cette salle.

— Jeune homme, vous êtes charmant, mais je n'ai pas le temps de danser ! Je dois retrouver ma fille !

Elle essaya de se dégager de mon étreinte.

— Je peux peut-être la chercher pour vous ?

— Non, non, non ! Vous ne saurez pas, vous ne pourrez pas ! Je suis sa maman, je dois la retrouver ! cria Marthe, de plus en plus affolée.

Marnie commença à pleurer. Nous nous regardions tous sans savoir comment réagir, craignant d'aggraver la situation. Heureusement, Zoélie prit les devants avec sang-froid.

— Madame Marconi, appelez la docteure Dubuc ! ordonna calmement Zoélie, tout en essayant de faire asseoir Marthe sur une chaise que venait d'avancer Sacha (ou Ingrid ? Bordel, laquelle avait la robe verte ?). C'est elle qui est de garde ce soir.

La directrice, qui n'avait pas moufté jusqu'à présent, mais avait changé de couleur, se précipita vers l'accueil.

Une fois Marthe assise, Zoélie se tourna vers moi.

— Edgar, emmène Marnie avec toi !

— Mais...

— Tu ne peux rien faire ! ajouta Zoélie, le regard autoritaire, comprenant mon intention de lui proposer de l'aider, alors que je n'avais aucune idée de ce qui pouvait frapper Marthe.

Je regardai Marnie dont les larmes baignaient le visage. Elle ne pouvait en effet pas rester là.

Zoélie expliqua à sa fille :

— Nous allons reconduire Marthe chez elle dès que la docteure sera arrivée, et ensuite je vous rejoindrai. OK, ma puce ?

— Maman ! supplia Marnie.

— Hé ! lui dis-je en me baissant vers elle et en prenant sa main. Je crois qu'il reste un gros pot de Häagen-Dazs au chocolat et cookies dans mon congel ! Je l'avais caché derrière les poissons panés, pour pas que tu me le piques !

Marnie esquissa un sourire complice sous son petit nez rougi.

— Je te propose qu'on aille lui régler son compte pendant que ta maman s'occupe de Marthe, d'accord ?

— Oh ! Monsieur Edgar, pouvons-nous faire le chemin avec vous ? sollicita Cassandre avec empressement.

— Oui, oui, s'il vous plaît ? Je n'ai pas envie que nous rentrions toutes seules ! ajouta sa sœur.

En quelques secondes, plusieurs participants à l'atelier d'écriture, mais aussi d'autres pensionnaires qui habitaient notre rue demandèrent à se joindre à nous. Zoélie parut soulagée à l'idée de voir partir les badauds inquiets. Je lançai un dernier regard à Marthe avant de sortir de la salle, espérant qu'elle allait finir par se lever de sa chaise et s'écrier : « C'était une farce ! On danse ? » Mais ses yeux restaient affolés, cherchant dans chaque recoin de la salle une petite fille qui n'avait jamais été là.

Une fois dehors, nous nous mîmes en route en silence, Marnie accrochée à ma main droite, et une colonne de petits vieux nous encadrant de part et d'autre.

C'était sans doute moi le plus rassuré par leur présence à mes côtés.

Lorsque Zoélie rentra, Judy Garland et Gene Kelly se promettaient de faire les clowns ensemble pour le reste de leur existence. Il n'y avait que des comédies musicales dans la maigre dvdthèque de tante Agatha. Marnie dormait enfin, la tête sur l'accoudoir du canapé, et les pieds sur mes jambes, après avoir ingurgité une quantité de sucre démentielle mais salutaire.

— Alors ? demandai-je doucement tandis que Zoélie s'asseyait à côté de moi avec une lassitude manifeste.

Sa jolie coiffure s'était défaite par endroits, et je ramenai une mèche échappée derrière son oreille.

— Nous avons réussi à la reconduire chez elle en lui promettant que la police était prévenue et qu'on allait lui ramener sa fille directement à la maison. Puis la docteure Dubuc est arrivée, et elle lui a fait une injection d'anxiolytique, car Marthe était toujours très angoissée et n'en démordait pas, elle disait qu'Emmylou avait été enlevée.

Mais elle dort maintenant. La crise sera normalement passée à son réveil. Elle ne s'en souviendra sans doute pas, d'ailleurs.

— Mais qu'est-ce qu'il s'est passé exactement ? Je ne comprends pas ! Elle allait très bien quand je suis allé la chercher ! Elle parlait du jeu, de la fête. Elle était si heureuse !

Zoélie prit une profonde inspiration.

— Depuis plusieurs mois déjà, Marthe présente des signes de démence.

— Comme la maladie d'Alzheimer, tu veux dire ?

— Oui et non. Alzheimer est une des formes de la démence, qui affecte en particulier la mémoire. Marthe, elle, perd parfois prise avec la réalité. Tout se mélange dans sa tête. En gros, son esprit part d'un élément réel – sa fille s'appelle bien Emmylou –, puis il bifurque, en quelque sorte, et écrit une nouvelle histoire. Et quand il s'agit d'une histoire angoissante, cela donne un épisode comme celui de ce soir.

— Et cela lui arrive souvent ?

— Non, jusqu'à maintenant c'était assez anecdotique. Il y a quelques semaines, elle m'a raconté qu'elle devait participer à un championnat de patin à glace, mais que son adversaire avait engagé des types pour lui casser le genou. Ça te rappelle quelque chose ?

— Nancy Kerrigan et Tonya Harding, dis-je, en me souvenant de cette sordide affaire qui avait passionné ma sœur à l'époque.

— Ils avaient diffusé un documentaire à ce sujet quelques jours plus tôt.

— Et toutes ses phrases incohérentes ou à côté de la plaque, les mots qu'elle mélange ?

— Cela doit venir de là aussi. Mais encore une fois, jusqu'à maintenant il s'agissait d'événements épars. La docteure Dubuc a pris note de tout cela, mais il faudrait désormais envoyer Marthe passer des tests plus poussés pour savoir exactement de quelle forme de démence elle souffre. Une chose est sûre, si son état empire, si les crises comme celle d'hier soir se reproduisent, Marthe ne pourra pas rester aux Impatients, soupira Zoélie.

— Mais pourquoi ? demandai-je vivement.

— Tu sais bien que ce n'est pas une structure médicalisée, comme un EHPAD. Lorsque les résidents ne sont plus en mesure de vivre de manière autonome, nous les encourageons, eux et leurs familles, à trouver une solution plus adaptée. Et Marthe aura sans doute besoin de soins spécifiques par la suite, ou en tout cas d'un établissement qui a l'habitude de gérer ce type de pathologie.

Je n'imaginais pas Marthe vivre ailleurs qu'ici. Sa musique à fond, ses conversations abracadabrantesques, ses soirées pyjama improvisées. Marthe n'était pas qu'une pensionnaire parmi d'autres. Même si cela pouvait sembler naïf, elle incarnait une part de l'âme des Impatients.

— Mais est-ce qu'il n'y a vraiment rien que l'on puisse faire pour lui permettre de rester ici ?

— Même avec la meilleure volonté du monde, cela ne serait pas une bonne chose, pour sa propre sécurité.

— Et si on lui trouvait une aide à domicile, quelqu'un de qualifié ? tentai-je, au désespoir.

— Tu ne peux pas sauver tout le monde, Edgar.

Elle plongea ses yeux dans les miens. Je regardai danser les petites paillettes d'or qui peuplaient ses iris noisette. Je ne répondis pas. Elle répéta :

— Tu ne peux pas sauver tout le monde. Je sais que tu le voudrais, mais c'est impossible. Crois-moi, je l'ai longtemps espéré moi aussi ! Les habitants des Impatients sont adorables, je les aime, et je sais que tu les aimes énormément. Au fil des jours passés avec eux, on en oublie presque leurs âges. Mais ils sont tous en train d'effectuer les derniers mètres de la course, si je puis dire. Certains s'endormiront un soir pour ne jamais se réveiller, d'autres seront emportés par une pathologie invisible ici, ou plus grave, ailleurs. Marthe est malade, sans doute depuis plus longtemps que nous ne l'imaginons. Je ne dis pas qu'elle va mourir demain, ni même quitter la résidence cette semaine, mais ce sont des issues que nous devons envisager.

Zoélie prit ma main droite entre ses paumes. Elle embrassa mes doigts avec douceur.

— Tu es quelqu'un de bien, Edgar, vraiment. Tu as un grand cœur, avec suffisamment de place pour y faire entrer tous ces doux dingues – et aussi ma chipie de fille, même si votre mode de communication m'échappe un peu ! ajouta-t-elle en se tournant pour jeter un regard tendre sur Marnie, profondément endormie. Mais tu ne peux pas sauver tout le monde. C'est impossible.

Je savais qu'elle avaient raison. Elle avait raison, pourtant ce sentiment d'impuissance était si douloureux. J'avais devant moi une histoire dont la fin annoncée me révoltait, mais que je ne pouvais récrire.

Les autres me semblaient plus armés pour affronter la situation. Zoélie, de par sa profession, les Impatients, de par leurs âges avancés, avaient vu partir des êtres aimés, avaient perdu des amis, des maris, des épouses, des patients. Les seuls mourants que j'avais côtoyés vivaient dans mes livres. Je n'avais perdu personne, vu souffrir personne, et, si la littérature possède bien des pouvoirs, si elle nous ouvre des portes vers des mondes qui nous sont étrangers, elle ne nous prépare pas à cette peur viscérale de voir disparaître tout ce qui fait le caractère unique d'une personne qui nous est chère. En tout cas, moi, je n'étais pas préparé à cela.

Le menu du DVD tournait en boucle sur l'écran de la télévision. Malgré la musique et notre conversation, Marnie continuait à dormir.

— Je n'ai pas envie de la réveiller, dit Zoélie.

— Il paraît que c'est très mauvais de réveiller les enfants à – je regardai ma montre – 00 h 35 précisément. On raconte que ça altère leur croissance de manière irrémédiable.

— Ah oui ? s'enquit-elle avec un air mutin.

— Je t'assure, c'est scientifique. Tu es dans le médical, tu devrais savoir cela.

— Et que dit la science quant au fait de rester sur ce canapé ? demanda-t-elle en se lovant plus encore contre ma poitrine.

— C'est mauvais. Assurément. Très très mauvais. Une migration immédiate vers la chambre est d'ailleurs recommandée par l'OMS.

— Alors si c'est l'OMS...

— On se doit d'écouter.

Elle se leva, me permettant ainsi de faire de même. Avant que nous nous dirigions vers ma chambre, j'attrapai le plaid qui était sur le fauteuil, et couvris Marnie, tandis que Zoélie éteignit la télévision. Je me tournai vers elle. Elle me tendit la main en souriant, m'invitant à la suivre.

Les jours qui suivirent la soirée dansante, nous avions tous l'air de momies sans rubans.

Marthe, quant à elle, ne se souvenait pas des événements qui avaient agité la fête.

Elle s'était réveillée le lendemain, la tête dans le brouillard, et avait mis son état sur le compte d'un abus de punch. Elle se rappelait s'être rendue à la soirée avec moi, et me reprocha d'ailleurs de ne pas avoir assez dansé avec elle ! Son esprit avait comblé les blancs à coups de petits fours au crabe (poussifs, vraiment poussifs selon elle) et de paillettes.

Nous convînmes tous de ne pas évoquer cette crise devant elle. Cela ne servirait qu'à attiser ses angoisses, et peut-être même, entraînerait une nouvelle décompensation. Si d'aventure Marthe nous parlait de la soirée dansante, nous étions tous d'accord pour lui dire que nous étions rentrés très tard, très fatigués mais surtout très heureux.

Madame Marconi était branchée sur cinq cents volts, craignant qu'il arrive quelque chose à Marthe et que sa responsabilité et celle de la résidence soient engagées d'une quelconque manière. Elle avait longuement discuté avec la docteure Dubuc sur la conduite à tenir, et les deux femmes s'étaient accordées, comme me l'avait dit ensuite Zoélie, pour que Marthe consulte un spécialiste dans les jours à venir. Afin de ne pas l'inquiéter outre mesure, une consœur de la docteure Dubuc viendrait à la résidence dans un premier temps, avant d'envisager de lui faire passer des tests plus poussés. Une mécanique fatale se mettait en marche, même si nous avancions à pas feutrés.

Je notai cependant des changements dans l'attitude des pensionnaires envers Marthe. Ils ne s'agaçaient plus lorsque son esprit partait en roue libre, se montraient plus prévenants aussi. Ouvertures de portes, sourires, petites attentions. J'avais même vu Thérèse Dussol l'aider à décrocher un indice que j'avais placé dans une haie de laurier ! Marthe ne semblait pas percevoir ces signes, parfois infimes, de leur considération. Mais c'était aussi bien comme cela. Le quotidien avait repris le chemin de la normalité, avec son lot de chamailleries entre les résidents, et une enquête pour savoir qui m'avait assassiné qui les tenait toujours en haleine. Je m'étais résolu à concentrer toute mon attention sur le jeu de piste afin d'éloigner mon esprit de l'état de santé de Marthe. Mais je ne pouvais m'empêcher de garder un œil sur elle, de l'observer par la fenêtre lorsqu'elle sortait dans la rue, ou bien durant les ateliers.

Le vendredi qui vint après la soirée dansante, mes Impatients enquêteurs étaient en grande forme. Ils avaient trouvé presque tous les indices que j'avais planqués dans la résidence, même ceux que j'avais scotchés sous les bancs du parc. Certains les gardaient jalousement, à la manière des sœurs Monchat, qui rêvaient d'être les premières et seules détectives à découvrir mon assassin, d'autres au contraire se les échangeaient comme des autocollants Panini.

Je sentais que le jeu arrivait à sa fin, ou en tout cas qu'il me faudrait très prochainement y trouver une conclusion satisfaisante. Comme dans un roman policier, je pouvais inventer un retournement de situation, finir une de nos séances par un *cliffhanger* qui les garderait occupés jusqu'à l'atelier suivant et me ferait gagner du temps avant la révélation finale. Mais à l'image de mon roman en cours, ce *Meurtre sur le Marquis des mers* devait s'achever, avoir un épilogue qui satisferait les participants.

De plus, certains se rapprochaient dangereusement du coupable. Pas tous, heureusement pour moi.

Octave avait écrit un rapport d'enquête très drôle, qu'il nous avait lu pendant l'atelier. À l'oral, son orthographe dramatique et sa conjugaison fantaisiste s'effaçaient derrière une interprétation dynamique de son carnet de bord, et c'était la solution idéale pour l'inviter à partager ses travaux sans complexes. Il avait récolté de nombreux indices, mais une erreur d'inattention avait conduit son personnage de barman à soupçonner le cuisinier, qui n'était pour rien dans cette sordide affaire.

Monsieur Plomb était toujours décidé à garder secrète l'identité de ses suspects, mais j'imaginais que, dans sa grande application, il était proche de la vérité, d'autant qu'il avait interrogé tous les membres du personnel qui avaient accepté de jouer le jeu, en particulier Léon, l'homme d'entretien qui s'était glissé dans la peau du médecin de bord. Avec les éléments que Léon devait leur délivrer et sa propre perspicacité, monsieur Plomb ne pouvait qu'être en bonne voie.

Auguste Serdagne, quant à lui, avait noirci des pages et des pages de son petit carnet, mais refusait d'avancer la moindre théorie :

— Mon cher Olin, je suis sur une affaire ! dit-il, énigmatique, en levant à peine les yeux de son carnet noir.

Thérèse Dussol sembla agacée par sa réponse, et je me demandai si l'affaire sur laquelle planchait le colonel avait quelque chose à voir avec le jeu de piste.

Les sœurs Monchat étaient, comme on pouvait s'y attendre, complètement à côté de la plaque.

J'avais caché dans la résidence une clé à laquelle était accrochée une breloque avec le chiffre 12, censée les pousser à interroger le passager de cette cabine (à savoir le bassiste du groupe de jazz, qu'avait accepté d'incarner William, l'animateur du club de théâtre). Mais les sœurs avaient rapproché ce chiffre des douze signes du zodiaque, et décidé d'enquêter sur les signes astrologiques de tous les participants. Cela avait donné lieu à un beau charivari, puisque je n'avais pas fourni de dates de naissance, seulement des âges, lorsque j'avais rédigé les fiches personnages. Cassandre et Maryse s'étaient ainsi convaincues que les témoins qu'elles interrogeaient cachaient des informations, et au point où elles en étaient, elles ne tarderaient pas à conclure que je m'étais poignardé moi-même dans le couloir parce que le groom était du signe du bélier, ce qui l'avait poussé à faire son intéressant. Au lieu de leur compte rendu d'enquête (qu'elles écrivaient à quatre mains), j'avais eu droit à douze pages (une par signe du zodiaque), répertoriant les qualités et les défauts présumés de chaque signe, et, grâce aux informations qu'elles avaient malgré tout glanées (certains de mes complices n'avaient pas hésité à s'inventer une date de naissance pour mettre fin à l'interrogatoire), les sœurs avaient inscrit en rouge les noms des suspects les plus à même d'avoir commis le meurtre. Malgré toute leur application, le vrai coupable n'était pas sur la liste.

Bien qu'arrivée après le début du jeu, Thérèse Dussol avait fait une belle remontée. Comme elle m'en avait averti, elle n'avait pas écrit une ligne, mais ses réflexions se révélèrent malignes et incisives, et je songeai qu'elle pourrait être la première participante à trouver l'identité du coupable.

Marthe, quant à elle, avait recopié un extrait d'*Alice au pays des merveilles* avec un stylo mauve, en m'expliquant que c'était le livre préféré de son personnage, la comtesse de Jolicœur, et que l'on pouvait toujours compter sur Lewis Carroll lorsque l'on était confronté à un problème en apparence insoluble. Elle était désormais convaincue que le capitaine m'avait fait subir le supplice de la planche.

— Vous savez, Marthe, je suis quasiment certain que ces pratiques n'ont plus cours sur les navires de croisière, lui certifiai-je.

— Alors c'est le perroquet qui a fait le coup.

— Le perroquet ? Quel perroquet ?

— Celui du capitaine ! Ce sont des animaux diaboliques, vous savez ! Il faut vous en méfier. En tout cas, je ne laisserai jamais Elvis fréquenter un perroquet !

Elle trimbalait désormais sa poule dans un sac qui servait normalement au transport de caniche ou de chihuahua, depuis que la directrice lui avait fait remarquer que les fientes semées par son « canari » dans les couloirs dérangeaient les autres résidents.

— J'y penserai la prochaine fois que j'en croiserai un, lui assurai-je.

Marthe se signa comme si elle venait de voir le diable.

Cet échange farfelu me rassura. C'était Marthe, telle que je la connaissais depuis que j'étais installé aux Impatients, souriante et ingénue, si loin de la vieille femme effrayée qu'elle nous avait laissés entrevoir le samedi précédent. Comment imaginer qu'elle puisse un jour quitter cet endroit ? Que deviendrait sa charmante fantaisie dans une structure où on la percevrait uniquement comme une pathologie ? Et pourtant, je devais admettre que je m'étais senti démuni lors de sa crise. Je n'avais pas les codes, pas la méthode pour lui venir en aide. Même si Marthe me donnait parfois envie d'arracher mes pauvres cheveux, c'était lorsqu'elle me faisait ces réponses incongrues que je me sentais le plus proche d'elle.

J'imaginais que peut-être un jour, moi aussi, je finirais vieux et fripé, à parler de toucans tueurs et de tarte à la rhubarbe, et je souhaitais que, lorsque ce moment arriverait, quelqu'un ait la gentillesse de me répondre que oui, les toucans sont des êtres maléfiques, et que j'aurais de la tarte pour mon déjeuner.

Cher monsieur Edgar,

Je préfère vous l'annoncer d'entrée de jeu, quand vous êtes arrivé aux Impatients, je ne pouvais pas vous encadrer.

Je me disais que l'on n'avait pas besoin d'un fichu intello pour nous casser les pieds. Déjà qu'avec la Marconi, on déguste. « Attention, avec votre trottinette, madame Dussol ! », « Madame Dussol, vous n'avez pas le droit de déplanter la haie de thuyas sous prétexte que vous n'aimez pas la couleur ! », « Madame Dussol, on ne lance pas les assiettes de la cafétéria ! ». Plus rabat-joie, tu meurs. Un nouveau membre du personnel, c'est comme un maton en taule. En plus, vous ne m'avez pas facilité la tâche, avec votre dégaine du type qui sort du lit, votre air offusqué dès que je fais un truc qui ne rentre pas vraiment dans les clous, et toute cette pagaille causée par vos idées tordues ! OK, j'admets que j'ai fini par me laisser prendre à votre jeu d'andouille, mais l'idée à retenir, c'est que vous n'êtes pas facile à apprécier.

Les livres, l'écriture, ce n'est pas mon truc. Moi, ce que j'aime, c'est l'extérieur, l'espace, les activités physiques. Quand j'étais enfant, je passais le plus clair de mon temps dehors, à courir avec mes frères, à faire du vélo, à grimper aux arbres. Mais c'était vraiment la course à pied que je préférais. J'étais rapide. Jamais fatiguée.

Le problème, quand on est une fille née en 1928, c'est que l'on n'attend pas de vous que vous fassiez de la course à pied.

À dix-sept ans, j'étais mariée. Et mon mari, ce grand con, avait lui aussi d'autres projets que la course pour moi. Il m'a fait six enfants, et m'en aurait encore collé deux ou trois de plus si mon dernier accouchement n'avait pas été un bain de sang. J'ai donc passé la majeure partie de ma vie à cuisiner pour cette smala, à me crever le cul pour satisfaire tout le monde, à jouer les parfaites femmes d'intérieur alors que je détestais cela.

Mon salut, ça a été la mort de mon mari, en 1975. J'ai vendu notre maison, j'ai pris mes cliques et mes claques, et je suis partie courir le monde, enfin ! Bolivie, Canada, Argentine, Serbie, Chypre, Madagascar, Finlande, Croatie, Brésil. Le moins que l'on puisse dire, c'est que j'ai rattrapé le temps perdu.

Mes enfants ont eu beaucoup de mal à l'accepter. Eux aussi attendaient des choses de ma part. Que je reste à la maison, que je joue les veuves éplorées, les mamies gâteau. Mais c'était à mon tour de vivre. C'était ma chance, et je ne voulais pas la laisser passer cette fois.

Même chose au moment où j'ai dû reposer mes valises en France, quand l'âge a commencé à se faire sentir. Ma fille aînée aurait aimé que je vienne m'installer chez elle, dans le Var. Mais j'avais goûté à l'indépendance, et il était hors de question d'y renoncer. La résidence a été le bon compromis pour que mes mômes arrêtent de me casser les pieds. Ils sont rassurés, et moi, je fais ce que je veux. À peu près.

Tout cela pour dire, je n'aime pas écrire. J'ai autre chose à foutre. Mais votre jeu, là, c'est finalement assez marrant. Surtout que j'ai réussi à souffler quelques indices au nez et à la barbe des sœurs Monchat (et ce n'est pas qu'une expression, Cassandre a quelques poils de barbe, même si elle refuse de l'admettre) et ça, j'adore.

Si vous voulez mon avis, c'est un des membres du groupe de jazz qui vous a buté.

Bref, vous n'êtes pas si tarte que ça, et j'espère que vous resterez avec nous, même quand votre roman sera terminé. Et que vous dézinguerez la Marconi dans votre prochain jeu de piste.

À la revoyure,

Thérèse Dussol

P.-S. : Bougez plus rapidement votre cul du milieu de la route, ou faudra pas vous étonner que je vous pète une cheville un jour. La route, ce n'est pas pour les mauviettes.

P.P.-S. : Je glisse cette lettre sous votre porte plutôt que de vous la donner pendant l'atelier, je ne voudrais pas que ces vieux couillons pensent que je fayote. Je tiens à ce que l'on me respecte.

Je sursautai lorsque le téléphone fixe sonna.

Coincé sur un guéridon, entre le meuble télé et la fenêtre, je n'avais jamais prêté attention à cet appareil, pas plus que je ne prêtais désormais attention à mon propre téléphone portable. Zoélie savait que si elle me cherchait, j'étais dans la maison ou à la cafétéria, et il était vrai que depuis qu'elle était entrée dans ma vie, mes appels quotidiens à ma sœur Clara s'étaient espacés.

Je fus encore plus surpris en décrochant d'avoir tante Agatha au bout du fil.

J'avais bien essayé de la joindre, en vain, à mon arrivée aux Impatients, lorsque j'avais découvert qu'elle m'avait enrôlé pour l'atelier d'écriture, mais tante Agatha et sa sœur étaient parties en voyage organisé vers le Portugal. Au fil des semaines, j'avais presque oublié que la maison dans laquelle je vivais était en réalité la sienne, qu'elle voudrait un jour récupérer son logement et ses voisins zinzins, et qu'il me faudrait envisager de retrouver les miens à Paris.

Tante Agatha avait appris pour la crise de Marthe, mais ne voulait pas se fier aux informations qu'elle avait obtenues de Cassandre et Maryse. Elle avait raison. L'aînée des sœurs Monchat lui avait décrit une scène digne de *Carrie au bal du diable*. La version de Maryse, elle, était influencée par *L'Exorciste*. J'assurai donc à ma tante que Marthe ne s'était pas mise à tourner sur elle-même au milieu de la salle en faisant voler les tables de la cafétéria, et que nous étions tous rentrés chez nous sains et saufs, quoique un peu secoués.

Je profitai de cet appel pour aborder le sujet de l'atelier d'écriture. Je ne comptais pas lui adresser des reproches quant à son initiative, comme cela avait été mon intention quelques semaines plus tôt. J'étais simplement curieux de savoir ce qui avait pu lui donner cette idée que j'avais trouvée si saugrenue au départ.

La réponse qu'elle me fit me laissa sans voix.

Une fois le téléphone raccroché, je pris ma veste et sortis en vitesse.

Quelqu'un me devait une explication.

En temps normal, jamais je n'aurais osé faire irruption de la sorte pendant une réunion à laquelle je n'étais pas convié, mais ce que je venais d'apprendre me conférait le droit de ne pas respecter les règles de politesse élémentaires.

Une bonne partie des résidents et du personnel était rassemblée pour la présentation des sorties du trimestre à venir dans l'auditorium. Enfin, c'était le nom que l'on donnait à cette pièce, plus petite que la cafétéria, légèrement arrondie, mais pourvue d'une estrade sur laquelle Adèle Marconi était en train de faire son speech sur fond de PowerPoint garni de photographies criardes.

Je m'avançai dans l'allée centrale. La directrice s'aperçut de ma présence, mais continua de discourir.

— Au début du mois de juillet, nous vous proposerons d'aller découvrir le jardin botanique de

Merleveule, un régal pour les yeux et pour les narines !

Je me plantai au bout de l'allée, les bras croisés sur ma poitrine. Je la fixai. Elle me regarda alors, l'air un peu interloqué, semblant percevoir un malaise. Mais la directrice en elle ne comptait pas se laisser désarçonner.

— Et bien évidemment, s'il est toujours parmi nous au trimestre prochain, ceux qui ne l'ont pas encore fait pourront découvrir l'atelier d'écriture dispensé par monsieur Edgar Olin, ici présent ! lança Adèle Marconi en me désignant.

— Puisque vous abordez le sujet, pourquoi avoir inventé cette histoire d'atelier ?

— Je n'invente rien, monsieur Olin, c'est vous qui inventez, c'est votre métier, il me semble, répondit-elle sans se déboulonner, même si je crus percevoir un léger rictus nerveux à la commissure de ses lèvres.

— Ne jouez pas à ce petit jeu, Marconi ! lui intimai-je, me prenant tout à coup pour l'inspecteur Harry, même si ma prestation tenait plus de Julie Lescaut. Je viens d'avoir ma tante au téléphone. Elle ne vous a jamais proposé mes services pour animer l'atelier d'écriture !

Adèle Marconi prit un air pincé.

— Monsieur Olin, votre tante est très gentille, mais elle est âgée. Elle a peut-être oublié que nous avions eu cette conversation. Ou peut-être qu'elle avait peur que vous ne la réprimandiez pour son initiative.

— Ma tante a planqué des résistants pendant la guerre, vous ne pensez pas sérieusement qu'elle aurait peur de son neveu écrivain ?

— Athéna n'a peur de rien ! cria Marthe depuis le deuxième rang.

— C'est Agatha, pauvre clo..., corrigea Thérèse Dussol avec véhémence avant de se raviser. C'est Agatha. Et effectivement, c'est une dure à cuire, elle n'aurait pas la trouille d'une demi-portion comme lui ! Elle n'a même pas peur de moi !

Je ne relevai pas et continuai :

— Expliquez-vous, Marconi ! Pourquoi m'avoir servi cette histoire comme quoi il était interdit de prêter son logement, et que je devais obligatoirement devenir un membre du personnel pour séjourner ici ?!

— Il n'y a rien de tel dans le règlement, commenta monsieur Plomb.

— Alors ! Pourquoi ? redemandai-je.

— Oui, pourquoi ? s'exclamèrent de concert les sœurs Monchat.

— Pour vous forcer à rester ! lança la directrice, acculée. Puis elle se radoucit : J'avais peur que nos pensionnaires, aussi charmants soient-ils, ne vous fassent fuir avec leurs excentricités. Votre tante m'avait vanté votre grand sens du devoir, j'ai parié sur le fait que si vous étiez engagé dans un projet, vous ne partiriez pas !

— Mais quel était l'intérêt pour vous que je réside ici ? Je ne comprends vraiment pas !

— Jchu... jchuifa..., marmonna-t-elle dans la barbe qu'elle ne possédait pas.

— Hein?

— Jsuisunefan.

— On n'entend rien! éructa quelqu'un au fond de la salle.

— Parlez plus fort, madame Marconi, par pitié!

— Je suis une fan! cria la directrice. J'adore vos bouquins! capitula-t-elle. Je les ai tous lus. Deux fois. Trois fois pour certains.

— Et c'est elle qui rentre chez vous en votre absence! proclama alors Auguste Serdagne qui s'était levé et avait sorti son petit carnet noir d'un air triomphal.

— Quoi?! rugis-je.

— Et elle couche avec Ugo le maître-nageur! ajouta le vieux militaire, jubilant toujours.

— Monsieur Serdagne! s'indigna Adèle Marconi.

— Mon Dieu! crièrent en chœur Cassandre et Maryse.

— On a le droit de coucher avec Ugo? demanda Marthe.

— Apparemment! s'exclama monsieur Plomb.

— Personnellement, je n'ai pas très envie, fit remarquer Octave.

— Cet établissement n'est plus ce qu'il était! continua monsieur Plomb.

— On peut revenir à mon problème?

— Attendez! coupa le colonel en montant sur l'estrade. Je n'ai pas passé des semaines à filer la Marconi pour que vous me priviez de mes grandes révélations ! J'ai mené deux enquêtes en parallèle, moi ! J'ai des trucs à dire !

— Monsieur Serdagne, ce n'est vraiment pas nécessaire, tenta la directrice.

— Oh si ! exulta Marthe. On se croirait dans *Columbo* !

— Columbo, il est sexy ! Je lui enlèverais bien son imper ! avoua Maryse.

— Mesdames, on se concentre, s'il vous plaît ! J'aimerais beaucoup entendre ce que le colonel a découvert, dis-je en m'asseyant au premier rang à côté de monsieur Plomb.

Le colonel se planta au milieu de l'estrade, calepin en main, forçant instinctivement Adèle Marconi à se dégager vers la gauche. Elle n'en menait pas large, mais je n'en avais rien à faire.

Quand, au téléphone, tante Agatha m'avait juré ne pas être au courant de cette affaire d'atelier, j'avais compris sur-le-champ que la Marconi m'avait enrôlé de sa propre initiative. Mais le pourquoi m'échappait. Il y avait pléthore d'activités aux Impatients, et même si mon atelier avait désormais son petit succès, ce n'était pas une chose dont on pouvait gager au commencement. Ma présence n'était en rien indispensable.

Lorsque j'étais arrivé à l'accueil, décidé à faire irruption dans le bureau de la directrice en ouvrant la porte avec fracas, Sacha (ou Ingrid, je n'avais pas cherché à savoir) m'avait rappelé qu'elle était dans l'auditorium avec les résidents.

Je me fichais du public, de ce que pourraient penser les pensionnaires. Je voulais des réponses, et que l'on arrête de me prendre pour une quiche.

— Peu de temps après l'emménagement d'Olin dans la résidence, commença le colonel, j'ai noté que notre chère directrice était souvent aux abords de son logement. Je garde toujours Marconi à l'œil, question de principe. Je suis plus furtif qu'un renard, donc elle n'a jamais remarqué ma présence sur ses talons.

La directrice acquiesça, déconfite.

Auguste continua son récit :

— Lorsque je l'ai vue rentrer une première fois chez l'écrivain, il venait juste de partir prendre son petit café du matin. J'ai trouvé ça louche. Elle est restée quatre minutes à l'intérieur avant de ressortir. Je me suis dit que je tenais un truc. Le lendemain, à la même heure, je me suis posté à proximité. Rebelote ! Marconi a regardé à droite puis à gauche, et s'est engouffrée dans la baraque, par la porte du patio. Cette fois, elle est restée onze minutes. Seize le lendemain. Et cela a continué ! Pas forcément le matin, d'ailleurs. Mais à chaque fois elle attendait quelques minutes après qu'Olin était parti pour pénétrer à l'intérieur. Plus les jours passaient, plus elle restait longtemps. Ce qui me turlupinait, c'était de ne pas savoir ce qu'elle fichait dedans ! Impossible de voir avec ces foutus rideaux ! Pourtant, je devais découvrir ce qu'elle trafiquait ! Alors – Auguste sembla hésiter un instant – alors, je suis entré à mon tour !

— Mais ce n'est pas possible, cette manie que vous avez tous de vouloir entrer chez moi !

— Hé oh ! J'avais la clé ! rétorqua le colonel. Ma propre clé ! Pas une de celles qui sont cachées sous les nains et que tout le monde utilise ! Vous comprenez, votre tante et moi, il nous arrive de fricoter de temps à autre, alors elle m'a laissé une clé, c'est plus commode quand on a envie de...

— Stop ! Auguste, je ne veux rien savoir ! le coupai-je.

J'avais envie de passer la chambre au napalm dès cette réunion achevée, ainsi que le canapé, par sécurité.

— Oui, oui, je m'égare, pardon ! Bref, je suis rentré, et j'ai essayé de comprendre ce que Marconi pouvait bien fiche chez Olin. J'ai cherché si elle avait planqué des micros ou des caméras, on ne sait jamais, mais rien ! Je me suis dit : « Si ça se trouve, c'est une folle, comme dans les films, elle vient pour renifler les sous-vêtements d'Olin ! »

— C'est dégoûtant ! lança Marthe.

— Mais enfin, monsieur Serdagne ! s'emporta Adèle Marconi. Pour qui me prenez-vous ?

— Pour une femme qui nous fait la morale en permanence alors que derrière, c'est pas joli-joli ! Bon, je termine ! Je suis resté un moment comme un couillon au milieu du salon, jusqu'à ce que je voie la pile de feuilles sur la table, près de l'ordinateur ! C'est là que j'ai fait le lien ! Voilà l'avantage de laisser ses yeux et ses oreilles traîner partout ! L'année dernière, j'avais croisé Marconi à la librairie du centre. J'étais en train d'acheter un bouquin sur la guerre de Sécession. Elle était au comptoir et martyrisait la pauvre libraire : « Le dernier roman d'Edgar Olin sort le 22 février ! Le 22, pas le 23 ! Je tiens à l'avoir le jour même à l'ouverture ! C'est bien compris, j'espère ! » À l'époque, j'vous connaissais pas, Olin, je me suis dit qu'elle venait commander une connerie à l'eau de rose pour égayer un peu ses soirées d'hiver !

Adèle Marconi leva les yeux au ciel.

— Et puis, avant de partir dans le Sud, votre tante m'a dit que Marconi n'avait pas arrêté de lui poser des questions sur vous. C'est donc en rapprochant tous ces éléments que j'ai compris qu'elle rentrait pour lire votre bouquin avant tout le monde !

— Elle ne s'est pas contentée de lire, elle a aussi corrigé mon roman ! fis-je remarquer.

— C'est scandaleux ! tonitrua monsieur Plomb. Quel manque de respect pour la vie privée ! J'ai grande envie de déménager !

— Ce n'est qu'un malentendu, je vous assure !

— Vous n'avez rien fait de tout cela, peut-être ? répliquai-je.

— Si, mais ce n'était pas prévu ! Au départ, expliqua la directrice en revenant vers le centre de l'estrade, j'étais simplement curieuse de voir comment travaillait mon écrivain préféré ! Est-ce que vous colliez des Post-it partout, est-ce que vous aviez un grand tableau récapitulatif ? Je voulais juste jeter un coup d'œil ! La première fois que je suis entrée, mon cœur battait si vite que je n'ai pas pu rester ! J'avais peur que vous reveniez, ou que quelqu'un me surprenne lorsque je sortirais. Mais il n'y avait personne. Du moins, c'est ce que je croyais, ajouta la directrice en montrant le colonel d'un mouvement du menton. Alors je me suis introduite de nouveau le lendemain, un peu plus longtemps. Et c'est là que j'ai vu votre carnet sur la table. J'ai pensé qu'il n'y avait pas de mal à jeter un coup d'œil. Je ne comptais le faire qu'une seule fois, mais ma curiosité l'a emporté. Je suis encore revenue. Puis un jour, vous aviez imprimé les premiers chapitres ! C'était trop tentant ! J'ai commencé à lire, et j'ai été totalement happée ! Le soir, seule chez moi, je n'ai pensé qu'à cela, à la suite ! D'habitude, lorsque j'ai un de vos romans entre les mains, j'ai toute la nuit devant moi pour le savourer. Là, je devais attendre, c'était intenable !

Je pouvais comprendre cela. Avant d'être un écrivain, j'étais un lecteur. Et comme tout lecteur, j'avais moi aussi piaffé d'impatience en attendant la sortie du nouveau roman d'un auteur aimé. J'avais lu jusqu'aux premières heures du matin. J'avais racheté en vitesse un nouvel exemplaire d'un roman commencé mais oublié dans un train. Collectionné les éditions du *Chien des Baskerville*, en français comme en anglais. Fait celui qui n'entend pas le téléphone sonner pour continuer à lire. Râlé d'avoir accepté une invitation à boire un verre alors que j'étais plongé dans un roman formidable. Et laissé cramer pas mal de plats surgelés pour ne pas lâcher un chapitre palpitant. Oui, je comprenais, j'avais fait toutes ces choses. Je les faisais encore.

Mais cela n'expliquait pas quelle mouche avait piqué Adèle Marconi pour qu'elle se mette à corriger mon texte.

— Sans vouloir vous vexer, chère directrice, lançai-je, narquois, je ne vous imaginais pas téméraire au point de vous amuser à jouer les éditrices avec mon manuscrit, révélant de fait votre intrusion. Vous avez même écrit dans mon carnet !

— J'avoue que je me suis surprise, moi aussi, gloussa-t-elle. Je me suis laissée emporter ! Je savais que vous aviez du mal à avancer dans votre texte, alors je me suis dit que, peut-être, avec un petit coup de pouce, vous retrouveriez l'inspiration. J'ai pensé que le pire que je risquais alors, c'était que vous veniez vous plaindre que quelqu'un était entré, auquel cas j'aurais tout arrêté.

— Mais je n'ai rien dit, admis-je.

— J'ai songé que vous aviez compris que tout cela était bienveillant ! Je voulais vous aider, d'autant que je me sentais responsable de votre baisse de régime : l'atelier d'écriture vous demandait du temps, et les résidents étaient toujours dans vos pattes !

— Cela va être notre faute, maintenant ! s'écria Thérèse Dussol.

— Ce n'est pas ce que j'ai dit, madame Dussol ! Mais force est de constater qu'entre votre petit groupe réclamant un second atelier dans la semaine, et son histoire d'amour avec mademoiselle Desforêts, cela ne laissait que peu de temps à monsieur Olin pour se concentrer !

— Il trouve quand même du temps pour nous, même quand il est avec Zoélie, nota fièrement Maryse.

— On le voit d'ailleurs plus souvent avec vous et votre sœur, ou avec le juke-box ambulant, qu'en train d'écrire, fit remarquer une femme que je ne connaissais que de vue.

— Pas étonnant que son roman n'avance pas ! ajouta la vieille dame assise à côté d'elle.

— Oh, vous, les morues du Cap-Ferret, on vous a pas sonnées ! leur asséna Cassandre.

— Tu veux goûter de sa nageoire, à la morue ?!

— Mesdames, du calme ! cria Adèle Marconi.

— V'la que « l'espionne qui l'aimait » se remet à jouer les gendarmes !

— Stoooooooop ! hurlai-je.

J'en avais assez. Assez des cris, assez des conversations qui partaient tellement en sucette qu'on aurait pu ouvrir trois confiseries, assez d'être pris pour un imbécile, assez d'être trop gentil. Depuis mon arrivée aux Impatients, j'avais laissé tout le monde grignoter mon temps, sur la base d'un mensonge sorti de l'esprit d'une lectrice dérangée. Le problème, c'est qu'ils étaient tous aussi frappés les uns que les autres, de la directrice aux pensionnaires, en passant par ces insupportables jumelles que personne n'était fichu de différencier ! Ce n'était pas une résidence pour seniors, c'était un asile, et j'étais probablement le plus timbré de tous d'être resté de mon plein gré pour essayer d'écrire dans le calme. Je n'avais jamais été au calme, ma baraque était un hall de gare, et j'aurais été plus tranquille à écrire sur le quai de la ligne 4 à Châtelet qu'au milieu de ces tarés plissés.

Je crois que c'était en substance ce que j'avais dit. Ça et :

— De toute façon, j'en ai ras-le-gaufrier de ce roman ! Corrigé ou pas, il me sort par les yeux ! J'en ai ma claque du polar, ma claque des enquêtes, et ma claque d'Anna ! Je vais la buter ! Je vais la faire mourir dans une bicoque en feu, ou dans l'explosion d'une usine de tampons hygiéniques ! Ça, c'est un truc auquel personne ne s'attendra ! Comme ça, j'aurai enfin la paix, je partirai vendre des beignets à la pomme sur la plage, et je n'entendrai plus jamais personne me demander « Alors, ton roman, ça avance ? », voilà !

Il y eut un silence que l'on n'avait jamais entendu aux Impatients.

Les résidents me regardaient, se regardaient, mais personne ne pipait mot. Adèle Marconi sautillait d'une jambe sur l'autre comme un enfant qui a envie de faire pipi, tandis que le colonel Serdagne faisait défiler les pages de son petit carnet pour se donner une contenance.

— Si tu fais vraiment tout ce que tu viens d'énoncer, on va avoir un problème, toi et moi, lança une voix venue du fond de la salle.

Je me retournai.

Max se trouvait dans l'encadrement de la porte.

Max était aux Impatients.

Extrait du journal de Marnie

Même si je ne participe pas à son jeu pour vieux gagas, moi aussi je tiens un journal de bord de tout ce qui se passe ici. Je me dis que ça peut servir de preuve si un jour j'ai un truc à demander à quelqu'un. Parce que je connais quand même pas mal de leurs petits secrets, à force de traîner chez les uns et les autres pendant que ma mère leur pique le derrière. Ce n'est pas que je veuille les faire chanter – je sais très bien que c'est mal – mais cela peut être utile pour ouvrir les négociations. Comme lorsque cette peste de Valentine Mougin a pris les craies de la maîtresse. Je l'ai vue faire, je n'ai rien dit, même quand madame Fridon a menacé de punir toute la classe, j'ai pas moufté. Par contre, je me suis servie de l'information pour négocier avec Valentine qu'elle me donne sa Danette au chocolat à la cantine. Et j'ai mangé deux desserts.

Je crois que si je ne deviens pas dessinatrice, je pourrais devenir négociatrice. Je suis douée pour ça.

Ou alors j'écrirai des livres.

Edgar, il n'a pas l'air de beaucoup travailler (bon, d'accord, j'ai vu ses romans dans la bibliothèque de la résidence, et c'est vrai qu'ils sont quand même assez gros) et il a le droit d'organiser des jeux en même temps. Et puis cela doit être bien d'inventer des histoires tout le temps, d'écrire ce que l'on veut, sans que personne vienne nous noter dans la marge « Cela n'a absolument pas de sens, Marnie ! » ou « Même si c'est ta rédaction, j'espère que tu sais qu'il faut prévenir ta mère si tu vois une personne entrer chez tes voisins sans permission ! ». Je déteste madame Fridon.

Edgar, lui, il dit que quand on crée quelque chose, rien n'est interdit ou impossible.

Je l'embête tout le temps, mais je l'aime bien quand même. J'espère qu'il ne va pas nous laisser pour retourner à Paris qui pue.

L'IRRUPTION de Max avait fini de semer une pagaille rare dans l'auditorium. En apprenant qu'il était mon éditeur, Cassandre et Maryse s'étaient levées de leurs sièges en vitesse, malgré leurs hanches en plastoc, et s'étaient accrochées à chacun de ses bras. Le colonel le trouvait suspect et voulait le faire passer au détecteur de mensonges (toute cette affaire l'avait rendu un peu paranoïaque), Marthe s'était mise à chanter *Born to Be Wild* en tournant sur elle-même et Adèle Marconi, bien contente de ne plus être au centre de l'attention, avait ajourné la réunion sous les huées d'une partie des résidents, furieux de ne pas savoir si l'exposition de leurs travaux de poterie aurait bien lieu en juin.

— Ces gens sont complètement dingues ! Et vieux ! On se croirait dans un film de Romero !

— Au fait, comment tu m'as trouvé ? demandai-je à Max en refermant la porte de la maison.

— Une gamine très malpolie a répondu à ton téléphone ! Après avoir refusé de décliner son identité parce que j'étais un inconnu, elle m'a dit d'aller me faire cuire un œuf, que tu étais très bien aux Impatients et que tu ne rentrerais jamais à Paris ! Depuis quand tu fréquentes des enfants, d'ailleurs ?

— C'est une longue histoire.

— Bref, j'ai encore essayé de faire parler cette gosse, mais elle a roté et m'a raccroché au nez ! Du coup, j'ai passé des lustres sur internet pour découvrir ce que pouvaient être ces « Impatients ». Après quelques appels, il ne restait que ce lieu et un sex-shop à la frontière allemande. Et crois-moi, j'aurais vraiment préféré que tu aies trouvé refuge là-bas ! Mais qu'est-ce que tu es allé foutre dans ce trou ? Bref, j'ai appelé à l'accueil, et quand la fille a refusé de répondre à mes questions « par respect pour la vie privée des pensionnaires », j'ai su, même si j'étais sur le cul, que tu étais là. Ceci dit, le voir, c'est autre chose ! T'es malade ? T'es en dépression ? Non, mais regarde un peu la déco ! dit-il en indiquant une broderie au point de croix représentant une chèvre, debout sur le dos d'un âne, entourés de poussins, qui ornait un mur du salon.

— Max, jc vais bien.

— Parce que ce n'est pas grave, tu sais, je connais des cliniques géniales, avec minibar et service de chambre, où tu pourrais entrer en toute discrétion ! Personne ne te jugera !

— Max, je t'assure, je n'ai pas de problèmes ! Je voulais juste être au calme, bosser tranquille ! J'suis bien ici !

— Au club du troisième âge de Mon Cul sur le Fauteuil Roulant en Campagne ? lança Max avec ironie.

— T'as décidé de rien comprendre, de toute façon ! répondis-je, avec une intonation que Marnie aurait pu employer.

— Comment je suis censé comprendre ? Tu t'es barré depuis des semaines sans donner signe de vie ! J'ai des talents, mais je ne suis pas devin !

Il n'avait pas tort. J'avais fait le mort, le forçant à sortir de Paris, ce qui n'était probablement pas arrivé depuis les années 1990.

Tout d'un coup très las, je m'assis sur le canapé. Max fit de même, sans me quitter des yeux. Je me mis à lui raconter. Le bruit, l'appart, l'impression d'étouffer et de n'arriver à rien. Le mail de tante Agatha, et mon installation aux Impatients. L'atelier d'écriture, comment j'avais été piégé par Adèle Marconi, qui s'était ensuite improvisée éditrice en sous-marin. Zoélie. Je lui racontai surtout les gens que j'avais rencontrés ici. Mes Impatients. Maryse et Cassandre. Monsieur Plomb et son compère Octave. Les enquêtes du colonel. Marthe. Son malaise, sa folie. Notre douleur. Et à mesure que je racontais, tout devint très clair dans mon esprit.

Zoélie avait raison. Je ne pouvais pas sauver tout le monde.

Je ne pouvais pas sauver Marthe. Non. Mais je pouvais sauver sa mémoire. Leurs mémoires à tous.

J'écrivais pour cela. J'écrivais pour combattre l'oubli et l'absence. J'écrivais contre le temps qui passe. J'écrivais pour que l'histoire, les histoires, même celles d'inconnus comme Marthe Mélodie, les petites, les grandes, laissent une trace. Une trace de notre passage sur terre, même éphémère, une trace de ceux que nous étions, de ce qui nous animait, de ce qui nous faisait vibrer. Une trace de ceux que nous avions aimés. J'écrivais pour cela. Il m'avait fallu venir vivre aux Impatients pour le comprendre.

Je ne pouvais pas sauver Marthe. Mais je n'allais pas la laisser disparaître.

À mesure que je parlais à Max, mon projet prit forme. Un livre. Un livre qui regrouperait les textes que les Impatients avaient écrits. Leurs petits mots barrés, leurs lettres, les portraits, les rapports d'enquête qui partaient dans tous les sens, comme une mosaïque, colorée, pleine d'énergie. Un livre qui serait très loin de mes romans policiers, mais un livre qui me tenait vraiment à cœur, comme c'était le cas lorsque j'avais commencé à écrire l'histoire d'Anna. Je prenais pleinement conscience de la page qui était en train de se tourner dans ma carrière. J'avais encore des choses à dire. Le ton, la forme seraient simplement différents.

— Regarde, dis-je en m'avançant vers mon bureau, j'ai tous ces textes, des dizaines et des dizaines de pages. Alors ce n'est peut-être pas de la littérature, ça ne gagnera pas de prix prestigieux, mais c'est drôle, c'est touchant !

Max jeta un œil à la pile de feuilles que je venais de lui tendre en haussant les sourcils. Je voyais bien qu'il était loin d'être emballé par l'idée.

— Je te l'accorde, ces textes sont foutraques, incohérents parfois, mais ils ont une qualité rare : ils sont authentiques !

— L'authenticité, c'est surfait. Et puis qu'est-ce que tu veux que j'en fasse, des textes de tes vieux ? J'édite des romans policiers !

— Rien ne t'empêche de créer une subdivision au sein de ta maison !

— Et tu ne veux pas que j'ouvre une crêperie pendant qu'on y est ?!

— Max, je suis prêt à mettre mes propres deniers dans ce projet ! Avec ou sans toi, ce livre paraîtra ! Mais je préférerais le faire avec toi.

J'étais sincère. Max était un casse-burnes de première catégorie, mais c'était mon meilleur ami. Je ne me voyais pas me lancer dans cette folle aventure sans lui à mes côtés.

Max souffla, dépité.

— On va en vendre douze, tu en es conscient ?

— Treize. Tu as oublié de compter ta mère, elle m'adore.

— Quatorze, dit Marnie en sortant de la salle de bains.

Évidemment, je ne savais pas qu'elle était là.

— Mais faudra pas qu'il coûte plus de six euros, parce que j'ai utilisé tout mon argent de poche pour acheter des boules puantes.

— Marnie, qu'est-ce que tu fiches là ? demandai-je sans même m'énerver.

— Je prenais un bain. On n'a qu'une douche à la maison. D'ailleurs, t'as plus de savon, je l'ai fini.

— Pourquoi y a une gosse chez toi ? s'étonna Max.

Lorsque Marnie était entrée dans la pièce, Max avait eu un mouvement de recul, comme s'il s'était retrouvé face à une panthère échappée d'un zoo. Visiblement, il ne détestait pas seulement les enfants. Il en avait peur.

— Longue histoire, là encore. Mais, Max, laisse-moi te présenter celle qui va illustrer le bouquin, la talentueuse Marnie !

Parce que dès que j'avais parlé de mon projet à Max, il était évident que les dessins de Marnie auraient toute leur place dans ce livre.

— Impossible. Elle a quatre ans.

— Hé ! T'as des crottes de nez dans les yeux ou quoi ? rétorqua Marnie.

— Elle ! s'exclama Max en la montrant du doigt comme si je ne la voyais pas. C'est elle, la petite peste du téléphone !

Il la regardait désormais comme un lézard qu'il fallait absolument faire sortir de la pièce.

— Toi, je t'aime pas du tout, dit Marnie sans hausser le ton mais avec des yeux assassins.

La dernière fois qu'elle m'avait lancé un tel regard, je venais de lui suggérer que manger une quatrième chocolatine n'était peut-être pas judicieux. Elle en avait mangé six et moi j'avais fermé ma gueule.

Max tendit ses deux bras vers l'avant, paumes ouvertes, essayant de cacher Marnie de sa vue.

— Edgar, si tu es retenu ici contre ta volonté, il est encore temps de cligner des yeux !

Les Impatients me retenaient, oui. Mais j'étais leur otage volontaire.

Qu'importe la supercherie inventée par la Marconi, qu'importe mon besoin de calme, j'aurais pu partir si je l'avais vraiment souhaité. Pourtant j'étais resté.

J'étais resté parce que je m'amusais follement, dans ce joyeux bordel. J'étais resté parce que je m'étais attaché à cette bande de doux dingues envahissants et bruyants. J'étais resté parce que, pour la première fois de ma vie, moi qui m'étais toujours tenu à l'écart du monde, qui avais vécu plus entouré par des personnages sortis de mon imagination que par des êtres de chair et de sang, j'avais trouvé chez l'Autre, chez eux, un port d'attache. Un endroit où la fantaisie, l'imagination pouvaient faire partie intégrante du quotidien.

Et puis il y avait Zoélie. Elle était l'équilibre, elle apportait un peu de sagesse à nos déraisons, et j'aurais sans doute été plus enclin à repartir si je ne l'avais pas rencontrée. Quand j'entendais sa voiture, dont je reconnaissais désormais parfaitement le bruit du moteur, avancer dans la rue, j'avais l'impression d'être un de ces mômes des vieux films américains, lorsque le camion du glacier arrivait. Je savais aussi qu'il me faudrait patienter jusqu'à la fin de sa tournée pour enfin la voir, mais ces heures passées à l'attendre, excité, étaient des moments d'une intensité que je n'avais jamais connue jusqu'alors.

J'étais un type heureux. Habitant dans une résidence pour seniors.

Un type heureux qui avait néanmoins un compte à régler.

— Aïe ! Ma main !

— Désolé !

— Pour un mec aussi maigrelet, vous pesez quand même votre poids, Olin ! nota le colonel tandis que je prenais appui sur son épaule.

— Faites pas votre chochotte ! lui lança Thérèse Dussol, qui supportait l'autre moitié de mon corps.

— Vous m'expliquez pourquoi on a fait appel à elle ? s'agaça le colonel.

— Beh, vous, vous ne pouvez pas saquer Marconi, et elle, elle est sans scrupules ! Et puis quoi, ce n'est pas votre nouvelle meilleure copine ?

— Peut-être, mais les effractions, ce n'est pas un truc pour les femmes !

— Pas pour les femmes ?! s'emporta la Dussol. Vous me prenez pour qui ? Au Pakistan, je me suis sortie de situations dans lesquelles vous auriez mouillé votre calbut, vieux planqué !

— Vieux planqué ! Vieux planqué ! s'offusqua le colonel. J'ai fait le Vietnam, moi, madame !

— Vous pourriez arrêter de vous chamailler ? Quand vous vous énervez, ça me fait bouger ! soufflai-je, alors que mes jambes commençaient à tétaniser.

— Et moi, je suis là pour quoi ? demanda Max, dont nous avions oublié la présence.

— Toi, je ne pouvais pas te laisser à la maison sans surveillance ! Si un vieux ou un môme était rentré, tu aurais appelé les pompiers ! Passe-moi le pied-de-biche, ça t'occupera ! dis-je, alors que j'avais enfin atteint l'appui de fenêtre sans me péter les dents de devant.

Je n'aurais jamais pensé qu'écrire sur des criminels me conduirait à en devenir un moi-même, et encore moins que deux retraités cinglés deviendraient mes acolytes.

— Vous êtes sûrs qu'il n'y a personne aux alentours, m'assurai-je, avant de m'attaquer à la fenêtre coulissante avec le pied-de-biche, aussi à l'aise qu'une mouette avec une paire de ciseaux.

— La voie est libre ! confirma Auguste.

— De toute façon, s'il y en a un qui se radine, je l'assomme avec ma pelle ! lança la Dussol.

— Mais pourquoi est-ce que vous avez pris une pelle ? s'enquit Max, chez qui je pouvais percevoir des signes de nervosité malgré l'obscurité.

— Pour assommer les badauds, je viens de le dire ! Il ne comprend vraiment rien votre pote, l'écrivain !

— Pardonnez-moi de ne pas être un délinquant notoire ! s'agaça Max.

— Du calme ! C'est bon, j'ai ouvert, dis-je.

J'étais étonné d'y être arrivé. C'était la partie du plan qui me paraissait la plus hasardeuse, même si le reste n'était pas plus judicieux à bien y réfléchir.

— Vous pouvez tous y aller. Au moins, si cela tourne mal, je serai le seul incriminé.

— Je fais quoi, moi, en t'attendant ? demanda Max.

— Vous, le Parisien, vous venez avec nous ! l'invita le colonel. On va boire une petite goutte, ça vous fera du bien ! Dans mon bataillon, on soignait la fébrilité à grands coups de gnole ! Croyez-moi, y avait rien de tel !

— Edgar, tu es sûr que c'est une bonne idée ?

Difficile de savoir s'il parlait de toute cette entreprise ou du fait d'aller picoler avec Serdagne. Mon ami éditeur n'était vraiment pas épargné ce soir.

— Je n'en sais rien, Max, mais je dois le faire. Je vous retrouve chez Auguste quand tout est fini.

À vrai dire, je ne savais pas trop comment cela allait finir.

Lorsque la lumière s'alluma, elle sursauta en me voyant.

— Bonsoir, madame Marconi, annonçai-je, avec une voix rauque, qui, je l'espérais, me donnait la même aura intrigante que le docteur Gang dans *Inspecteur Gadget*. J'aurais bien aimé avoir un gros chat à caresser sur les genoux pour compléter ma posture de génie du mal.

— Monsieur Olin, qu'est-ce que vous faites dans mon salon ? interrogea la directrice, mal à l'aise.

— Vous pensiez être la seule à pouvoir entrer par effraction chez les gens ?

— Je possède une clé de tous les logements, il ne s'agissait pas, à proprement parler, d'effractions, tenta Marconi.

— Cela vous va bien, de jouer sur les mots, après avoir lu les miens sans y être autorisée !

Adèle Marconi parut rendre les armes. Elle soupira, puis prit le temps de poser ses clés sur la table de salle à manger et d'ôter son manteau.

— Vous tenez vraiment à ce que l'on revienne là-dessus ? Je ne sais pas quoi vous dire de plus. J'ai mal agi. J'étais curieuse, un peu trop exaltée, j'en conviens. Mais je n'ai jamais voulu vous nuire.

Je me sentais bête. Après mon irruption à la réunion, et même si l'arrivée de Max avait temporisé mes élans, j'avais eu envie de rendre à Marconi la monnaie de sa pièce, et entrer chez les autres était une sorte de coutume locale aux Impatients. Pourtant, une fois dans son appartement, un coquet trois-pièces au-dessus de la bibliothèque, je m'étais retrouvé démuni. Je me voyais mal corriger ses factures de gaz ou fouiller dans ses tiroirs, au risque de tomber sur ses culottes et de passer pour un pervers. Alors je m'étais assis dans son fauteuil en velours, dans le noir, en essayant d'adopter une posture qui inspire le respect et la crainte, tout en priant les dieux des plans à la con pour que Marconi ne soit pas cardiaque. Et maintenant, j'étais censé faire quoi ? Lui passer un nouveau savon ? À quel dessein ? Je n'allais pas abandonner l'atelier d'écriture sous prétexte que je n'avais jamais été contraint de l'animer en premier lieu ni faire flamber les pages de mon roman que Marconi avait lues et annotées.

— Vous êtes un mystère, madame la directrice. Une de ces personnes que même une enquêtrice aussi perspicace qu'Anna aurait du mal à cerner.

— Suivez-moi, dit-elle. Vous comprendrez mieux.

Elle se dirigea vers une pièce sur sa gauche et ouvrit la porte en m'invitant à entrer.

Il s'agissait de sa chambre. C'est du moins ce que j'en déduisis en voyant un lit au milieu de la pièce. Mais le reste de la décoration me laissa pantois. Des livres. Des centaines de livres. Du sol au plafond. Dans des bibliothèques, sur des étagères, sur les tables de chevet, des piles au sol. En dehors de la fenêtre et du placard, il n'y avait pas une portion des pans de murs qui ne soit pas occupée par des livres. Adèle Marconi était une lectrice. Pas seulement de mes romans. Il y avait des classiques, des prix littéraires, des comédies, des thrillers, des poches et des brochés, de vieux exemplaires qui avaient dû connaître bien des brocantes, et quelques volumes de la Pléiade alignés avec soin. La chambre de Marconi devait contenir plus d'ouvrages que je n'en avais jamais possédés.

— Je suis sans voix, parvins-je à articuler après de longues secondes passées à contempler sa collection.

— Ma vie professionnelle se résume aux chiffres, à l'organisation. Il n'y a pas de poésie, pas de magie dans ce que je fais. Les livres sont ma parenthèse. Les vôtres, en particulier. Je suis fan d'Anna March depuis le premier tome, vous savez, expliqua-t-elle, d'un coup intimidée, ce que je trouvai touchant et flatteur. Alors quand vous êtes arrivé aux Impatients, j'ai vu l'opportunité de rendre le quotidien un peu plus joli. Pour moi, comme pour les pensionnaires. Mais j'ai dérapé au passage, et j'en suis vraiment désolée.

— Je ne suis pas prof, moi. Cela aurait pu être un fiasco total.

— Monsieur Olin, comme il serait parfois intéressant de pouvoir nous observer avec les yeux des autres ! dit-elle avec une douceur nouvelle. Appelez cela mon instinct de chef d'entreprise si vous le souhaitez, ou juste une intuition, mais je savais que vous étiez capable de leur apporter quelque chose en plus. Oui, c'était un drôle de pari, mais je n'ai jamais douté de votre succès. Dans vos interviews, vous vous décrivez comme solitaire et réservé. Mais j'ai eu la chance d'assister à plusieurs de vos rencontres en librairies ou lors de salons, même si je n'ai jamais osé vous aborder ensuite, j'étais trop intimidée. Vous êtes généreux, cela se voit tout de suite. Et vous avez toujours le mot pour rire. Ce sont les qualités que je recherche en priorité chez ceux qui interagissent avec mes pensionnaires.

J'étais un peu sonné par tant de compliments. La directrice avait perçu chez moi des aptitudes que je peinais à discerner. Je devais pourtant admettre que j'aimais ce rôle de chef d'orchestre du groupe des zinzins détectives. Je me sentais plus à ma place que face aux notices absurdes que je traduisais entre deux romans.

Adèle Marconi reprit :

— Je suis tatillon, et je ne suis pas quelqu'un de drôle ou de chaleureux. Mais j'aime vraiment mon travail, et je tiens à mes résidents. Je veux que leurs dernières années soient belles. Je l'admets, j'ai profité de la situation et je me suis laissée emporter par mon enthousiasme, mais je persiste, mes intentions n'étaient pas malsaines.

Je la croyais sans réserve. Ma perception était sans doute totalement biaisée, mais quelqu'un qui possédait autant de livres dans un si petit espace ne pouvait pas être mauvais.

J'étais cependant encore mal à l'aise en sa présence. Pour me donner une contenance, j'attrapai mon premier roman, placé avec ses frères sur une étagère à hauteur d'yeux. Même s'il avait été lu à plusieurs reprises, à en croire les marques d'usure, la directrice en avait visiblement pris soin.

— Il n'est pas dédicacé, notai-je.

— Malheureusement non, répondit Marconi, plus détendue.

— Vous avez un stylo ?

Assis à sa table de salle à manger, je n'eus pas à réfléchir longtemps avant de trouver les mots à inscrire.

À Adèle Marconi,
Directrice, lectrice, et espionne de talent.

La sonnette retentit alors que je lui tendais le livre.

— C'est Ugo, dit la Marconi en esquissant un sourire complice que je ne lui connaissais pas.

— Vous voulez que je ressorte par la fenêtre ?

— Passez par la porte. J'aimerais que nous évitions de faire revenir la docteure Dubuc. Et puis, le temps des secrets est révolu.

En me voyant dans l'entrée, Ugo sembla un peu surpris par ma présence. Je ne m'attardai pas à discuter. Max devait déjà être passablement éméché, et je n'avais pas envie de porter sa carcasse jusque chez moi.

Je souhaitai une bonne soirée à ce couple improbable et passai la porte. Avant qu'Adèle Marconi la referme, son éphèbe lança :

— Vous devriez venir au cours jeudi matin, l'écrivain. J'ai imaginé un nouvel exercice. On fera les alligators !

AVANT que Max reparte pour Paris, je l'avais rassuré. J'allais terminer mon roman. Je ne comptais pas tuer Anna. Mais j'avais en revanche été clair sur un point, ce tome serait le dernier de la série. Il était temps pour moi de passer à autre chose, d'écrire autre chose, d'autres histoires, d'autres vies. Mon livre sur les Impatients serait alors une heureuse transition, un pont entre deux étapes de ma carrière. Je ne savais pas encore ce que j'allais écrire par la suite. Des romans plus lumineux sans doute. Mais loin de m'angoisser, cette nouvelle page blanche me réjouissait.

Je devais me raccrocher à cette sensation, car, en ce qui concernait la santé de Marthe, les nouvelles étaient moins enthousiasmantes.

Sans déterminer de manière formelle de quel type de démence Marthe était atteinte, la spécialiste venue à la demande de la docteure Dubuc n'avait pu que confirmer le diagnostic préalable, et avait été claire sur le fait que l'impact de ses troubles sur les activités de la vie quotidienne n'irait pas en s'arrangeant. Des examens complémentaires seraient réalisés en clinique dans les jours à venir, mais il apparaissait clairement qu'il fallait dès aujourd'hui envisager une solution pour l'avenir de Marthe et sa sécurité.

Adèle Marconi, Zoélie et la docteure Dubuc, Parques de la résidence, s'étaient chargées d'expliquer les choses de manière paisible à Marthe. Elles abordèrent ce qui s'était produit pendant la fête. Zoélie m'assura que Marthe était restée très calme, et qu'elle avait parut saisir ce qui allait se jouer dans les semaines à venir. Chacune allait mobiliser son réseau de connaissances pour trouver à Marthe une place dans un établissement qui saurait prendre en charge sa pathologie. Elle ne serait pas seule, c'était promis. Elle pourrait toujours compter sur le personnel des Impatients pour l'aider et l'accompagner au mieux. Il ne fallait surtout pas qu'elle s'inquiète.

Marthe donna l'impression d'accepter la situation. Elle ne posa pas de questions, acquiesça, sembla sur le point de demander quelque chose, puis se ravisa. Mais avant que Zoélie parte, Marthe lui fit signe de patienter un instant. Elle sortit une feuille de papier et se mit à écrire. Puis elle glissa sa missive dans une enveloppe, et la donna à Zoélie, à mon intention.

J'en découvris le contenu avec émotion.

J'avais moi aussi un rôle à jouer dans la fin de l'histoire.

Cher monsieur Edgar,

Je sais que vous pensez tous que je perds complètement la tête, et d'après ce qu'aurait dit cette bêcheuse de spécialiste, c'est peut-être un peu le cas. Mais même si je mélange les mots et les idées comme une salade de fruits, je sais encore ce qui est important dans ce monde.

L'amour, monsieur Edgar, l'amour.

Cela peut sembler très bête dit comme ça, mais de quoi parlent toutes les chansons, même les grands tubes de hard rock, si ce n'est de cela ? De l'amour que l'on cherche, de l'amour que l'on perd, de celui que l'on espère. L'amour et rien d'autre.

Je n'ai pas toujours été aimée comme il le fallait par les hommes, et je n'ai sans doute pas aimé ma fille de la bonne façon. Mais j'ai été heureuse aux Impatients, et aimée, d'une autre manière.

Je n'ai pas envie de partir, monsieur Edgar.

Pourtant, je sais que l'on ne va pas me laisser le choix. C'est ça le problème quand on vieillit. On a traversé tous les orages de l'existence, et puis on se met à nous traiter comme des enfants.

Moi je préfère quand vous me traitez comme une comtesse.

Je n'ai pas trouvé le coupable, monsieur Edgar, et je crois bien que j'ai mis quelques indices dans mon mixeur par mégarde quand j'ai voulu faire un daïquiri à la banane. Et je crois aussi que j'ai cassé le mixeur. Mais je me suis bien amusée avec vous et les autres. Alors, avant de partir, je voudrais vraiment savoir qui vous a tué. On pourra lui tendre une embuscade après si vous voulez vous venger. Je suis là.

Merci pour tout, monsieur Edgar, pour la danse et pour le jeu.

Je vais oublier plein de choses il paraît, mais vous, je suis sûre que je ne vous oublierai pas.

Marthe, votre comtesse de Jolicœur

P.-S. : J'espère que l'on aura le temps de boire du rhum ensemble avant que je parte chez les siphonnés.

— Mes chers amis, nous sommes réunis aujourd'hui pour rendre un dernier hommage à notre camarade Eugène Ferragus, sauvagement fauché dans la fleur de l'âge, alors qu'il faisait ce qu'il aimait le plus : servir les autres.

Rassemblés dans l'auditorium, les participants de l'atelier d'écriture, ainsi que d'autres Impatients qui s'étaient joints à eux pour l'occasion, écoutaient religieusement Ugo débiter mon oraison funèbre.

Max aurait été parfait dans ce rôle, mais lorsque je lui avais demandé au téléphone si cela l'embêtait de revenir faire un saut aux Impatients, il m'avait canardé de jurons que je n'ose recopier ici.

Ugo, lui, avait accepté l'exercice sans broncher, et je savais que les résidentes seraient enchantées de le voir en soutane. Même paré d'un habit aussi ridicule, cet Apollon était toujours si attirant que j'en aurais avalé ma casquette de rage, si je n'avais pas été contraint de faire le mort, allongé sur une des tables de la cafétéria que j'avais recouverte d'un drap blanc. Et mon Eugène Ferragus, mon cher groom, mon compagnon assassiné, je l'avais habillé d'un costume à paillettes à rendre Michou jaloux mais qui me démangeait drôlement.

Si c'était la dernière partie que jouait Marthe, je tenais à ce qu'elle soit spectaculaire.

J'avais rédigé des invitations et convoqué tous les participants dans l'auditorium. Adèle Marconi avait accepté sans trop de difficultés de me laisser utiliser cette pièce et d'aménager les lieux à ma guise : elle me devait bien cela.

J'avais charbonné pendant deux jours. Tapis rouge scindant la salle en deux, rubans sur les chaises, bougies, fausses couronnes de fleurs. J'avais mis le paquet.

Il m'avait ensuite fallu convoquer mes joyeux complices et suspects. En réalité, certains commençaient à en avoir par-dessus la tête de mon affaire, mais j'avais joué sur la corde sensible en expliquant qu'il s'agissait avant tout de faire plaisir à Marthe.

— Vous vous rendez compte, monsieur Edgar, qu'on a dû fermer la supérette avec vos âneries ! avait protesté Mila la vendeuse, tout en ajustant les guêtres façon *Flashdance* de son costume de prof d'aérobic.

Oui, je me rendais compte que j'avais chamboulé leur planning. Pourtant, tous étaient venus, et avaient accepté d'endosser les habits de leurs personnages respectifs. Sur scène, Bruce le gardien posait fièrement devant un micro à l'ancienne, vêtu d'un costume noir très élégant, tandis que Sacha et Ingrid, les choristes de l'orchestre, avaient enfilé des robes de style Charleston prêtées par l'atelier théâtre. De la musique jazz s'échappait des trois haut-parleurs dont disposait la salle. Même s'il s'agissait des obsèques du groom, je voulais que mes Impatients soient dans l'ambiance du Marquis des mers, qu'ils s'étaient jusqu'alors contenté d'imaginer. Il ne manquait que le bruit des mouettes et celui des vagues se brisant sur la coque. J'étais fier du résultat.

Lorsque les Impatients avaient pénétré dans la salle, vêtus des éléments de costume que j'avais déposés sur le pas de leurs portes la veille, j'avais discrètement ouvert un œil pour observer la scène. Ils étaient ébahis, intrigués, peut-être un peu mal à l'aise, pour certains, de me voir ainsi allongé (Marthe avait fait un signe de croix en s'avançant dans l'allée), mais en tout cas, aucun d'eux n'était indifférent.

— Si nous espérons tous qu'il pourra reposer en paix, continua Ugo, nous n'avons malheureusement pas encore découvert qui a mis fin à l'existence de notre cher ami Eugène.

C'est alors que je me relevai, les bras en avant, comme la créature de Frankenstein.

— Mon Dieu ! s'écria Cassandre.

— Cela fiche une de ces frousses ! ajouta sa sœur.

— Chouette, il n'est pas mort ! s'exclama Marthe en tapant dans ses mains.

— Ooooooh si, mesdames et messieurs, je suis bien mort ! Mais avant d'être enterré, je veux que la lumière soit faite sur mon funeste destin !

Je me levai de la table et vins me placer au centre de l'estrade.

— Je ne pourrai trouver le repos que lorsque mon meurtrier sera enfin sous les verrous ! Et je sais que vous tous ici présents, vous vous êtes chargés de mener l'enquête !

Je regrettai de ne pas avoir un faux crâne à la main. Cela aurait eu du panache.

— Depuis des semaines, vous avez observé, posé des questions, découvert des indices, tiré des conclusions, avec plus ou moins de succès. Mais, en tout cas, vous avez œuvré pour débusquer mon assassin, et de cela je vous remercie.

Certains hochèrent la tête, satisfaits.

— Marthe, vous aviez raison, il s'agissait bien d'un crime passionnel.

— Youpi ! exulta la vieille dame. Tu vois, Elvis, je le savais ! dit-elle à l'intention de la poule qui comatait sur ses genoux.

— Mais, la coupai-je, ce n'est pas la femme de chambre qui m'a tué.

Marthe afficha une mine déçue et se renfonça dans son siège.

— Je le savais, fit remarquer monsieur Plomb.

Marthe se tourna vers Émile et lui tira la langue.

— Le coupable est bien de sexe féminin, continuai-je sans relever, craignant que les deux vieux commencent à se disputer.

À ces mots, une partie de la salle, celle qui pensait que le meurtrier était un homme, se mit à soupirer de dépit, tandis que l'autre jubilait.

— Nous pouvions déduire qu'il s'agissait d'une femme, repris-je, à cause du dépôt de vernis à ongles laissé sur le tissu de ma chemise, au bord de la blessure. Rouge cerise, la couleur que portent toutes les femmes du personnel.

— Plusieurs d'entre elles ont d'ailleurs regretté qu'il tienne mal et laisse des traces partout, nota monsieur Plomb, toujours sûr de lui.

Un brouhaha commença à s'élever dans la salle, chacun se tournant pour savoir si l'autre était encore dans la course.

— Du calme, du calme, s'il vous plaît ! N'oubliez pas que même si vous n'avez pas trouvé le bon coupable, tous vos interrogatoires, toutes vos recherches ont contribué à ce qu'il soit démasqué !

— Oui mais c'est trop nul de perdre ! s'exclama Maryse.

— Maryse, n'oubliez pas qu'il n'y avait rien à gagner !

— Quoi ? Pas même une coupe ?

— Vous êtes bouchée ou quoi ? l'invectiva Thérèse Dussol. Il a dit rien ! On joue pour la gloire ! Enfin moi c'est surtout pour le plaisir de vous mettre une raclée à tous !

— Prétentieuse !

Je sentais qu'il me fallait vite recentrer leur attention sur le jeu et les captiver avant que cette séance de grandes révélations devienne un barouf en costumes.

— Malheureusement, Thérèse, et même si vous étiez la plus proche de la vérité en concluant que le meurtrier faisait partie de l'orchestre, vous n'avez pas trouvé le coupable non plus !

— Tiens, dans tes dents, Trottinette ! lui asséna Cassandre.

— Hein ? Mais j'étais sûre que c'était la pianiste !

— Ça ne pouvait pas être la pianiste, elle est gauchère ! expliqua le colonel Serdagne.

— Tu n'aurais pas pu me le dire, associé de mes fesses ? rugit la Dussol à l'intention d'Auguste.

— Et le médecin de bord a été formel, le groom a été poignardé de la main droite ! compléta monsieur Plomb.

— Sans compter la force physique déduite de ses blessures, et la pianiste est gaulée comme une allumette ! ajouta Octave.

J'étais ému de constater que mes Impatients avaient pris note de tous ces petits détails que j'avais distillés pour eux. C'était le principe du jeu de piste, mais, n'empêche, j'étais plus fier d'eux que de moi-même.

— Bon, alors c'est qui ? demanda Thérèse Dussol, vexée de son erreur.

— J'y viens ! Comme l'ont noté vos camarades, j'ai été poignardé avec beaucoup de force. Même si la colère peut décupler notre puissance, le médecin de bord a fait part à tous ceux qui sont allés l'interroger de sa stupéfaction quant à la profondeur des coups portés. Car il ne peut alors s'agir que d'une femme à la puissance remarquable. Ou alors, devrais-je dire, de deux femmes !

Stupeur dans la salle. J'étais content de mon effet, mais restai dans mon personnage.

— Eh oui, chers vacanciers-enquêteurs, ce n'est pas une, mais bien deux femmes qui ont mis fin à mon existence ! Elles ! m'écriai-je en désignant Ingrid et Sacha d'un doigt vengeur.

— Ce n'est pas possible ! s'exclama Octave.

— Serena et Svetlana, les choristes ! Ce sont elles qui m'ont tué ! N'est-ce pas, mesdemoiselles ?!

Sacha et Ingrid, qui interprétaient indifféremment Serena et Svetlana, s'avancèrent. L'une d'elles, je ne saurais dire laquelle, prit la parole :

— Oui, c'est bien nous qui avons poignardé Eugène.

— Bande de petites garces ! lança Marthe, totalement dans le jeu, mais prenant soin de boucher les oreilles d'Elvis avant d'insulter les deux filles.

— On ne voulait pas le tuer, mais la situation a dégénéré ! répliqua la seconde jumelle.

— Vous vous promeniez dans le couloir avec un couteau pour vous couper une tranche d'ananas peut-être ? fit remarquer le colonel.

— Préméditation ! brailla Maryse.

— Nous voulions le forcer à dire la vérité !

— Une vérité qui m'a coûté la vie !

— Quelle vérité ? demanda Cassandre, elle aussi happée par ces révélations.

— Il avait une histoire, avec chacune de nous, dans le dos de l'autre ! Et lorsque nous nous en sommes rendu compte, nous avons voulu savoir si, au moins, quelque part, il aimait l'une de nous deux !

— L'autre se serait alors effacée, continua sa sœur.

— Mais il jouait avec nous, en réalité !

— Est-ce que mademoiselle Zoélie est au courant ? s'insurgea Cassandre.

— C'est dans le jeu, bon sang de nouille ! s'emporta Thérèse Dussol.

— Moi j'aime pas les nouilles, je préfère les coquillettes ! déclara Marthe.

L'une des jumelles avança d'un pas de plus à l'avant-scène.

— Lorsque nous l'avons confronté, il s'est mis à rire.

La veille, nous avions répété ensemble le petit discours que devraient faire les deux sœurs au moment de la révélation. Comment Eugène Ferragus les avait charmées, la manière dont il s'était moqué d'elles lorsqu'elles l'avaient suivi dans le couloir pour le mettre face à son jeu de séduction.

— C'est vrai, j'avais pris un couteau, mais je voulais juste le forcer à parler. J'étais tellement en colère en comprenant qu'il couchait avec ma sœur dans mon dos ! expliqua Svetlana (ou bien était-ce Serena ?).

— On voulait lui faire peur ! Lui prouver que nous n'étions pas deux godiches avec qui il pouvait jouer à sa guise !

— Mais il s'est montré si méchant, si cynique !

— J'ai eu l'impression que mon sang se mettait à bouillir.

— Moi aussi ! Et nous nous sommes regardées…

— … nous nous sommes comprises immédiatement.

— Je ne sais plus laquelle des deux tenait le couteau, à l'origine, mais nos mains se sont rejointes et nous l'avons frappé ensemble.

— Je n'ai vu le couteau que trop tard, je ne me suis pas méfié, commentai-je à mon tour.

Les Impatients étaient pendus à nos lèvres. Marthe se rongeait les ongles, et Maryse tenait le bras de Cassandre. Octave s'était mis debout, et sautillait d'une jambe sur l'autre comme un fan de foot attendant que l'on siffle la victoire.

— Sous le coup de la douleur, je me suis écroulé en un instant.

— Il était au sol, la lame était encore entre nos mains, ajouta Serena (ou Svetlana).

— Nous sommes restées quelques secondes paralysées. Beaucoup de sang s'écoulait de sa plaie.

— Mais, entre ses dents, il nous a traitées de « garces ».

— Je rappelle qu'elles venaient de me poignarder, précisai-je.

— Il était là, agonisant, et il se fichait encore de nous !

— Alors, nous l'avons de nouveau frappé !

— Ensemble, pour le faire taire ! dit l'une des jumelles.

— Puis nous avons entendu du bruit au fond du couloir, alors nous sommes parties en sens inverse.

— Et nous avons jeté le couteau à la mer dès que nous sommes remontées sur le pont.

— Pendant ce temps, on retrouvait mon corps étendu sur la moquette du couloir, baignant dans mon sang.

— C'est affreux, lança Cassandre.

— Voilà comment est mort Eugène Ferragus, conclut Ugo. Péché de chair et péché d'orgueil lui ont été fatals !

— Je vous remercie en tout cas pour l'énergie que vous avez déployée afin de découvrir la vérité ! annonçai-je. Vous avez été de formidables enquêteurs, et je ne l'oublierai jamais.

— C'est bien joli tout ça, mais les deux blondes, on en fait quoi ? On les colle au mitard ? demanda le colonel Serdagne.

Les Impatients ne semblaient pas prêts à terminer la partie. Chacun y allait de son commentaire sur la suite des événements. Marthe avait remis le supplice de la planche sur le tapis ; quant à monsieur Plomb, il exigeait un procès. Ce ne fut qu'en leur annonçant qu'un goûter les attendait à la cafétéria que je parvins à les ramener à notre réalité. Plus ou moins.

— Elles auraient pu me l'avouer, les jumelles, qu'elles l'avaient tué ! Moi je ne l'aurais pas répété, promit Maryse en se levant.

Ils se dirigèrent vers la porte, tout en continuant à deviser avec animation.

Alors que le petit groupe sortait de la salle, Thérèse Dussol s'écria :

— Bon, et pour le prochain jeu de piste, on bute qui ?

Mon alter ego enterré, qu'allais-je faire maintenant ?

Ma partie était terminée.

J'avais quitté la cafétéria dans les derniers, aidant les jumelles à ranger la salle, car à la vérité, j'avais moi aussi du mal à sortir du jeu.

En rentrant chez moi, j'avais mollement posé ma casquette de groom sur l'accoudoir du canapé, et je me serais probablement avachi sur le ventre et étalé de tout mon long comme un phoque si Zoélie n'avait pas sonné à la porte à ce moment précis.

— Si je peux me permettre, tu fais une tête d'enterrement, nota Zoélie.

— Tu n'imagines pas l'énergie qu'il faut pour assister à ses propres funérailles ! C'est éreintant. J'espère n'avoir jamais à le refaire !

— Je suis vraiment désolée d'avoir manqué cela. La prochaine fois que tu meurs, promis, je serai là !

Je l'embrassai.

Zoélie vint me rejoindre sur le canapé, et se blottit dans mes bras. Tout cela semblait si simple, si naturel. Elle et moi, dans ce salon qui n'était pas le mien, dans cette maison qui n'était pas la mienne, dans cette existence, un peu hors du temps, que je m'étais créée. Pourtant le temps me rattrapait, il nous rattrapait tous. Marthe allait partir, et moi ?

Je sentais poindre les questions, dans mon esprit, dans celui de Zoélie, aux bords de nos lèvres. Et maintenant ? Et maintenant on fait quoi ? Et maintenant, tu fais quoi, monsieur Edgar ?

Mais, comme dans un polar, où quelqu'un arrive à la dernière minute pour sauver le personnage principal qui risque fort de se faire dessouder par le coupable dont il vient de percer l'identité, une cacophonie comme seule la maison de Marthe était capable d'en produire nous empêcha d'avoir cette conversation.

Zoélie et moi sursautâmes. Ma comtesse préférée avait fait fort niveau décibels.

— Qu'est-ce qu'elle a encore inventé ?

— On dirait un rituel païen qui impliquerait d'écarteler des vierges tout en faisant exploser une centrale nucléaire un soir d'orage, dis-je.

— On dirait surtout la voix d'Octave, non ?

— À ton avis, il a avalé combien de chats ?

— Quatorze. Et le chapeau de monsieur Plomb.

— Cela demande d'aller vérifier, proposai-je en me relevant, invitant Zoélie à faire de même.

La porte de la maison de Marthe était grande ouverte.

Les Impatients étaient réunis dans le salon, les yeux rivés sur l'écran de la télévision. La plupart étaient assis sur le canapé ou les fauteuils, sauf Octave Javert qui était debout sur le repose-pieds, en chaussettes, et bramait le refrain de *Still Loving You* de Scorpions. Enfin, dans sa bouche cela donnait « Silobidou ». Pourtant il y mettait tout son cœur.

— Mais qu'est-ce que vous fichez ?

— Ça ne se voit pas ? On fait un karaoké ! répondit Marthe, qui portait une jupe hawaïenne en raphia par-dessus son pantalon.

— Pour un auteur de romans policiers, vous n'êtes pas toujours perspicace, monsieur Edgar, si je puis me permettre, fit remarquer Émile Plomb.

— Octave, descendez de ce pouf, vous allez vous casser le col du fémur ! lui lança Zoélie.

— C'est pour le rock'n'roll, mademoiselle Zoélie !

— Je ne suis pas certaine que vous trouverez ça encore rock'n'roll quand je serai obligée de vous doucher !

Une lueur d'effroi passa dans le regard d'Octave, qui consentit à descendre du repose-pieds. Il continua toutefois ses élucubrations vocales :

— Silodibou bébiiiiiiiii.

Thérèse Dussol s'avança depuis la cuisine, un plateau recouvert de verres à cocktail dans les mains.

— Y a pas à dire, le seul secret pour un bon cuba libre, c'est de prendre du rhum de qualité ! déclara-t-elle, en nous tendant le plateau.

Zoélie et moi nous regardâmes. Elle haussa les épaules, prit deux verres, et m'en donna un.

— *Verre sur verre de Cuba Libre*, commença à entonner Cassandre.

— Ah non ! On a dit soirée rock ! Pas soirée années 1980 ! trancha Marthe. Puis, se tournant vers moi : monsieur Edgar, asseyez-vous ! Ne restez pas debout comme une botte de poireaux !

Je m'installai sur le canapé à côté de la vieille dame. Elle se rapprocha de moi et me murmura à l'oreille :

— C'est votre veillée funèbre ! Santé ! expliqua-t-elle en faisant claquer son verre de cuba libre contre le mien.

Je goûtai le cocktail. Bon sang ce qu'il était fort ! Pour une veillée funèbre, il aurait pu réveiller une armée de zombies.

Octave termina sa chanson, et semblait sur le point de demander une greffe de poumon. Maryse et les autres l'applaudirent à tout rompre.

— Je veux chanter *laïkeuvirgine* ! s'écria Maryse en adressant un clin d'œil à son prétendant essoufflé.

— Madonna, c'est pas du rock ! lui répliqua Marthe. De toute façon, je l'ai pas sur le V.T.T !

— Et puis vous n'allez pas nous emmerder avec vos chansons de pintades ! lui asséna Thérèse Dussol.

— Depuis quand on l'aime bien celle-là ? demanda monsieur Plomb à Marthe sans adresser un regard à la Dussol.

— J'adore la pintade aux pêches ! se contenta de lui répondre Marthe. Mais il n'y en a jamais à la cafétéria. Ni du far aux pruneaux d'ailleurs. C'est dommage, parce que même Elvis aime ça !

Comme si elle avait entendu que l'on parlait d'elle, la poule grise sortit de sous le canapé.

— Moi je veux que ce soit monsieur Edgar qui chante ! s'exclama Cassandre.

— I-I-Il peut pas, il est mooooort ! rétorqua le colonel qui semblait avoir abusé des cuba libre.

— Oh oui, monsieur Edgar ! Chantez ! s'exclama à son tour Maryse.

— Oui ! Oui ! renchérirent les autres Impatients.

— Pas tout seul ! On chante tous !

— Je branche d'autres micros ! dit Marthe en se levant d'un bond.

Je ne savais pas ce que j'allais faire par la suite. L'avenir restait à écrire, avec son lot d'imprévus et de rebondissements. Mais ce soir, j'allais chanter, entouré de la femme dont j'étais tombé amoureux, et d'une bande de petits vieux survoltés un peu éméchés. Les paroles de Bon Jovi qui s'affichaient sur l'écran ne pouvaient être plus justes. C'était ma vie, et c'était maintenant ou jamais.

— *Itseumaillelaïfe.*

— *Hein cose itseno or neuf heures.*

— Pousse-toi, Maryse, je ne vois pas !

Trois mois plus tard

— Vous allez nous manquer, monsieur Edgar ! soupira Cassandre.

— Je viendrai deux fois par semaine ! D'ailleurs, on se revoit dès mardi !

— Oui mais ça ne sera pas pareil ! répliqua Maryse.

— Sept kilomètres, ce n'est pas loin !

— Mais on ne pourra plus sonner chez vous n'importe quand !

Ce qui était la cerise sur mon gâteau.

— Vous avez l'air ravies que je sois rentrée, ça fait plaisir ! pesta tante Agatha, en me tendant un sac plastique que j'avais oublié sur le perron.

— Allons, allons, mesdames, tempéra Zoélie en fermant le coffre de la voiture, hauts les cœurs ! Vous viendrez déjeuner à la maison un dimanche en guise de crémaillère !

— Chouette !

— Est-ce qu'Octave pourra venir? demanda Maryse.

— Évidemment! répondis-je. Cela ne serait pas une vraie crémaillère si notre joyeuse équipe n'était pas au complet!

J'eus envie d'avaler ma langue en prononçant cette phrase.

Nous n'avions pas eu à nous tracasser afin de trouver une structure adaptée pour accueillir Marthe. Cette dernière nous avait quittés sept semaines plus tôt, sans bruit ni musique, dans son sommeil.

Si la nouvelle de sa mort nous avait laissés hagards, je crois que nous étions tous soulagés que les choses se soient déroulées ainsi. Marthe avait rendu son dernier souffle dans un endroit où elle était heureuse, où elle était aimée.

Aux funérailles, nous avions rencontré sa fille, Emmylou. Elle avait changé son prénom en Émilie, comme pour couper avec cette mère un peu trop fantasque et un peu trop absente. Le petit-fils de Marthe, en revanche, n'avait pas fait le déplacement.

Tante Agatha était elle aussi revenue pour l'enterrement de son amie, et nous avions cohabité depuis, même si j'avais passé plus de nuits chez Zoélie que sur le canapé du salon qui m'était désormais dévolu.

Lors d'un conseil de guerre, assis autour de leur table de cuisine, Zoélie, Marnie et moi avions décidé que je viendrais m'installer avec elles, après l'établissement de règles strictes. Pas d'huile dans la bouteille de shampoing (Marnie avait élargi sa palette de conneries), pas de lancer d'œufs (selon Zoélie, ce n'était pas comme cela qu'un homme adulte et une fillette devaient gérer leurs conflits), ravitaillements réguliers des placards à gâteaux (dans la limite de trois paquets de Petit écolier au chocolat noir et un paquet de Haribo par semaine) et une séance « ciné-club » en famille le vendredi soir (Marnie avait pris goût aux comédies musicales). Nous scellâmes notre accord par une soirée raclette, et dès le lendemain, j'envoyai mon préavis à mon propriétaire parisien, et pris contact avec des déménageurs pour rapatrier mes affaires.

Cela pouvait sembler rapide, mais à quoi bon attendre ? J'avais passé deux ans avec Lise sans que nous parvenions à avancer ensemble. Si ces derniers mois auprès des Impatients m'avaient appris quelque chose, c'était que le temps passait vite, tandis que les regrets, eux, pouvaient perdurer jusqu'à la fin. Je ne savais pas de quoi demain serait fait. Mais je savais que je voulais passer ce temps-là auprès de Zoélie et de Marnie.

Lorsque j'avais annoncé ma décision à Max, j'avais vraiment cru qu'il avait fait une crise cardiaque à l'autre bout du fil. Il était resté silencieux pendant près d'une minute quinze. Puis je l'avais entendu déglutir, et il avait fini par lâcher : « Bien, si c'est vraiment ce que tu veux. » J'avais admiré l'effort et apprécié qu'il ne cherche pas à me prouver à tout prix que je faisais une immense connerie. Bon, depuis, il m'envoyait entre trois et quatorze SMS par jour pour me demander si j'étais vraiment sûr de ma décision. J'avais fini par lui répondre « TU M'EMMERDES », avant de lui rappeler que j'allais venir à Paris dans quelques mois pour la promo du dernier tome des enquêtes d'Anna, et que nous passerions ce temps ensemble entre hommes. Cela avait mis fin à son harcèlement. Pauvre Max ! Seul, errant dans Paris sans son pote !

Mon roman était en effet terminé. Sous l'égide d'Adèle Marconi, je m'étais imposé un rythme de travail plus soutenu et avais mis un point final à l'histoire d'Anna. Je ne l'avais pas tuée, je vous rassure !

La directrice avait été d'une aide précieuse. En travaillant avec elle, j'avais découvert une femme drôle, certes un peu guindée, mais animée par une envie sincère d'offrir le meilleur cadre de vie possible à ses pensionnaires, et surtout, comme en témoignait sa foisonnante bibliothèque, une lectrice passionnée.

Dans un premier temps, nous avions été intimidés, comme deux collégiens, de travailler ensemble sans jouer à cache-cache. Je lui avais remis les dernières pages écrites, un peu anxieux, et elle avait attrapé le paquet de feuilles d'une main hésitante, m'interrogeant du regard. Mais dès le lendemain, lorsqu'elle m'avait rendu les pages corrigées, et que, face à ma mine inquiète, elle s'était empressée d'ajouter « J'ai vraiment bien aimé cette scène ! », j'avais poussé un soupir de soulagement, et nous nous étions mis à discuter de mon texte avec un naturel jusqu'alors absent de nos échanges. Elle avait une mémoire impressionnante. Je crois même qu'elle connaissait mes romans mieux que moi ! Échanger sur mes chapitres, échanger sur mes personnages, sur Anna en particulier, m'avait redonné une impulsion, et l'envie d'offrir une belle conclusion à cette série, à mes lecteurs, et aussi à moi-même.

J'avais donc renoncé à mon idée de tuer Anna. Je ne l'avais jamais sérieusement envisagé pour être honnête. Je savais qu'Anna méritait mieux qu'une balle qui ne lui était pas destinée ou une noyade dans des chutes d'eau suisses. Je n'avais jamais été en colère contre elle, mais contre moi-même, contre ma propre inefficacité et mon manque d'entrain à écrire sa fin.

Comme moi, Anna avait fait ses valises, mais pas pour suivre l'amour, malgré les suppliques de la directrice, qui rêvait vraiment d'une belle histoire romantique pour son héroïne préférée, non, pour le goût de l'aventure. Je ne lui reniais pas la possibilité de continuer à se mettre dans des situations improbables ou à mener l'enquête dans sa nouvelle contrée, mais c'étaient des pages de sa vie que je ne comptais pas inventer. Nos routes devaient se séparer. Je devais me détacher d'elle, pour écrire d'autres histoires, pour m'écrire une autre histoire.

Une part de cette histoire continuerait à se jouer aux Impatients. Nous avions longuement discuté avec Adèle (oui, maintenant, je l'appelais par son prénom, même si de son côté, elle s'était contentée de passer de « Monsieur Olin » à « Monsieur Edgar », ce qui était déjà un progrès). Elle appréciait vraiment mon travail, en dépit de son côté quelque peu bordélique. Les résidents écrivaient, même si ce n'étaient que quelques pages çà et là, mais surtout ils inventaient, brodaient, créaient. Toutes les histoires ne grandissent pas sur papier. Certaines sont faites pour être dites, pour être claironnées dans les couloirs d'une résidence, sur les bancs d'un parc, pour être détournées, transformées, au gré de la fantaisie d'une bande de vieux drilles se rêvant détectives. Et moi aussi, je voulais continuer à jouer. Malgré mon déménagement en ville, j'assurerais toujours mes deux ateliers par semaine, et pour mieux coller à ce que nous faisions, nous avions rebaptisé le cours « Création d'histoires ». En devenant salarié des Impatients, je pouvais définitivement renoncer à traduire des notices, et de cela, j'étais plus que ravi. Mon nouveau job me correspondait tellement mieux ! Je sentais d'avance que même si ma carrière d'écrivain prenait enfin le virage du grand succès, je n'aurais pas envie de quitter mon poste de chef d'orchestre des doux dingues. Ils étaient une telle source d'inspiration !

Les participants avaient accueilli la nouvelle de mon embauche officielle avec un soulagement qui m'avait fait chaud au cœur, et depuis plusieurs semaines, notre nouveau jeu de piste, *Mystère au musée*, occupait tous les esprits. Découvrir qui pouvait bien avoir dérobé ce sublime saphir viking les aidait, nous aidait, à combler le vide laissé par Marthe. C'était du moins ce que j'aimais à penser.

Quant au projet de livre autour des textes de mes Impatients, il était sur les rails, et me tenait plus que jamais à cœur.

Lorsque nous avions vidé la maison de Marthe (Emmylou/Émilie nous avait fait comprendre qu'elle ne se sentait pas concernée par la question), nous avions retrouvé dans sa table de nuit des petits mots qu'elle nous avait adressés. Certains étaient absurdes (« Maryse, tu es jolie comme une souris/ Et volent les papillons/ Beurre, beurre et confiture de quetsches ») mais tellement à l'image de Marthe que j'avais décidé de les inclure à l'ensemble. Marnie avait réalisé de nouveaux dessins caricaturant certaines scènes de vie aux Impatients, et malgré son aversion pour tout ce qui était né après 1993, Max avait été forcé de reconnaître qu'elle possédait un vrai talent. Quant à moi, j'avais rédigé, *a posteriori*, une sorte de journal de bord de mon séjour parmi eux, dont les séquences feraient le lien entre les différents textes et comptes rendus d'enquête des pensionnaires. Tous avaient donné leur accord pour figurer dans le livre, même si monsieur Plomb avait demandé à relire ses productions d'abord, pour s'assurer qu'aucun élément ne pourrait venir nuire à son image ou celle de sa famille. Je lui avais promis que rien de ce que j'écrirais ne le présenterait autrement que comme le gentleman qu'il était.

En tout cas, nous nous étions tous accordés sur une chose. Le livre serait dédicacé à Marthe. Il ne pouvait en être autrement. J'aimais à penser qu'elle ne laisserait pas son empreinte uniquement dans nos mémoires, mais que ses facéties, son humour, même involontaire, et sa joie de vivre, qu'elle conserva jusqu'à la fin, marqueraient les lecteurs de cet ouvrage. Dans mes souvenirs, elle resterait pour toujours cette grand-mère bouclée, maquillée comme Gene Simmons, buvant du rhum au son des guitares saturées, et qui m'avait donné le bras pour aller danser un samedi soir, dans sa plus belle robe. Marthe Mélodie, ma comtesse de Jolicœur.

— Tu viens, tronche de batavia ? cria Marnie en ouvrant la fenêtre de la voiture.

— J'arrive, face de quiche !

Zoélie soupira pour la forme.

Une fois dans la voiture, nos ceintures attachées, et Elvis bien protégée dans les bras de Marnie, Zoélie alluma le contact.

— Tu es prêt ?

— Plus que jamais !

La voiture avança doucement dans l'allée. Dans le rétroviseur, je voyais tante Agatha, mais surtout Cassandre et Maryse, agiter leurs mains. Cela pouvait sembler idiot, mais j'eus un pincement au cœur.

Mais mardi serait bientôt là. Et nous avions un saphir à retrouver.

Remerciements

Ce roman ne serait probablement pas entre vos mains sans l'amour inconditionnel de ma mère, qui lisait mes pages à mesure que je les écrivais.

Maman, je n'aurais jamais imaginé réaliser mon rêve sans toi à mes côtés, même si je sais que tu as fait en sorte que les étoiles s'alignent pour moi depuis ce paradis que tu as tant mérité, et qui existe forcément pour les mères-veilleuses parties trop tôt. Tu me manques infiniment. Je t'aime.

À Stéphanie Ricordel, éditrice-fée qui a exaucé mon plus grand rêve.

À Nolwenn Tréhondart, pour sa bonne humeur qui a rendu le travail éditorial si stimulant et enrichissant. Elvis le canari-poule n'aurait pas vu le jour sans nos discussions !

À mon père, pour son soutien sans faille en dépit de la fille bizarre que je suis !

À Marie-Lys, élue meilleure petite sœur au monde depuis 1993.

À Mylène, ma cousine, mon roc.

À l'inénarrable famille Caujolle – Odette, Robert, Claudie, Aurore, Gilles, Mael, Géraldine, Muriel, ainsi que Philippe et Chloé (nommés Caujolle honoraires). Faute d'écrire sur vous tous, voilà que je vous contrains à lire ! Promis, je vous ferai du flan aux œufs pour me faire pardonner.

À Mickaël, toujours.

À Frédéric Regard, directeur de thèse, mentor, ami. Merci pour la confiance renouvelée, les conseils et le soutien tout au long de ces années.

À Ellen, *my dearest*, Eva, Aurélia et Agathe Portail pour les bonnes ondes qui ont fait effet dans le réel.

À ma joyeuse équipe d'*Instafriends* (tout particulièrement Murielle, Aurore, Claire, Catherine, Anouk, Victoria, Angy et Val) qui a accueilli la nouvelle de cette publication avec un enthousiasme rare et précieux.

À Catherine-Rose Barbieri et Elisabeth Segard pour leur accueil chaleureux dans la team des autrices Eyrolles. J'ai hâte que l'on se rencontre « en vrai » !

À vous qui lisez ces lignes, merci mille fois pour votre confiance. Je vous ai tant attendus ! N'hésitez pas à venir me rejoindre sur mon compte Instagram @bouquinsetbiquettes, en général, on s'amuse bien !

Également dans la collection « Pop'Littérature »

L'aventure bénie du sac toxique, **David Zaoui**

Une extraordinaire aventure humaniste !

Richard, trentenaire sans histoires, enchaîne les petits boulots. Dans le quartier de banlieue défavorisée où il a toujours vécu, le trafic de stupéfiants fait des ravages et la solidarité entre voisins ne fonctionne plus vraiment. Par un curieux hasard, Richou se retrouve en possession d'un sac de sport rempli de billets : l'argent de la drogue ! Sur les conseils avisés de son voisin, le rabbin Meyer, lui-même épaulé par l'imam et le curé de la ville, il décide de redistribuer le pactole pour rénover le quartier. Dans le même temps, le gang des trafiquants lance ses troupes, à la recherche du sac perdu...

L'espoir est cette chose à plumes,
Nina Berkhout

Et si les imprévus devenaient nos plus belles opportunités ?

Dawn Woodward, jeune prodige du chant lyrique, a perdu sa voix. En attendant de pouvoir chanter à nouveau, elle donne des cours d'arias à un groupe de siffleurs amateurs, plus porté sur la pop britannique que sur les classiques de l'opéra. Pour ne rien arranger, Dawn est contrainte d'héberger ce beau-frère taiseux qu'elle connaît à peine.

Alors que l'espoir de retrouver sa vie d'avant s'amenuise, Dawn doit composer avec une équipe de bras cassés, un malade à domicile et son perroquet caractériel. Pourtant, pour la première fois, elle s'autorise à lâcher prise. Quel meilleur moyen pour s'envoler ?

Principes physiques du cœur humain,
Josée Bournival

Des êtres humains faillibles et courageux,
mus par des lois universelles

Et si les lois physiques universelles s'appliquaient aussi aux relations humaines ?

Pierre, enseignant introverti et rongé par le chagrin, sort de sa zone de confort quand sa fille devient candidate de *The Voice*. La force de l'amour paternel infléchit son quotidien monotone, selon le principe d'inertie. Kathleen est une incorrigible romantique. Lorsque Johnny revient dans sa vie, la loi de la gravitation prend le dessus. Lou a neuf ans, l'intelligence vive et l'oreille musicale. Il se dit que rien ne se perd, rien ne se crée, tout se transforme. Alors à défaut d'un piano, il fera ses gammes sur une boîte à chaussures.

Pour résister à la grande solitude qui les guette, Pierre, Kathleen et Lou sont armés de bienveillance. Une force discrète, mais imbattable.

Dans ma tête cognent dix milliards d'étoiles,
Jean-Michel Audoual

Les pérégrinations d'un enfant atypique,
à la recherche de son étoile Polaire

Théo Wikowsky est un enfant précoce. Pour étancher sa soif de connaissances, il lit, résout des équations, adopte un phasme et anticipe les mouvements du monde. Mais son hypersensibilité n'est pas toujours comprise par son entourage : il est trop différent.

Alors, Théo apprend à se faire discret, et peu à peu sa curiosité s'étiole. Jusqu'au jour où un incident bouleverse le clan des Wikowsky. Pour se relever, Théo a besoin d'un objectif, d'un rêve à sa mesure : plus tard, il explorera l'espace.

Ainsi naissent les mamans,
Amélia Matar

Un trio de femmes bouleversantes, qui tentent d'échapper au poids de la généalogie

Alice adore Fatima, sa nounou. Ses parents, Valentine et Pierre, sont des personnes importantes, occupées, trop occupées pour s'occuper d'elle. Au gré des années et des soins, Fatima devient la mère que la vie concède à Alice, même si elle en fait parfois trop. Alice a huit ans quand Valentine, cherchant à reprendre en main l'éducation de sa fille, licencie brutalement Fatima. Cette décision va changer irrémédiablement le cours des vies de chacune…

FSC
www.fsc.org
MIXTE
Papier | Pour une gestion forestière responsable
FSC® C108412

Composition et mise en pages
Patrick Leleux PAO

Imprimé en France par CPI Brodard & Taupin
en mars 2023
Dépôt légal : avril 2023
N° d'impression : 3051632

Cet ouvrage est imprimé sur du papier bouffant
Novel 56 g, papier issu de forêts gérées durablement.